양의 탈을 쓰다

양의 탈을 쓰다 1

초판 1쇄 찍은 날 § 2004년 12월 20일
초판 1쇄 펴낸 날 § 2004년 12월 30일

지은이 § 절세검도미녀
펴낸이 § 서경석

편집장 § 문혜영
편집 및 디자인 § 이종민
마케팅 § 정필 · 강양원 · 이선구 · 김규진 · 홍현경

펴낸곳 § 도서출판 청어람
등록번호 § 제1081-1-89호
등록일자 § 1999. 5. 31
어람번호 § 제5-0044호

주소 § 경기도 부천시 원미구 심곡1동 350-1 남성B/D 3F (우) 420-011
전화 § 032-656-4452 팩스 § 032-656-4453
http://www.chungeoram.com
E-mail § chungeoram@chungeoram.com

ⓒ 절세검도미녀, 2004

ISBN 89-5831-372-2 (SET)
ISBN 89-5831-373-0 04810

절세검도미녀 지음

양의 탈을 쓰다

1

도서출판
책랑

프롤로그

"**사**, 살려주세요! 제발 살려주세요!"

"킥. 안 들려. 없애 버려."

"제, 제발…… 제, 제발…… 아, 아악—!!"

풀썩.

오늘도 몇 개의 시체를 넘고 새벽공기에 몸을 맡긴다. 취하도록 술을 기울이고 소란스럽게 떠드는 이 녀석들과 함께한 생활도 어느덧 오 년. 오 년간의 지독한 고통과 암흑세계의 꾸준한 배움, 그리고 그 속에 착실한 적응. 그 모든 것이 지금의 나를 완성시켰다.

내 닉네임은? 씬. 모두들 나를 그렇게 부른다. 이것은 본명인 '한신의'에서 비롯된 것이다. 나이? 내 또래의 보통 아이들은 한참 고등학교를 다니고 있을 나이, 열아홉 살. 하지만 이곳에서 내 나이를 아는 자는 아무도 없다. 이곳에 몸담은 후부터 나에게 나이란 거추장스럽게 늘어가는 공수레와 같은 것, 그것뿐이다. 성격? 악무녀(악의 모든 조건을 가진 무서운 여자). 키? 172㎝. 큰 키로 인해 하이힐은 뒷굽을 무기로 사용할 외에는 내게 별 볼일 없는 물건이다. 생일? 그따위 것 팔아먹은 지 오래. 내가 태어난 것이 세상의 저주다. 소속? 가장 중요한 소속이란 질문. 무슨 고등학교? 무슨 여고? 무슨 일진? 킥. 그런 유치한 것 없다. 내가 소속된 곳은 어쌔신(AssaSsin). 절대적 어둠과 암살의 전담반 어쌔신이란 암살조직의 세컨을 차지하고 있다. 너무도 어린 나이에다가 여자로서는 거의 불가능한 일이었지만 나는 해내고야 말았다. 오 년간 뼈를 깎는 듯한 고통까지 넘어선 나이기에 이 위치에 서게 된 것은 어쩌면 당연한 결과일지도 모른다. 내가 몸담고 있는 어쌔신은 우리 나라의 몇 안 되는 암살조직 중에서도 최고의 위치에 있으며 100% 저격률을 자랑하고 있다. 이 세계와 비슷한 곳에 몸담은 이라면 어쌔신이란 단어만 들어도 온몸을 벌벌 떨 정도로 그 명예는 비밀리에 상당히 높은, 아니, 최고의 위치를 차지하고 있다. 나는…… 그런 곳에 소속된 사람이다. 후후.

소란스런 음악도 지금 우리들의 분위기를 압도하진 못했다. 엎드려서 팔을 쭉 뻗어도 끝이 닿지 않을 만큼 기다란 테이블 위에 색색의 과일과 음식들, 가장 중요한 알콜 음료까지 완벽히 깔끔하게 차려져 있던 것들이 어느새 흐트러져 있었다. 그만큼 분위기 역시 무르익어 있었다. 그 기다란 테이블의 맨 끝을 독 차지한 채 술잔을 기울이고 있는 내 옆을 차지하고 있는 이 요 주인물. 바로 이 어쌔신의 침묵지존.

이름? 제갈반야. 나이? 모른다. 어림잡아 나보다 한두 살 정도 많을 것이란 추측뿐. 성격? 왜 침묵의 지존이라 하겠는가? 꼭 필 요한 말 이외에는 잘 하는 타입이 아니다. 나와 늘 함께 다니는 우리 어쌔신의 내 오른팔 같은 존재다. 키? 185㎝. 킹카의 기본 조건 중 하나가 180대의 키라고 하지 않았던가? 내가 평범한 여 자였다면 한눈에 반했을 정도의 외형을 갖춘 남자. 생일? 후훗, 어쌔신 일원에게 생일 따윈 존재하지 않는다. 세상의 보통 이들 과 섞이고 싶지 않은 사람들이기에. 소속? 지금까지 말한 것을 헛수고로 만들지 말라. 어쌔신의 내 오른팔로서 NO.3라고 할 수 있다.

반야는 금세 비워 버린 내 술잔에 술을 조심스럽게 채운다. 그리곤 말없이 자신의 잔에도 술을 채우고 내가 술잔을 들어주 길 기다리고 있다. 그런 반야를 위해 나는 기꺼이 술잔을 들어 올린다. 오늘도 사건 몇 개를 손쉽게 해결하고 그것을 축하하는 의미에서 모인 자리다.

어쌔신(AssaSsin)은 암살자라는 뜻으로, 쉽게 말해서 우린 살인 청부업자들이라 할 수 있다. 즉 오늘 해결한 사건도 이에 해당한다. 주 고객은 썩은 정치를 하는 국회의원으로서 상대 또한 국회의원이다. 서로가 서로를 돈으로 매수해 죽여달라고 부탁하는 미친 정신세계의 국회의원들. 하지만 그들 덕에 우리가 있고, 그런 비슷한 부류의 인간들 덕에 우리가 먹고 산다. 하긴 이런 세계에 발을 들여놓은 나도 정상적인 정신을 가진 인간은 아니겠지. 그동안 죽을 고비를 수십 번 넘기면서도 강해지기 위해 난 멈추지 않았다. 지금은 한 잔 술에 나의 과거를 쉽게 회상하며 미소 짓고 있지만 실은 누구보다 평범한 게…… 너무도 부러운 나다.

띠리리리리~ 띠리리리리~

제대로 정리되지 않은 오피스텔. 멋대로 흩어져 있는 옷과 기타 물건들, 그리고 아직 덜 깬 술기운에 그것들과 함께 침대에서 뒹굴고 있는 나. 그 고요함을 깨뜨린 휴대폰 벨소리. 그 소리가 지끈거리는 머리를 더욱 지끈거리게 만드는 탓에 옷 사이에 섞여 눈에 띄지도 않는 전화기를 예민한 청각을 이용해 손으로 더듬더듬 찾는다. 비몽사몽인 나를 확실히 깨우는 내 남동생의 목소리. 너무도 오랜만에 들어보는 음성이다.

"여보세요."

[신이 누나? 나야, 신우.]

“으음. 그래, 신우구나? 어쩐 일이야, 누나한테 전화를 다 하고? 엄마한테 걸려서 혼나면 어쩌려고.”

[지금 그게 문제가 아니야, 누나!]

“왜? 용돈 필요해?”

[그런 게 아니라니까!]

“그럼 아침부터 무슨 일이야? 으, 머리야……”

[누나, 정말 집으로 안 돌아올 거야? 응?]

“신우야, 갑자기 또 왜 그래? 누난 이제 그 집 사람이 아니라고 했지!”

[누나, 엄마가 아프셔. 엄마가 아프시단 말이야!]

“……뭐?”

[이러다 엄마 돌아가시면 어떡해? 누나, 돌아와, 제발. 이제 방황은 이쯤에서 그만 끝내.]

“……내가 이제 그 집 사람이 아니듯이 그 사람도 내 엄마 아니야.”

[누나, 제발…… 제발 집으로 돌아와. 응? 여기까지만 해! 이제 그만 방황할 때도 됐잖아!]

“병원비 모자라? 그건 내가 대줄 테니 걱정 말고 병원 모시고 가.”

[누나, 엄마에겐 병원비 따위가 필요한 게 아니라 누나가 필요해!]

“……신우야, 누나 바쁘거든? 이만 끊는다. 돈 필요하면 언제든 전화해."

뚝.

난 냉정히 휴대폰의 폴더를 닫았다. 내가 내 발로 걸어나온 집안, 그리고 그와 동시에 나를 버린 집안. 더 이상 그 집안에 내가 들어갈 자리란 없다.

띠리리리리리~ 띠리리리리~

집요한 녀석. 끝까지 물고늘어질 모양인가 보다. 순간 신경이 예민해져 폴더를 나도 모르게 거칠게 열어젖혔다.

"한신우! 너마저 내 동생 하기 싫으냐? 너랑도 인연 끊어줘? 돌아오란 그따위 소리 할 거면 전화하지 마! 알았어."

다짜고짜 소리 지른 내가 무안해지게 전화기 너머에서 들려온 목소리는 내가 예상한 신우가 아니었다.

[씬, 사건이다. 오늘 밤 열두 시 블루호텔 옥상으로 와.]

저음의 목소리. 이 녀석은 분명 내 오른팔 제갈반야다. 우리 어쌔신은 절대적 비밀을 유지하기 위해 서로 존칭을 쓰지 않는다. 그 이유뿐만 아니라 조직의 단결도 한몫하기 위해 친근하게 이름이나 닉네임을 부르고 모두 반말을 하게끔 통일되어 있다. 그래서 우리에겐 생일도, 나이도 필요없는 것이다.

반야에게 대꾸하기 위해 조용히 입을 열었다.

"반야구나. 그래, 알았다."

보통 같으면 여기서 짧게 통화가 끝날 텐데 그다지 말도 없는 반야가 내게 할 말이 남았는지 오늘따라 전화를 끊지 않은 채 그의 음성이 한 번 더 흘러나오고 있었다.

[씬…… 오늘은 예감이 좋지 않다. 이 불길한 예감은 한 번도 어긋난 적 없다는 거 알고 있지?]

"고마워, 반야. 나중에 보자."

암살자들의 안 좋은 예감은 대개 90% 적중한다. 더군다나 반야의 예감이라면 100% 믿는 것이 좋다. 그만큼 우리들은 훈련으로 인해 보통 이들보다 예감이 그만큼 발달해져 있고, 사람의 목숨을 직업으로 하고 있기에 예감이 안 좋을 때는 항상 유의해왔다. 그 나쁜 예감이란 건 무얼까. 오늘은 과연 어떤 일이 있을는지…….

그렇게 약간이지만 길어진 통화를 마치고 어지럽혀진 오피스텔을 쭉 둘러본다. 자연스레 한숨이 흘러나온다. 난 이내 일어나 어느새 주섬주섬 방을 치우기 시작했다. 안 좋은 예감 때문인지는 몰라도 상쾌한 기분을 느끼고 싶어졌다.

오랜만에 하는 청소이다 보니 다소 시간이 오래 걸려 점심때도 지났다. 휴, 어젯밤에 과음까지 했는데. 무척이나 허기를 느낀 난 서둘러 세안을 한 후 백화점으로 향했다. 헐렁한 티셔츠에 추리닝. 대충 잡아 묶은 머리와 화장기 따위는 전혀 없는 얼굴. 그런 차림을 하고도 당당하게 백화점 안으로 들어갈 수 있는 건 아마도 암살자들에게 있는 '깡'이라는 대단한 무기 덕일 것이다.

서둘러 식품 코너로 들어가 이것저것 맛있어 보이는 것들을 고른 후 금빛으로 빛나는 골드카드로 손쉽게 계산을 하고 돌아오는 길. 사람들의 시선 따윈 아무래도 상관없다. 그 시선들은 마네킹들이 나를 쳐다보는 것만 못하게 느껴진다. 오피스텔로 돌아와 허겁지겁 배를 채운 후 뉴스 시청을 하며 가볍게 러닝머신을 뛰었다. 흠, 오늘 밤 열두 시 블루호텔 옥상이라……. 반야의 음성이 내 귓가를 떠나지 않는다.

가벼운 운동들을 몇 가지 더 한 후 오늘의 미션을 위해 장비들을 일일이 점검하자 시간은 이내 출발할 때가 되었다. 늦은 밤 어둠과 어울릴 수 있도록 눈에 띄지 않는 검은 옷을 입고, 박스형 커다란 가방 안의 장총과 소총 등을 다시 한 번 확인했다. 내 성격만큼이나 아주 깔끔하게 정리정돈 되어 있다.

막 오피스텔을 나가려는 찰나 핸드폰 벨이 울렸다. 발신번호를 보니 신우 녀석이다. 마지막까지 내 편을 들어준 하나뿐인 동생. 모든 것을 버렸지만 신우만큼은 버릴 수가 없었다. 난 조금 망설이다 핸드폰을 받아 들었다.

"응, 그래."

[누나, 엄마가 많이 아파! 제발 와줄 수 없어? 응?]

또다시 한숨부터 나온다. 이런 말을 해야 하는 내 자신이 나 역시 원망스럽지만 신우에게는 티를 안 낸 채 냉정히 말했다.

"돌아오라느니 그딴 말 한 번만 더 하면 너와도 연 끊어버린다고 했지!"

[누나, 제발…… 제발 한 번만이라도 와줄 수 없어? 엄마

가…… 엄마가…… 흑흑…….]

결국 이 녀석 울음보를 터뜨리고야 말았다. 내게 전화를 거는 것도, 이런 부탁을 하는 것도 모두 이 녀석에게 힘겨운 일이라는 걸 알면서도, 하나밖에 없는 내 동생인데도 그저 이 길을 선택한 이상 난 냉정해야만 한다.

"한신우, 그 어떤 말을 해도 난 안 가. 그러니까 울지 마. 나에게 언제까지 이렇게 약한 모습만 보일 거냐!"

[누나, 제발 한 번만…… 한 번이면 되는데…… 딱 한 번이면…….]

"싫다고 했지!! 자꾸 질질 짜면서 이렇게 매달릴 거면 두 번 다시 전화하지 마!!"

버럭 소리를 지르고 막 끊으려는 순간 핸드폰 건너편에서 신우의 또 다른 절규가 이어지고 있었다.

[어, 엄마!! 엄마!! 안 돼, 엄마!! 엄마, 죽지 마! 엄마!! 엄마아—!! 뚜뚜뚜뚜.]

그렇게 마지막 신우의 비명만을 남긴 채 전화기는 멋대로 끊어졌다. 마지막 신우의 비명이 내 가슴에 비수처럼 꽂혔다. 어, 엄마…… 무슨 일 있는 건가요? 엄마……. 하지만 난 이내 마음을 다잡았다. 뭔가 불길한 예감이 들긴 했지만 약속은 절대적인 어쌔신의 기본수칙. 내 직업은 일 분 일 초라도 늦는 걸 허락지 않는다. 이대로 멍하니 앉아 고민에 빠져 있을 시간이 없다는 말이다.

서둘러 나의 애마를 타고 블루호텔로 향했다. 그곳에 도착해 블루호텔의 뒷문 앞에 애마를 주차시켰다. 내 애마 말고도 이미 어쌔신의 많은 애마들이 조심스럽게 잘 주차되어 있는 걸 보니 벌써 많은 이들이 도착했음을 알 수 있었다. 그 애마 중 가장 화려한 반야의 애마를 보자 왠지 미소가 지어진다. 사람의 감정 따윈 없는 나이지만 어쩐지 반야가 곁에 있다는 게 확인이 되면 항상 마음이 편히 놓인다. 모든 걸 버린 나에게 가족 같은 존재인 어쌔신. 그중에서도 반야는 내게 아빠도 되고, 엄마도 되고, 친구도 되는…… 적어도 내게 있어 반야는 그 모든 존재이다. 이 감정이 사랑인지 정인지는 알 수 없어도 중요한 건 반야가 평생 지금처럼만 내 곁에 머물러 준다면 세상 두려울 것이 없을 것이란 거다.

반야의 애마에서 시선을 뗀 나는 서둘러 옥상으로 향했다. 뒷문으로 들어가 비상계단을 이용해 사층까지 올라가고 사람이 없는 틈을 타서 맨 끝의 엘리베이터를 이용하여 옥상 전층까지 올라간 후 마지막으로 주변을 살피며 계단을 이용해 옥상까지 올라가는 데 성공했다. 모두들 이런 방법으로 옥상까지 올라왔겠지.

내가 옥상에 도착하자 어쌔신 멤버들은 나를 향해 살짝 고개만을 까딱여 인사했다. 그중엔 반야 역시 포함되어 있었다. 우리 어쌔신의 숫자는 그다지 많지 않다. 보스까지 합하면 인원은 총 열두 명. 암살조직이기 때문에 절대 비밀리에 만들어진 조직. 보통 사람들은 이런 조직이 있다는 것 자체를 모르겠지. 생각해 보아라, 돈을 이용해 날 죽이려 드는 자가 있다는 걸. 어딘가에서 살인 의뢰를 받은 청부업자들이 존재를 숨긴 채 활동하고 있다는 걸. 이게 어찌 쉽사리 믿어지겠는가. 그러기에 우리의 존재를 아는 이들은 당연히 아주 상류층의 쓰레기들을 제외하고는 잘 없다는 말이다. 물론 우리와 같은 살인 청부업자들이나 다른 그룹에 속한 이들, 혹은 조직폭력배들이나 어두운 세계에 몸담은 사람들은 이미 우리 명성에 관해 잘 알고 있다. 단, 우리를 조폭과 같은 존재로 착각하지 말라. 우린 영역 싸움을 위해 덩치들이 각목을 들고 무식하게 패싸움을 해대는 그런 상스러운 집단이 아니니까 말이다. 칼질을 해가며 상대를 더럽게 죽이는 게 아닌 단 한 발의 총탄으로 목표를 저격하여 사살하는 살인 방식 또한 조폭과는 비교될 수 없다. 물론 우리의 싸움 실력 역시 그들과 비교도 안 될 만큼 강하다. 긴급상황 시 자신의 몸을 보호할 능력은 물론이고 어쌔신의 멤버에겐 필수인 무술 실력은 최고를 달린다. 어쨌거나 난 나를 중심으로 모인 어쌔신의 멤버들을 향해 조심스레 음성을 퍼뜨렸다.

"뭐야? 왜 다들 떼거지로 몰려왔어? 우린 조폭이 아니야, 암살자들이지. 이렇게 마구 몰려 있으면 일을 마친 후에도, 혹은 일을 할 때에도 적에게 쉽게 들키거나 집중이 되지 않아 실패할 확률이 높다는 걸 모르나? 아니면 상대가 많기라도 한 거야? 반야, 설명해 봐."

그러자 반야가 고개를 살짝 끄덕이며 대답했다.

"이번 의뢰인이 부탁한 목표는 조폭이다. 열두 시 삼십 분 경, 이 블루호텔 뒤쪽 야산으로 대마파와 중앙파가 마약 밀거래를 위해 모이게 되지. 씬이 사살해야 할 목표는 대마파 우두머리, 내가 저격해야 할 목표는 중앙파 우두머리. 그 외의 주요 인물들이 대거 참석하는 자리라 단 한 발에 상대를 저격해야 하는 우리들로서는 목표의 숫자에 맞게 배치할 수밖에 없었다."

반야의 정확한 설명으로 이해를 마친 나는 그의 말에 수긍하고 곧 명령을 내렸다.

"좋아. 그렇다면 각자 정해진 위치로 가서 장비를 철저히 점검하고 준비해. 한 치의 실수도 용납되지 않는다는 건 굳이 입 아프게 설명하지 않아도 다 알 테니까."

"존명."

모두들 각자의 위치로 돌아가 장비를 점검한다.

소음방지기가 부착된 총이므로 소리가 날 염려는 없다. 최고의 저격수만이 모인 우리 어쌔신에게 실패란 있을 수 없는 일. 하지만 매번 일을 할 때마다 긴장으로 식은땀이 온몸을 뒤덮는 건 당연한 일이었다.

다들 긴장한 채 모든 준비를 완료한 지금, 시계가 정확히 열두 시 삼십 분을 가리키자 반야의 말대로 검은 차 몇 대가 야산 밑에 정차하더니 이내 조폭으로 보이는 인간들이 야산을 향해 커다란 가방을 여러 개 들고 향했다. 어쌔신 멤버들의 눈은 그들을 빠르게 쫓아갔다. 각자 맡은 목표를 설정하고 조폭들이 한 자리에 모인 타이밍을 정확히 맞춰 내 지시에 따라 목표를 저격했다.

야산에서 거래를 이루는 상대라 나뭇가지 등에 가려 조준하기가 쉽지 않았다. 하지만 암살자에게 두 발의 총알은 있을 수 없는 법. 왜, 총알이 없어서? 아니다. 총알은 얼마든지 있다. 단지 한 발에 실패를 할 경우 상대는 누군가가 자신을 노리고 있음을 알아차려 이내 몸을 숨겨 버리기에, 또 그 한 번의 실수로 인해 우리의 위치가 폭로되기 때문에 무조건 한 발에 사살해야만 한다. 그렇기에 쉬운 사건이든 어려운 사건이든 항상 긴장의 땀으로 샤워를 하는 우리들이었다.

피웅—

이번 사건 역시 대성공! 100% 저격률을 자랑하는 우리 어쌔신답게 멋지게 성공했고 재빠르게 움직여 블루호텔을 빠져나왔다. 사건을 마친 후 어쌔신 창고로 모인 멤버들이 각자 숨을 고르고 만족스러운 표정을 지으며 서로를 격려한다. 반야의 안 좋은 예감 때문에 혹시라도 실수가 있지 않을까 우려했지만 다행스럽게도 일은 성공적으로 끝이나 기쁜 마음이었다.

잠시 들뜬 마음을 가라앉히고 일하는 중에는 항상 꺼두는 휴대폰을 꺼내 전원을 켰다. 전원을 켜자마자 음성메시지 하나가 수신되었음을 알려왔고 난 서둘러 확인했다. 음성을 남긴 건 다름 아닌 남동생 신우였다.

[누나…… 누나…… 흑. 누나, 정말 너무해. 흑…… 한 번만…… 제발 한 번만 와달라고…… 한 번만 와달라고 내가 그렇게 애원했는데…… 흑…… 엄마가…… 엄마가 돌아가셨어. 엄마가 돌아가셨다구!! 흑, 제길! 누나는 엄마가 누나를 버렸다고 생각했지만 아니었어. 엄마는 마지막까지 누나를 걱정했어. 흑흑, 그런 마음도 모르면서 내가 그렇게 한 번만 와달라고 애원했는데…… 끝내는 나타나지 않는 누나인데도 …… 나한테 누나를 부탁한다는 말을 남기고 싸늘하게 식어가는 엄마를 보면서…… 내가…… 내가 그렇게 와달라고 부탁했는데! 누나가 인간이야? 인간이냐구─!! 누나 초등학교 때 찍은 사진 왼손에 꼭 쥐고 엄마가 눈물 흘리면서 뭐라고…… 뭐라고 했는 줄 알기나 해? 흑…… 아냐구─!!]

그렇게 음성은 끊어졌다.

아무런 생각도 나지 않았다. 눈물조차 흘릴 수가 없었다. 집을 버리고 뛰쳐나온 첫 번째 후회를 뒤로하고 동생의 애원을 매몰차게 뿌리친 게 두 번째 후회로 남아서…… 그래서 울 수가 없었다.

제 1 장

1

엄마의 시신이 안치된 영안실.

반야만을 데리고 향한 그곳엔 문상을 온 사람이 단 한 명도 없었다. 혼자 외롭게 빈소를 지키고 있는 신우의 창백한 얼굴이 더 더욱 함부로 눈물을 흘릴 수 없게 만들었다.

"뭐야!! 여기 왜 왔어!! 네가 뭔데 여길 와!! 네가 인간이야? 넌 나한테 누나라 불릴 자격도없다구──!!"

내 양 어깨를 붙잡고 마구 뒤흔들며 눈물을 뚝뚝 흘리는 신우. 그래, 나는 누나라 불릴 자격도, 그 어떤 말을 할 자격도 없어.

1 23

"네 엄마 아니라며!! 이제 네 엄마 아니니까 상관없다며!! 그
런데 여길 왜 와!! 여길 왜 오냐구!! 당장 꺼져 버리란 말이
야—!!"

더욱 거칠게 나를 뒤흔드는 신우를 떼어놓을 수도 없었다. 내
상태가 걱정이 됐던 건지 반야는 신우를 진정시키려 조심스럽
게 다가와 신우를 말린다. 내 어깨를 있는 힘껏 짓누르고 있는
신우였지만 반야의 힘 앞에서는 어림없다. 강제로 거칠게 떨어
져 나가는 신우는 피눈물을 흘리면서 내게 하얀 종이 봉투를 던
졌다.

"그래도 엄마는!! 그래도 엄마는 네가 걱정되어서…… 이딴
걸 유서라고…… 너한테 주라고 남겼어!! 근데 넌 뭐야!! 네가 뭔
데 엄마 가슴에 두 번 못을 박아!! 마지막으로 한 번만 보고 싶
다고…… 딱 한 번만이라도 얼굴을 보고 말할 수 있었으면 좋겠
다고 말하는 엄마를 보면서 너한테 그렇게 애원했는데. 제
발…… 제발 와달라고. 이제 그만 돌아와 달라고. 내 누나로, 엄
마의 딸로 제발 돌아와 달라고…… 그랬는데…… 그랬는데
넌……."

반야는 오열하는 신우를 꽉 붙잡고 있었다.

나는 고개를 떨구고 아무 말도 못한 채 신우가 던진 하얀 봉
투를 집어 들었다. 그리곤 힘겹게 한 글자 한 글자 써내려 간 엄
마의 서신을 읽었다.

[사랑하는 내 딸 신의에게.

　사랑하는 내 딸아, 이 엄마가 얼마나 원망스러웠니? 네 아빠가 가장 믿는 친구에게 배신당하고 빚 보증에 우리가 길거리로 나앉게 되고, 그 친구를 찾아가 몰매를 맞는 너희 아빠를 보고 또 얼마나 가슴에 피멍이 들었니. 네 아빠 그렇게 가슴에 상처를 안고 그 친구에게 맞은 상처를 치료할 돈조차 없어 방치하다 끝내 돌아가시는 모습 보고 얼마나…… 얼마나 우리 피눈물을 흘렸니. 하지만 네 아빠는 마지막까지 자신의 친구를 원망하지 않는다며…… 다만 우리 가족 생계를 유지시켜 주지 못하고 떠나는 걸 미안해하며 눈을 감은 네 아빠를 보고 얼마나 가슴을 두드렸니. 그런 아빠가 그렇게도 원망스러웠니? 자꾸만 밖으로 도는 널 감당하지 못해 하루는 엄마가 너에게 몹쓸 말을 해서 얼마나 상처가 컸니. 오랜 시간 가출하고 돌아온 너에게 넌 이제 내 자식 아니라며 다시 나가라는 말을 듣고 나간 네가…… 엄마도 미웠다. 하지만 진심이 아니었어. 내 배 불러 뼈를 깎는 고통을 겪고 낳은 너는 내 딸이야. 네가 내 딸이 아니라면 누구 딸이겠니. 미안하단 말을 꼭 하고 싶었는데…… 마지막으로 꼭 한 번만 보고 싶은데 볼 수가 없구나. 하지만 이렇게라도 너에게 미안하다는 말을 전할 수 있어서 엄마는 편히 눈을 감는다.

　내 딸 신의야, 신우가 아직 철이 없고 어려서 너의 보살핌이 필요하단다. 엄마가 너에게 이런 부탁할 자격 없다는 거 잘 알지만…… 그래도 신우를 부탁한다.

널 그저 평범하고 어여쁜 고교생으로 키우지 못한 게, 그게 너무 한이 되는구나. 한 번만 소리 내어 불러보고 싶구나. 사랑하는 내 딸 신의야…… 내 딸 신의야. 평생 엄마, 아빠를 원망해도 좋으니 이제 그 원망 속에 널 가두는 일은 그만 해주었으면 좋겠구나.

예쁘고 평범한 딸로 자라다오. 이제 더 이상 글을 써내려 갈 힘이 남아 있지 않구나. 사랑한다, 신의야. 그리고…… 미안하다. 네가 교복 입은 모습을 하늘에서라도 볼 수 있었으면…… 좋겠구나.

—마지막까지 못난 어미가.]

결국 눈물 흘릴 자격도 없던 내게 피눈물이 또 한 번 바닥을 흥건하게 적시고 말았다. 엄마의 편지를 꼭 쥐고 눈물을 뚝뚝 흘리는 나를 보고 반야는 다소 놀란 눈으로 바라보다 이내 시선을 바닥으로 떨구고 만다. 그런 내게 신우의 절규가 이어졌다.

"그 편지가 어떻게 써진 편지인지 알기나 해? 엄마가 산소 호흡기를 달고 팔에는 여러 개의 링거를 꽂은 채 부들부들 떨어가면서, 눈물로 종이를 적셔가며 쓴 거야! 왼손에는 누나 사진을 꼭 쥔 채로 말이야!! 그런 엄마를 보면서 제발 와달라고…… 흑흑. 제발 와달라고…… 그렇게…… 그렇게 애원했는데. 흐…… 흐흐흑. 누난…… 누나는…… 흑!"

이내 바닥으로 털썩 주저앉아 대성통곡을 하는 신우. 나 역시 피눈물을 흘리며 신우의 곁으로 다가갔다. 그리곤 무릎을 꿇은 채 신우를 꽉 끌어안은 채 흐느끼며 속삭였다.

"미안하다, 신우야. 누나가 미안해. 누나가 잘못했어. 흑, 미안하다, 신우야. 누나가 잘못했어. 누나가…… 흑흑."

반야는 안쪽으로 조심스럽게 다가가 향을 피우고 절을 했다.

'반야……'

"누나 미워. 누나 밉다구!! 흑흑."

"미안해, 신우야. 누나가…… 누나가 잘못했어. 미안해, 미안해. 흑……."

겨우 달래 잠이 든 녀석을 따뜻한 곳에 편안히 눕혀주었다. 그리곤 엄마 앞에 무릎 꿇고 앉았다. 반야는 나를 가만히 지켜보기만 했다.

"엄마…… 엄마, 아직 하늘나라로 안 가셨죠? 그렇죠? 그럼 제 말 듣고 계시겠죠? 엄마…… 못난 딸 용서해 주세요. 제가 잘못했어요, 엄마. 착한 딸이 될게요. 평범한…… 평범한 여고생이 될게요. 흑."

평범한 여고생이 된다는 마지막 말에 반야의 동공이 커졌다. 하지만 그의 입에선 아무런 말도 나오지 않았다.

엄마의 장례를 치르고 며칠이 흘렀다. 어째신에 몸담으면서 벌었던 돈을 단 한 푼도 집에 보태지 않았던 내 자신을 원망하며 신우를 오피스텔로 데려왔다. 그리고 열아홉 살인 난 고등학교 1학년으로 복학을 하게 되었다. 물론 어째신에 관한 모든 것은 뒤로한 채 말이다.

"반야, 내 빈자리를 당분간 네가 채워줘. 얼마나 오랫동안 자리를 비울지 모르겠지만, 아니, 어쩌면 다신 어쌔신으로 돌아가지 못할지도 모르지만 반야는 나보다 더 잘할 수 있을 거야. 그치?"

"보스에겐 뭐라고 보고할까?"

"글쎄."

"휴, 보스는 내가 알아서 맡을 테니 걱정 마."

"반야, 어쩌려고?"

"씬을 노리는 자들이 있어서 당분간 평범한 사람으로 위장해 있을 거라고 해둘게. 넌 충분히 다른 암살자들에게 목표물이 될 수 있으니까 보스도 동감할 거야."

"고마워, 반야."

당분간 너와도 만날 수…… 없겠구나, 반야.

복학하기 전 얼마 동안, 난 신우의 맘을 돌리기 위해 최선을 다했다. 항상 신우와 함께 있으면서 난 영원한 너의 누나란 인식을 심어주기 위해 노력했다. 신우의 상태는 점점 나아졌고 내가 엄마의 유언인 평범한 고등학생으로 복학을 하자 신우는 끝내 닫혀 있던 마음의 문을 열었다.

오늘은 내가 현일고등학교에 처음 입학하게 된 날. 물론 복학생인지라 신경 쓸 일이 한두 가지가 아니었지만 그 복잡하다던 절차쯤은 엄마를 잃은 슬픔에 비하면 아무것도 아니었다. 어쌔신에서 활동하느라 본래 중학교도 겨우 졸업하고 타 고등학교를 다니다 이내 자퇴를 했던 나로서는 다시 교복을 입고 학교생활에 임해야 한다는 게 결코 익숙지만은 않았다.

어색하게 교복 치마를 입고 머리도 단정하게 빗어 내렸다. 내 교복 차림이 어색해서일까? 등교하는 내내 또래의 학생들 시선이 모두 내게로 쏠려 있었다. 평소 같았으면 그런 시선 따윈 신경조차 쓸 내가 아니었지만 어쩐지 이 시선은 이제껏 시선과는 달리 느껴졌다. 이상한 기분이 스치자 그 생각이 맞다고 증명이라도 하듯 짓궂게 생긴 녀석들이 내 앞을 떡하니 가로막는 게 아닌가?

"이야~ 우리 학교에 이렇게 예쁜 애가 있었냐?"

"그러게. 한 번도 못 본 거 같은데. 왜 못 봤지? 이런 미인을 우리가 못 봤을 리가 없는데. 야! 너 몇 학년이냐?"

거들먹거리는 꼴을 보아하니 3학년 같아 보이는데. 이놈들 한 방에 아작을 내버릴 수도 있지만 평범하고 예쁜 여고생이 되려면 내가 어째신에 소속되어 있던 악무녀라는 사실을 그 누구에게도 알려져서는 안 된다.

그냥 그들을 무시하고 지나치자 그들은 집요하게 나를 쫓기 시작했다.

"오오~ 도도한데? 그러니까 더 매력적이야~ 여자는 역시 튕기는 맛이 있어야 해~"

"야야, 근데 진짜 예뻐~ 연예인 아냐? 우리 학교 교복인데 진짜 한 번도 본 적 없잖아?"

"야, 그러지 말고 대답 좀 해봐. 몇 학년이냐? 이름이라도 말해 주고 가지? 어이~"

난 거칠게 녀석을 지나쳤고 빠른 걸음을 하며 녀석들과 거리를 두었다. 다행스럽게도 더 이상 치근덕대진 않았지만 등교 내내 이런 비슷한 경우가 여러 번 있었다.

'내가 미인이었던가? 훗, 기분 나쁘진 않군.'

다소 귀찮은 일이 여러 번 있었지만 첫날부터 문제를 일으키고 싶지 않았으므로 기분 좋게 넘어갔다.

학교에 도착해 교무실을 찾아가 담임선생님을 만나고 조회시간에 맞춰 선생님과 함께 반으로 들어갔다. 선생님의 등장에 일제히 조용해지는 반 분위기. 하지만 모두들 제자리로 돌아가면서도 낯선 나에게로 시선이 모아진다. 여자애들과 남자애들의 반응은 확연히 달랐다. 휘파람을 불어대며 마구 손짓하는 남학생들과는 달리 맨 뒤쪽에 요상한 포즈로 앉아 딱 보기에도 껄렁해 보이는 여학생 그룹이 나를 아래위로 훑어보며 안 좋은 시선을 보내고 있었다. 그런 그들을 보면서 속으로 던진 내 한마디는 이랬다.

'철없는 아가들. 쿡.'

그때 담임선생님이 크게 말씀하셨다.

"아~ 다들 주목! 여기 이 친구는 오늘부터 너희들과 함께 공부할 전학생이다. 개인 사정에 의해 학교를 오랫동안 쉬었어.

그래서 나이는 너희보다 두 살이 많아 누나고, 언니고 그러니 각별히 신경 써서 잘 지내도록 해~ 자, 그럼 자기소개해 봐."

이내 배턴을 내게 건네는 선생님. 워낙 무뚝뚝하고 싸가지없는 나였기에 소개하는 것은 그다지 석연치 않은 일이었다. 하지만 평범하고 예쁜 학생이 되겠다고 하지 않았는가? 나름대로 최선을 다해 말을 꺼냈다.

"안녕? 내 이름은 한신의. 앞으로 잘 부탁해."

그렇게 내 소개는 간단하게 끝이 났다. 열렬히 환호하는 남학생, 그리고 마지못해 박수치는 여학생들. 별로 신경 쓰고 싶지 않구나. 선생님은 맨 뒷자리에 내 자리를 배치하고는 이내 말씀하셨다.

"신의라고 했지? 음음, 발음하기가 힘드네? 그냥 신이라고 부를게."

"네."

"교과서 받아야 하니까 교무실로 따라와."

"네."

나는 곧 교무실로 선생님을 따라나섰다.

'처음에 교무실로 찾아갔을 때 줄 것이지, 똥개 훈련시키는 것도 아니고 이게 뭐야! 쩝.'

속으로 중얼거리며 열심히 담임선생님의 뒤를 따라가고 있다. 교무실 앞 복도로 들어서자 척 보기에도 문제아 같아 보이는 남학생들이 일렬로 무릎을 꿇고 앉아 시큰둥한 표정을 짓고 있다. 하나같이 교칙위반은 기본으로 건방진 표정과 불만 가득한 얼굴로 지나가는 이들을 힐끔힐끔 째려보고 있다. 그런 그들 앞을 선생님들은 한결같이 출석부로 머리 한 대씩을 때리면서 지나쳐 가고 있었다. 그중에서도 유독 눈에 띄는 녀석은 빨강머리!! 와~ 황당하다. 저렇게 대놓고 새빨간 머리로 염색한 용감한 놈이 있다니. 게다가 그 빨강머리 녀석은 선생님들한테 출석부로 머리를 강타당하면서도 아빠다리로 꿋꿋이 앉아서는 팔짱까지 떡~하니 끼고 있다. 저놈은 초특급 울트라 날라리가 틀림없다.

특이하단 생각에 내 시선이 잠시 머물렀을 뿐인데 그만 그 녀석과 눈이 마주치고 말았다. 조금 당황한 마음에 서둘러 시선을 다른 곳으로 옮겼는데 이미 다른 녀석들의 시선 또한 내게로 쏠려 있었다. 모두 야릇한 시선으로 나를 바라보니 조금은 우쭐한 마음에 머릿결 한번 훑어주려 했지만 담임선생님이 이미 교무실 안으로 쏙 들어가 버린 터라 나도 서둘러 발길을 옮겨야 했다.

선생님께 이런저런 이야기를 듣고 교과서를 받아 든 나는 다시 교실로 향하기 위해 선생님께 인사를 했다.

"감사합니다. 그럼 교실로 가보겠습니다."

"그래. 근데 신의야, 그렇게 연약한 몸으로 그 무거운 교과서 다 들고 갈 수 있겠어?"

연약한 몸이라…… 겉보기에는 그렇게 보인다는 건가? 기분 나쁜 배려는 아니었지만 어쩐지 약간은 무시당하는 느낌이었다. 난 어쌔신의 NO.2인데 말이야. 자존심이 걸려 선생님의 배려를 거절했다.

"괜찮아요. 조심조심 천천히 들고 가면 돼요."

"아니야, 그러다 허리라도 다치면 큰일이야. 그래, 복도에 벌서는 놈들 시켜야겠다."

그렇게 말씀하시더니 담임선생님은 교무실 문을 거칠게 열고 복도로 얼굴을 내미시더니,

"너희들 중 누가 신이 교과서 좀 교실까지 들어다 줘야겠다! 누가 할래?"

그러자 빨강머리를 제외한 모두가 너나 할 것 없이 일어나 서로 하겠다고 싸우기 시작했다. 선생님은 그런 남학생들을 보시곤 어이없어하시더니 이내 한마디 툭 던지셨다.

"이놈들, 꼴에 미인은 알아가지고. 다들 벌이나 똑바로 서!!"

선생님의 윽박지름에도 불구하고 녀석들은 서로가 교과서를 들어다주겠다며 다투고 있었다. 그러자 빨강머리 녀석이 나서서 녀석들을 조용히 시켰다.

"야! 조용히 안 해!"

선생님 말씀엔 꿈쩍도 않던 녀석들이 놀랍게도 빨강머리 녀석 한마디에 숨소리조차 크게 들릴 만큼 조용해졌다. 선생님은 무안한 듯 헛기침을 하시더니 말씀하셨다.

"흠흠. 그럼 강월, 네가 신이 교과서 들어다 주고 와!"

그러자 빨강머리 녀석이 나를 힐끗 바라보더니 이내 피식 웃는다. 여전히 껄렁껄렁한 포즈로 건방지게 일어나더니 내 쪽으로 성큼성큼 다가온다. 앉아 있을 때는 몰랐는데 키가 상당히 크다. 꽤나 긴 머리를 삐죽 세운 머리빨인 건가? 반야 정도 한 것 같다. 아니, 그보다는 조금 작나? 암튼 엇비슷한 거 같은데. 헛! 그런데 이놈의 우윳빛 피부 때문에 빨강머리가 더욱 짙어 보인다. 이런저런 생각에 잠시 녀석을 훑어보고 있는 사이 그놈이 내 교과서를 덥석 집어 들고는 앞장서서 걸어간다. 황당한 시선으로 그를 바라보고 있는 날 향해 선생님이 말씀하셨다.

"강월 저놈, 교실에는 못 들어가게 해야 한다, 신이야. 여자애들이 보면 또 난리쳐 시끄러워지니까 교실 가까이 가면 그만 돌려보내."

"아, 네."

난 선생님께 간단히 목례를 하고 강월인지 빨강머리인지 하는 놈을 따라 교실로 향했다.

교실로 향하는 중 한마디도 안 할 줄 알았던 놈의 입이 열렸다.

"전학생이냐?"

이 건방진 말투를 보라. 질문하는 태도가 상당히 싸가지없다. 이 천하의 악무녀 씬을 뭘로 보고. 나도 싸가지라면 한 트럭 상실했다 이거야! 하지만 이내 강한 척보단 무관심한 척 나갈 수밖에 없었다.

"알 것 없어."

"교과서 보니까 1학년인데 어따 대고 반말이냐?"

"훗."

웃긴 녀석. 어이가 없어 콧방귀를 뀌자 녀석은 다시 한 번 시큰둥하게 입을 열었다.

"비웃어? 야, 너 내가 감히 누군 줄 알고! 아아, 관두자, 관둬. 꼬맹이 데리고 입씨름하긴 싫으니까. 전학생인 거 같은데 어디서 왔냐?"

어쌔신에서 왔다, 왜! 라고 할 수는 없고, 또한 나는 전학생이 아니기에 이렇게 대답했다.

"야, 빨강머리, 너 병신이지?"

녀석은 가던 길을 멈추고 날 홱 돌아보더니 무서운 눈을 하고는,

"뭐? 빨강머리?? 벼, 병신?!"

"그래, 너! 바로 너! 빨강머리 병신!"

그러자 녀석은 기가 차다는 듯 콧방귀를 한번 끼더니 이내 말을 이었다.

"오호~ 너 어디서 좀 놀았냐? 아주 제대로 놀았나 본데 그래도 나한테 이렇게 말하면 크게 다친다. 빨강머리야 그렇다 치고 내가 왜 병신인데? 이유나 들어보자!"

"고등학교 교과서는 대부분 통일되어 있지. 물론 다른 과목도

있기야 하겠지만 대부분 공통된 것들이 많아. 그런데 내가 전학
생이라면 전 학교에서 사용했던 책을 쓰면 되지 뭣 때문에 전부
새책으로 받았겠냐? 그 말인즉, 난 전학생이 아니다 이 말이지.
빨강머리, OK?"

그러자 녀석 조금 난감한 표정을 짓더니 이내 정색하고는,

"난 교과서 따위는 안 보니까 몰라! 그리고 나한테 한 번만 더
빨강머리라고 하면 빨간물감 보게 될 줄 알아라. 난 여자라고
봐주는 법 없으니까."

"난 그림 그리는 걸 별로 안 좋아해. 그래서 물감은 싫은데 어
쩌지?"

"그럼 호칭을 바꿔야지! 난 달의 아이 강월 선배님이시다. 네
가 전학생이든 아니든 어쨌든 난 네 선배야! 그러니까 존칭을
써라. 알았냐?"

다른 거추장스러운 말들은 다 뒤로한 채 녀석의 한 단어만 다
시 되물었다.

"달의 아이?? 판타지 소설 쓰냐?"

"무식하긴. 내 이름이 강월이잖아. 한자로 달월이라구! 그리
고 너! 1학년 주제에 자꾸 반말할 거냐?"

그러는 동안 어느새 도착한 교실. 난 녀석의 말을 잘라먹고
냉정하게 말을 했다.

"다 왔어. 이제 가."

찬바람이 쌩쌩 날릴 정도로 차갑게 교과서를 빼앗아 들고 막

교실로 들어서려 하자 녀석은 내 어깨를 거칠게 붙잡았다.

"야! 사람이 기껏 도와줬으면 고맙단 인사 정도는 해야 예의지!"

"이봐, 달의 아이인지 달의 병신인진 모르겠지만 벌서고 있는 거 내가 잠시라도 구제해 줬으니 오히려 당신이 나에게 감사해야 하는 거 아닌가?"

"오호, 이거 꽤 앙칼진 애미나이네~"

"ㅡ_ㅡ; 무, 무어라? 앙칼진 뭐?"

"재밌군. 너 이름이 뭐냐? 존댓말 쓰라고 강요 안 할 테니 이름이라도 흘리고 가라."

"내 이름?? 푸훗, 신의 아이 신의다! 알았으면 그만 가라."

그러자 녀석 잠시 갸웃둥거리더니,

"신의 아이 신의? 피식, 이름 예쁜데?"

녀석의 미소를 본 순간 심장이 제멋대로 덜컹하고 내려앉았다. 당황한 나는 서둘러 녀석을 뒤로한 채 교실 안으로 들어갔다. 그리곤 책 정리를 위해 사물함으로 가는데 그때 귀가 찢어질 정도의 여학생들 비명이 들려왔다.

"꺅!! 월이 오빠다!!"

"어머~ 강월 선배!! 이쪽 한 번만 봐주세요~ 꺅!!"

"선배님!! 꺄~ 너무 멋있어요~"

인기스타라도 된 양 거들먹거리며 손을 흔들고 있는 빨강머리. 대체 뭐냐, 이 자식은. 어느새 교실까지 들어와 내 앞에 가까이 얼굴을 들이밀고 있는 거지? 혼란한 여학생들 사이를 유유히 빠져나와 내 앞에 멈춰 선 달의 아이인지 달의 병신인지 하는 빨강머리 놈이 또 한 번 피식 웃었다. 그러자 이번 역시 내 심장은 예민하게 반응했다. 헉! 이런, 내가 왜 이러는 거야? 나의 그런 모습을 감추기 위해 애를 쓰는 나도 이상하게 느껴졌다. 모두의 시선이 빨강머리와 내게로 몰린 가운데 빨강머리 녀석이 멋쩍은 듯 머리를 쓸어 올리며 입을 열었다.

"이봐, 한심이~ 첫눈에 반했다! 어때? 너도 나한테 첫눈에 반했지?"

뭐? 하, 한 뭐? 한심이?? 이놈이 아주 죽으려고 용을 쓰네. 게다가 이 자식, 병이 좀 심한 거 아닌가? 황당함에 그 어떤 대답도 못하고 있는 사이 구경하던 여학생들의 자지러지는 소리가 드려왔다.

"꺄!! 월이 오빠! 안 돼요!!"

"안 돼요, 강월 선배!! 선배는 만인의 연인이라구요~!!"

"강월 오빠! 여자 친구 만들지 마세요~!! 꺄~ 싫어요~!!"

아주 난리가 났다. 금방이라도 날 죽일 듯 노려보는 여학생들의 시선과 불만이라는 듯 바라보지만 감히 함부로 대들지 못하고 있는 남학생들의 시선이 교차되어 복학 첫날부터 내 심기를 불안하게 건드리고 있었다. 여학생들의 비명이 시끄러운 건 나만이 아니었나 보다. 급기야 빨강머리 놈이 주변을 향해 소리친다.

"아, 거참 되게 시끄럽네!! 다 꺼져!"

난 '이, 이보게, 말은 바로 해야 하지 않겠나? 시끄럽게 만든 것도 당신이요, 여기서 꺼져야 할 사람도 당신인 듯싶소만. 여기는 저 아이들의 교실이라오. 그대는 심부름 때문에 여기까지 온 문제아일 뿐이오'라고 주절거리고 싶었지만 간질거리는 입을 꿋꿋이 다물고 있었다. 사실 그보다 아까 나보고 한심이라고 부른 것에 대한 죗값부터 치르게 하고 싶었지만 첫날부터 사고 치는 걸 바라지도 않고 무엇보다 조용히 살고 싶은 마음이 간절해 그렇지 못하고 있었다. 이 난리에도 한마디 대꾸조차 않고 멀뚱히 앉아 있는 내가 답답했던 건지 빨강머리 녀석 다시 한번 지껄이기 시작했다.

"야, 한심이! 지금 고민하는 거야? 고민할 거 없어. 나랑 사귀면 넌 봉 잡은 것이나 다름없어. 왜냐구? 나만한 놈 찾기 힘들거든~"

'그래, 너같이 빨강머리 한 놈을 찾는 것도 그렇고 왕자병 말기 증세에 완벽한 문제아, 게다가 카리스마있어 보이다가도 엉뚱하고 바보 같은 성격. 이미 파악될 대로 다 파악된 네놈 같은 녀석을 또 찾는 건 무지하게 힘든 일인 것 같구나'라고 대꾸하고 싶지만 이번에도 참는다. 여전히 묵묵무답인 내가 여전히 답답한 듯 빨강머리 녀석은 살짝 미간을 좁히며 목소리 톤을 높인다.

"야! 너 내 말이 말 같지 않냐? 내가 지금 너한테 프러포즈하고 있잖아!"

프러포즈란 말에 귀까지 빨개진 건 내가 아니라 비명을 지르던 여학생들이었다. 역시나 반응없는 나를 괘씸한 듯 내려다보던 빨강머리 놈 급기야 엄청난 사고를 치기에 이르렀다.

"말이 먹히지 않는다면 행동으로 보여주지!!"

"읍!!"

녀석은 독수리가 쥐를 사냥하듯 빠르게 내 입술을 낚았다. 어찌나 빠른지 피할 겨를도 없었고 금세 떨어진 녀석 때문에 반항할 시간조차 없었다. 황당한 나머지 눈을 몇 번 깜빡이고 있는 동안 이미 주변은 아수라장으로 변해 있었다. 여학생 몇 명은 벌써 닭똥 같은 눈물을 뚝뚝 흘리고 있었고, 또 다른 이들은 나를 죽일 듯 노려보는 이들도 있었다.

기습키스를 마친 녀석이 나를 향해 또 한 번 피식 웃더니 한다는 소리가,

"확실히 도장 찍어놨으니 이제 넌 법적으로 내 여자다!"

엉뚱한 녀석의 발언에 난 드디어 폭발했다.

"미친놈! 키스 한 번 했다고 법적으로 내가 네 여자면 다른 키스 경험 많은 사람들은 도대체 자기 사람이 몇 명이냐?"

나의 거침없는 발언에 황당해하는 반 학생들. 하지만 언제부터 내가 사람들 시선을 신경 썼던가. 다만 조용히 지내고 싶었을 뿐이거늘.

이놈은 여유롭게 웃어 젖히며 받아친다.

"크크. 누가 이 나라 법적으로 내 여자라고 하던? 내가 만든 내 세상의 법적으로 넌 내 여자라고. 즉 널 내 세상에 가둬주마!"

아, 그렇게 내 인생의 로맨스(?)는 시작되고 있었다.

제 2 장

2

우여곡절 끝에 시작한 1교시. 다들 어수선한 분위기로 계속 수군거리긴 했지만 녀석의 모습이 사라지자 각자의 자리로 돌아갔다. 나도 내 자리로 돌아왔다. 어이없는 자식! 감히 나에게 키스를 해? 겁을 모조리 상실한 자식 같으니라고!!

가라앉히지 못한 흥분 때문에 씩씩대느라 내 짝이 누구인지도 몰랐는데 옆에서 인기척이 느껴져 쳐다보니 커다란 안경에 헐렁한 교복, 무스나 젤과는 담 쌓은 듯 대충 빗어 내린 머리. 그야말로 찐따를 연상케 하는 모습의 한 남자 아이가 앉아 있었다.

"오늘 1교시 음악수업은 교실에서 하니까 음악실 갈 필요 없어."

오호~ 반장인가 보군, 아이들을 향해 이렇게 말하는 걸 보니. 근데 겉모습이야 그렇다 치고 목소리가 이렇게 작아서야 어디 반장 해먹겠는가?

곧 수업종이 울리고 한 선생님이 들어오셨다. 긴 생머리에 날씬한 여자선생님을 기대했거늘 이게 웬걸? 뚱뚱하고 못생긴 남자선생님이 아닌가? 게다가 턱수염은 대체 뭐람? 약간 불만인 눈빛으로 선생님을 바라보고 있는데 짝꿍 녀석이 일어나서 외친다.

"차렷! 경례!"

나름대로 우렁차게 하는 듯 보였으나 아이들의 반응은 시큰둥했으며 인사도 하는 둥 마는 둥 했다. 이 반에서 반장의 위치가 어느 정도인지 대충 파악이 된 나는 반장을 약간 측은한 눈으로 바라봤다. 그러다 조용히 질문을 던졌다.

"네가 반장이냐?"

"네? 아, 네."

"아, 나 복학생이라고 존댓말할 거 없어. 그냥 편하게 친구처럼 대해."

하지만 이 말에도 아직 주눅이 든 듯 어깨까지 움찔거리며 조심스럽게 대꾸하는 반장.

"아…… 으응. 내 이름은 로희, 차로희라고 해."

"너 남자지?"

"어?? 아, 그야 당연히……."

"생긴 것도 너무 예쁜 게 아리따운 소녀 같다. 크크. 어깨에 힘 좀 주고 다녀라. 반장이란 놈이 뭐 그러냐?"

내 말에 다소 충격을 받았는지 고개를 책상으로 떨구는 로희. 조금 미안한 감이 들었지만 이 정도 충고는 본인에게 도움이 되리라 생각해 위로의 말은 건네지 않았다. 음악선생님이 수업을 시작하려 하고 계셨다.

"자, 다들 교과서 23페이지 펴라. 저번 시간에 불러본 노래를 한 번 더 불러보겠다."

덩치에 맞지 않게 작은 지휘봉을 꺼내 들더니,

"핫 둘 셋 넷!"

선생님의 구령에 맞춰 아이들의 노래가 시작됐다. 처음 들어보는 노래. 익숙지 않은 분위기가 내 입을 더 꾹 다물게 만들었다. 반장도 기어들어 갈 듯한 목소리로 노래를 따라 부르고 있었다. 바로 그때! 우리 반 아이들이 다함께 합창하는 것보다 훨씬 더 큰 목소리로 애국가를 부르는 소리가 복도 쪽에서 힘차게 들려왔다.

"동해물과 백두산이 마르고 닳도록!! 하느님이 보우하사 우리나라 만세!!"

목청이 찢어져라 부르는 듯한 소리에 반 아이들의 노래는 멈춰지고 음악선생님의 이맛살은 찌푸려지고 있었다 우리 반 아이들의 노랫소리가 멈추자 더욱 크게 들려오는 애국가.

"무궁화 삼천리 화려강산!! 대한사람 대한으로 길이 보전하세!!"

이제 막 2절로 들어가려는 순간 음악선생님은 화를 내시며 앞문을 열어젖혔다.

"대체 어떤 놈이야!!"

거칠게 앞문을 열어젖히자 그 앞에 무릎 꿇고 앉아 노래를 부르고 있는 빨강머리가 보였다. 순간 여학생들의 비명 소리가 또다시 들리기 시작했다.

"꺄!! 월이 오빠!!"

"강월 선배!! 꺄~ 멋있어요!!"

그에 아랑곳하지 않고 음악선생님을 보며 천진스럽게 씽긋 웃어 보이는 빨강머리. 저놈 머리가 어떻게 된 게 아닐까? 황당한 표정으로 선생님이 빨강머리를 다그치기 시작했다.

"너 뭐야, 인마! 강월 너 2학년 놈이 왜 여기까지 와서 난리야!!"

"벌서는 중인데요, 선생님."

선생님은 황당한 얼굴이 역력했다. 황당하거나 말거나 계속해서 꺅꺅거리며 소리를 질러대는 여학생들 때문에 귀청이 떨어져 나갈 것만 같다. 선생님과 빨강머리의 실랑이는 계속해서 이어졌다.

"누가 여기까지 와서 애국가 부르래!!"

"수업하려고 하는데 교과서 없다고 나가서 무릎 꿇고 있으라 하시길래 나왔는데요."

"그럼 너희 반 교실 앞에서 무릎 꿇고 있어야지 왜 여기까지 왔느냔 말이야!"

"어디서 벌서라는 말씀은 없이 복도에 가 서 있으라 하시길래 이왕이면 맘에 드는 복도에 와서 벌서고 싶어서요."

황당하다 못해 이제는 어이가 없다. 저걸 지금 변명이라고 한단 말인가? 나보다 더 기가 찬 선생님은 지휘봉으로 녀석의 머리를 통통 튕기기 시작했다.

"인마(통)! 강월(통)! 그걸 지금(통)! 말이라고(통)! 하냐(통통통통통)!!"

빨라지는 머리의 충격에 강월 녀석이 기분 나빴는지 살짝 머리를 옆으로 피하더니 한마디 툭 던진다.

"음악시간인 것 같은데 노래 좀 같이 부르면 어때서요? 저도 노래 좋아해요."

저놈은 내가 장담하건데 이 학교에서도 내놓은 문제아가 틀림없다. 뭐 저런 인간 말종이 다 있냐. 암살자인 내가 수많은 인간들을 스치고 죽여왔지만 저런 인간은 보다 보다 처음 본다. 그러는 사이 빨강머리 놈은 능청스럽게 웃으며 내 쪽을 힐끗 바라본다. 그리고는,

"하이! 한심이, 안녕(찡긋~)?"

급기야 윙크까지 날리는 탓에 여학생들 아주 자지러진다. 난

무관심한 듯 고개를 돌렸지만 선생님은 신경 쓰였나 보다.

"한심이가 누구야?! 나와!!"

내가 선생님한테까지 한심이라고 불려야 한단 말인가. 언젠간 빨강머리 놈 입을 찢어놓을 테다. 하는 수 없이 자리에서 일어나 선생님 쪽으로 다가갔다.

"뭐야? 네가 한심이야? 처음 보는 얼굴인데?"

"……복학생인데요."

"아, 네가 오늘 이 반에 복학했다는 애냐? 흠, 이름이 한심이야?"

"- _ -+ 아니요. 한신의입니다."

그러자 선생님은 그 짧은 지휘봉으로 다시 한 번 빨강머리 놈의 머리를 한 대 치더니,

탁!

"한신의라잖아! 왜 네 맘대로 남의 귀한 딸 이름을 바꾸고 그래, 인마!"

그러자 그 녀석이 한다는 소리가,

"발음하기 힘들잖아요."

"네놈 이름은 부르고 싶지도 않아! 더 혼나기 전에 너희 반 교실로 돌아가! 2학년이나 된 놈이 1학년들 앞에서 창피하지도 않아?"

"그럼 다음에 벌설 때 또 놀러올게요."

그러더니 여유롭게 사라지는 것이 아닌가? 뭐 저런 게 다 있

담? 학교에서 빨강머리를 한 채 아무렇지 않게 하고 돌아다니질 않나. 저놈에 대한 의문들이 하나둘 쌓여가고 있는데 그때 뭐라 중얼거리는 음악선생님의 음성이 들려왔다.

"어휴, 내가 저놈이 우리 학교 총장에 국회의원 아들만 아니었어도 벌써 아작 냈지……."

뭐? 우리 학교 총장에 국회의원까지?? 그러면 그렇지. 그러니 저렇게 제멋대로에 싸가지가 바가지지. 대충 이해를 한 나는 선생님께 양해를 구했다.

"저, 그만 들어가 봐도 될까요?"

"어? 어어, 그래. 들어가라~ 자자, 다들 조용히 하고 다시 수업 시작한다!"

그렇게 다시 수업은 진행되었다.

어느새 황당함으로 시작했던 음악시간이 끝나고 쉬는 시간이 됐다. 십 분간의 짧은 쉬는 시간에 모든 볼일을 해결해야 하므로 난 얼렁 화장실을 다녀와야겠다 생각했다. 서둘러 복도 끝에 있는 화장실로 갔다. 아직은 그 누구와도 대화다운 대화를 나눠보지 못한 터라 혼자 뻘쭘하게 복도를 지나가게 됐는데…… 흐음, 그 기분이 썩 좋지만은 않게 느껴졌다. 모두들 나를 바라보는 시선 또한 특별했다. 빨강머리가 대놓고 난리를 치는 통에 여학생들의 시선이 곱지 않았기 때문이다. 그러나 그런 여학생들의 시선 따위에 겁먹을 나도 아니고 그런 시선 자체를 신경 쓰지 않는 나이기에 내 걸음은 당당했다.

"야야, 저 여자야, 저 여자. 월이 선배가 찍었다는 여자."

"어머, 정말? 재수없지만 예쁘게는 생겼다, 야."

"쳇. 예쁜 것들은 다 죽어야 해."

"그래 봤자 장미 선배가 가만 안 둘 텐데 뭐."

"맞아. 분명 며칠 못 가서 학교 그만두게 될걸?"

"복학생이라는데 또 학교 관두게 되는 건가? 불쌍하다~"

다. 들.린.다. -_-++++

여학생들의 따가운 시선과 속닥이는 대화를 한 귀로 흘려들으며 도착한 화장실. 맨 마지막 칸에서는 담배 연기가 빼꼼히 피어오르고 있었다. 나참, 저런 것들은 대체 뭘 어찌 해줘야 정신을 차릴는지. 이내 신경 쓰지 않고 그 옆의 빈칸으로 들어갔다. 한참 볼일을 보고 있는데 마지막 칸인 바로 옆 칸엔 꽤 많은 아이들이 들어가 담배를 피우는지 여러 목소리의 대화가 들려온다.

"야, 어떻게 할 거야, 그년?"

"어떻게 하긴, 일단 장미 언니한테 말해야지."

"예쁘게 생겼던데. 장미 언니가 봤다간 살인나는 거 아냐?"

"하긴 장미 언닌 자기보다 예쁜 꼴 못 보잖아~"

"맞아. 저번 달에도 전학 온 애 예쁘다는 이유로 괴롭혀서 학교 못 다니게 만들어놨잖아."

"그래. 아마 그년 일주일 내에 학교 그만두게 될걸? 복학생이라 나이도 우리보다 두 살 많다던데."

“장미 언니가 언제 그런 거 신경 썼냐? 게다가 월이 오빠까지 그년 좋다고 공개적으로 프러포즈하는 바람에.”

“충격이었어. 월이 오빠 여자한테 관심없을 줄 알았는데. 무뚝뚝하진 않지만 여자를 사귀거나 하진 않았잖아.”

“그래, 맞아. 후~ 야, 담배 그만 빨고 얼른 나가자. 책 빌려야 해.”

“응, 그래.”

그렇게 대화를 마친 몇 명의 여학생들의 화장실을 나가는 발소리가 들렸다. 바보가 아닌 이상 그 대화 속의 주인공이 나라는 것쯤은 이미 잘 알고 있다. 대체 장미인지 뭔지 하는 인간이 누구길래 착하게 살려는 나에게 걸림돌이 되려 하는지. 나 괴롭혔다가 피 보는 건 그쪽이 될 텐데 말이지. 휴, 왜 이렇게 일이 꼬이는 거야.

어쨌거나 다시 돌아온 교실. 아직은 친구도 없고 심심함에 짝꿍인 반장에게 말을 걸어보기로 했다.

“야, 로희.”

내가 불러준 게 그렇게 감동적이었나? 눈물까지 글썽거리며 나를 바라보며 입을 여는 반장 놈.

“바, 바, 방금 로, 로희라고 했어? 내 이름 불러준 거야?”

“뭐냐, 너. 뭘 그런 걸 감동스러워하고 그러냐. 다른 애들은 네 이름 안 부르냐?”

“훌쩍. 응. 난 따거든.”

"참 아무렇지도 않게 말하네."

"어, 어쩔 수 없지 뭐. 애들이 나랑 어울리기 싫다는데."

"이봐, 난 따라고 동정하고 그런 스타일이 아니거든? 따를 당하는 놈들한텐 나름대로 이유가 있어. 성격이 못돼먹었거나 얼굴이 지나치게 잘났거나 너무 잘살거나. 근데 내가 보기에 넌 모두 해당되지 않는 거 같은데. 미안하지만서도;;"

"신의가 말한 건 왕따에 해당하는 거고 나 같은 따는 그냥 못생겼단 이유만으로 거부감 주는 타입이라……."

"못생기면 친구도 사귈 수 없는 게 이 학교 방침이냐?"

"뭐, 학교 방침이랄 것까지는 없지만…… 친구들이 나 싫다는데 어쩔 수 없잖아."

"흠, 그럼 내가 네 친구 해주지 뭐."

"그, 그게 정말이야?"

"어차피 나도 친구 없잖아. 따당한다 생각하지 말고 스스로 친구들을 따시키고 있다고 생각하면 편할 거야."

"신의는…… 참 용감한 거 같아."

"뭐가?"

"그냥. 어딘지 모르게 느낌이 굉장히 강해 보이고, 강월 선배한테도 막 대하는 거 같고."

"난 인간 말종한테 주눅들고 살진 않아."

"하하;; 그, 그래?"

"야, 근데 내 이름 어려우니 그냥 편히 신이라고 불러."

내 말에 반장 녀석은 약간 흘러내린 안경을 살짝 올려 쓰며 기쁜 듯 옅은 미소를 보였다.

어느새 2교시 수학시간이 시작되었다. 여전히 기운없는 로희의 인사를 시작으로. 쩝.

수업 중 로희는 내게 궁금한 게 있는지 조용히 속삭였다.

"근데 신이야, 이런 거 물어봐도 되는지 모르겠는데 왜 학교를 쉬었어?"

로희의 질문에 아무 망설임 없이 대답해 주었다.

"중학교 때부터 학교를 다니는 둥 마는 둥 겨우겨우 졸업했어. 그러다 고등학교 들어가서는 도저히 학교가 맞지 않아 관뒀었는데 엄마께서 착한 학생 되라고 유언을 남기신 바람에 다시 뜻하지 않은 고등학생이 되었지."

아무렇지 않게 말하는 나를 보고 놀란 건지 내 사정을 듣고 놀란 건지 안경 속의 로희 눈은 동그랗게 놀람을 감추지 못하고 있었다.

"그, 그, 그랬구나."

"뭐, 그렇게 측은한 눈빛으로 볼 거 없어. 사람이라면 누구나 한두 가지 사정쯤은 안고 살아가는 거니까."

"으, 응."

"반장이니까 공부는 좀 하겠네?"

"응? 아, 그냥 뭐."

"친구 된 기념으로 나 공부 좀 가르쳐 주라. 말했다시피 학교

도 다니는 둥 마는 둥 했고 오랫동안 학교란 곳 근처에도 와본
적이 없어서 공부와는 거리가 좀 머니까. 거리 계산이라든지 뭐
운동은 좀 하지만.”

“거리 계산??”

캑;; 이게 아니지. 항상 암살할 상대와 내 위치 거리를 계산하
고 조준하는 습관 때문에 거리감각이나 평형감각 등은 뛰어날
수밖에 없다. 운동은 곧 싸움 능력. 그러니 잘할 수밖에. 아무튼
그런 걸 들킬 수는 없으므로 서둘러 수습했다.

“아니 뭐, 운동하는 건 좋아하고 상상력이 풍부하여 거리 같
은 것 계산하며 놀고 그러거든.”

“아, 그, 그래?”

“뭐 그렇지. 하하;; ”

말도 안 되는 수습에도 로희는 쉽게 넘어가 주는 듯했다. 수
학시간 내내 로희의 도움을 받으며 기초부터 천천히 다시 공부
를 해보니 공부란 것도 썩 재미가 있었다.

수업시간은 생각보다 빨리 지나 벌써 점심 시간이다. 급식을
먹으러 식당으로 가는 길은 당연히 로희가 안내하고 있었다. 로
희와 붙어 다니는 내 모습을 우리 반 여학생들은 물론이고 남학
생들도 석연치 않아하는 눈치였다. 하지만 난 그러거나 말거나
배가 고팠기에 서둘러 식당을 찾아갔다.

급식을 막 배급 받고 자리 잡아 앉았는데 또 해방군이 나타나
고야 말았다.

"어이, 한심이~ 밥 먹으러 왔네?"

저놈의 빨간 머리를 고추장 대신 사용해 버릴까 보다. 왜 밥 먹는 곳까지 와서 난리를 치나 몰라. 짜증스런 눈빛으로 그를 바라보자 그는 내가 들고 있는 수저를 빼앗으며 다시 한 번 입을 열었다.

"내 여자 친구 밥 뺏어 먹는 게 더 맛있을 것 같은데?"

그러더니 내 밥을 날름 먹고 있는 저 빨강머리. 로희는 슬그머니 피하는 눈치였다. 어느새 빨강머리 친구들로 보이는 껄렁한 무리들이 내 주변을 감싸고 빨강머리 놈은 익숙한 듯 거들먹거리며 또 장난을 치기 시작했다.

"얘들아, 봤지? 이 애가 내 여자 친구야."

그러자 그들 무리는 하나같이 비슷한 표정과 말투로 말을 하기 시작했다.

"이야~ 진짜 예쁘네. 근데 어디서 많이 본 것 같은데?"

"아까 교무실 앞에서 벌설 때 봤던 애 아냐?"

"맞아! 역시 가까이서 보니까 더 예쁘다, 야~ 자식! 어떻게 꼬셨냐?"

"강월 이 새끼! 금세 선수치다니! 나쁜놈."

그러고 보니 이놈들 교무실에서 열심히 출석부로 머리 맞고 있던 놈들 아니던가? 쯧쯧, 한심한 집단 같으니라고. 그나저나 이 자식들 안 가나? 어린애들 장난이니 귀엽게 봐주며 넘기려 했지만 빨강머리 녀석은 점점 도가 지나치다. 끝내는 내 어깨에

팔을 떡하니 두르더니,

"한심이, 왜 그러고 있어? 얼른 밥 먹어야지. 우리들이 쳐다보고 있어서 쑥스럽구나? 크, 좋아~ 이 녀석들 다 보내고 우리 둘이 먹자."

그리고는 친구들을 쫓아내는 것이 아닌가? 빨강머리의 명령(?)에 친구들은 이내 각자의 식판을 들고 한구석으로 가서 아주 요란하게 밥을 먹기 시작했다. 하지만 빨강머리 놈은 언제 들고 왔는지 자신의 식판을 들고 와서 나와 마주 보고 앉는다. 이거 완전 가시방석이군. 어차피 반찬은 자기 거 내 거 똑같은데 왜 내 반찬만 먹는 걸까? -_-;;;

있는 듯 없는 듯 놈을 신경도 쓰지 않고 꾸역꾸역 밥을 먹는데 뭔가 기분 나쁜 기운이 음산하게 돌더니 이내 눈이 쫙 찢어진 여우같이 생긴 집단이 우리 테이블 앞에 멈춰 섰다. 가장 가운데서 날 무섭게 노려보는 여자애. 직감적으로 저 여자애가 장미인지 뭔지 하는 애란 걸 알았다. 역시나 맨 가운데 새까맣고 긴 머리, 커다란 눈망울이 매력적인 도도하게 생긴 여자애가 날 보며 입을 열었다.

"네가 오늘 복학했다는 그 복학생이냐?"

그녀의 목소리 또한 앙칼지게 퍼지고 있었다. 내가 대답도 하기 전에 먼저 반응을 하는 건 빨강머리 놈이었다.

"복.학.생? 이, 이봐, 한심이. 너 복학생이었냐? 장미 누나, 이 녀석 알아요?"

역시 저 여자가 장미였군. 게다가 누나? 그렇다면 저 여자는 3학년이란 소리네. 빨강머리의 질문에 장미라는 여자 아이는 얼굴을 심하게 붉히며 나에게 질문할 때의 눈빛과는 사뭇 다른 눈빛으로 변하더니 대꾸했다.

"응? 아, 아니, 복학생이 1학년으로 들어왔다는 소문이 있어서. 그래서 확인하려고~"

"아, 그래요? 이 녀석 오늘 처음 왔으니까 복학생 맞을 거예요. 전학생은 아니라고 했거든요."

"그래? 호호~ 근데 월이 넌 왜 여기서 밥을 먹니? 2학년 네 친구들은 저쪽에서 먹는데."

"아~ 전 이 녀석이랑 같이 먹으려고요. 제 여자 친구거든요."

그러자 장미의 눈빛은 무섭도록 섬뜩하게 변해 있었다.

"여자…… 친구?"

자신의 귀를 의심하는 듯 조심스럽게 다시 묻는 장미 양. 그런 그녀에게 아무런 망설임 없이 당당하게 대답하는 빨강머리 놈.

"네. 제가 사귀자고 했어요."

"그, 그래?"

"누나도 축하해 주실 거죠? 제 여자 친구니까 누나도 사이좋게 잘 지냈으면 좋겠어요."

"아, 그, 그래야지."

능청스럽게 웃는 빨강머리 놈. 어쩐지 이놈 날 위해 일부러 장미의 말을 막고 있는 듯했다. 자신을 이용해서 내가 장미 패거리에게 괴롭힘당하는 걸 방지하려고 저런 말을 계속 늘어놓는 게 내 눈엔 다 보이고 있었다. 장미의 성격을 이미 잘 알고 있는 듯한 빨강머리 놈은 내가 장미 패거리의 목표가 될 거라는 것을 알고 일부러 나를 보호하고 있었던 것이다. 남자로서 여자를, 그것도 선배를 손댈 수는 없을 테니까 말이다. 계속해서 이어지는 빨강머리의 말.

"장미 누나는 예쁘니까 이 녀석하고 있어도 잘 어울릴 것 같아요. 뭐, 누나가 더 예뻐서 이 녀석이 꿀리긴 하겠지만. 하하하."

그러자 장미는 금세 환하게 웃으며 대답한다.

"저, 정말? 호호. 월이도 참~"

"누난 너무 예뻐서 부담된단 말이에요~ 에이, 조금만 덜 예뻤어도 제가 어떻게 해보겠는데. 장미 누나는 평생 좋은 누나와 선배로 남기고 싶은 게 제 욕심이에요. 그러니까 이 녀석하고 잘 지내주실 수 있죠?"

"그럼~ 물론이지! 월이 여자 친구면 월이나 마찬가지인걸? 걱정 마. 내가 학교생활 편하게 할 수 있도록 잘해줄 테니까. 호호호호."

"고마워요, 누나(찡긋)."

마지막 윙크까지 아주 자지러질 듯 장미의 얼굴은 붉어졌다.

뭐, 덕분에 학교생활이 어렵지는 않게 될 것 같다만 대체 상황을 이 지경까지 만들어서 어쩔 작정인지.

"어머머머, 편식하면 안 되지~ 자, 아~ 해! 이것도 먹고, 자자, 이것도 먹어. 얼른~ 꼭꼭 씹어 먹어~"

내 옆에 찰싹 달라붙어서 젓가락을 들고는 내 입에 마구 반찬을 밀어 넣어주는 부담스러운 장미 때문에 도저히 마음 편히 밥을 먹을 수가 없다. 뭐가 그렇게 재밌는지 당황해하는 내 표정을 보며 피식 웃고만 있는 저 빨강머리 놈. 난 저놈의 여자 친구가 되겠다고 말한 적이 결코 없는데 이미 학교 안에는 내가 저놈의 여자 친구란 소문이 파다했다. 불편한 식사 시간 때문에 위장이 다 뒤틀리는 듯했다. 난 이내 참지 못하고 입을 떼었다.

"저기요, 전 됐으니까 볼일 보세요."

그래도 명색이 선배인데 존칭은 써주어야지. 그러자 장미는 나를 보며 부담스러우리만치 환하게 웃고는 말을 한다.

"아니야~ 너 밥 먹는 거 도와주는 것도 내 일인걸? 근데 이름이 뭐니?"

"신의, 한신의예요."

"어머~ 참 예쁜 이름이네. 호호, 난 장미야. 성이 장이고 이름이 미! 우리 앞으로 친하게 지내자~"

"아, 뭐……."

"그런데 복학생이면 나이가 몇 살이야?"

나이를 묻자 빨강머리 녀석 귀가 솔깃해서는 내가 대답하길 뚫어져라 바라본다. 조금 망설이다가 귀찮은 듯 대꾸했다.

"열아홉."

"어머, 그럼 원래는 3학년이네? 나랑 동갑이잖아. 그럼 그냥 친구 하면 되겠다~ 존댓말 쓰지 말고 편하게 말해, 편하게~ OK?"

"응, 그래."

워낙 무뚝뚝한 내 성격은 말투에서도 그대로 드러나고 있었다. 그보다 열아홉 살이란 내 대답에 다소 깜짝 놀랐는지 빨강머리 놈 나를 보면서 눈을 커다랗게 깜빡이고 있었다. 그리고 잠시 표정이 굳는가 싶더니 이내 피식 웃더니,

"난 누나 같은 스타일도 좋더라~ 크크."

저놈 좀 누가 끌어내 줬으면 남은 밥 빨리 다 먹을 수 있을 텐데.

그렇게 점심 시간은 황당하게 적대관계가 성립될 줄 알았던 장미파와 친해지면서 끝이 났다. 점심 시간 내내 쫓아다니며 친한 척하는 장미파 때문에 즐거워야 할 점심 시간이 무척이나 피곤했다. 뭐가 좋은지 실실거리며 따라오는 빨강머리 놈도 정말이지 웬수 같았다. 전생에 무슨 죄를 지었길래 나를 이렇게 괴롭히는 건지. 아~ 정말 평범한 학교생활을 하는 건 불가능한 일일까?

제 3 장

점심 시간을 마치고 5교시 수업을 막 시작하려 할 때였다. 들러붙던 장미파와 빨강머리 놈이 각자의 교실로 사라지고 나른해진 오후, 짝꿍 로희가 내게 말을 걸어왔다.

"저…… 신이야?"

"왜?"

"나…… 너 친구 안 할래."

"뭐?"

"아까 보니까 장미파, 월이 선배와 친해진 것 같은데…… 난 그런 사람들 무서워서 싫거든."

“그 인간들하고 내가 친해 보이냐?”

“그럼…… 아니야?”

“어이없네. 그놈들이 일방적으로 붙어 다니는 거지, 난 그놈들 친구로 인정한 적 없어. 내가 네 친구 한다고 했지!”

“하, 하지만 넌 월이 선배의 여자 친구…….”

“누가 여자 친구래?! 난 그놈 여자 친구 한다고 말한 적 없다!”

“그, 그렇지만…….”

“아아, 그 인간과 장미파인지 뭔지에 관한 얘기라면 집어치워. 관심없으니까. 그러다 지치면 관두겠지.”

“하지만…… 장미파와 월이 선배는 우리 학교에서…….”

“왜? 악명 높은 일진님이시다? 유치해서 웃음밖에 안 나오는군. 그런 거 신경 쓸 필요 없어. 철없어서 노는 방법이 서툰 것들일 뿐이야.”

“그래도 나 같은 애와 다니는 걸 장미파나 월이 선배가 보면…….”

“아, 글쎄, 신경 끄라니까. 선생님 오셨다. 뭐 하냐? 반장이면 인사해야지.”

“아…… 으, 응.”

그렇게 겁을 잔뜩 먹은 로희는 인사를 시킴으로 해서 수업의 시작을 알렸다.

정말이지 정신없는 학교 일과를 마치고 드디어 하굣길이다.

기진맥진한 나는 로희와 함께 털레털레 운동장을 가로질러 교문으로 향하는 길이었다. 옆에서 잘 걷던 로희의 걸음이 갑자기 멈춰졌다. 왜인지 물어보기도 전에 내 시야에 먼저 들어온 건 어느새 가까이 온 빨강머리와 그의 친구들이었다.

"한심아~ 집에 가냐?"

아, 상대하기 싫은 놈. 그냥 무시한 채 지나쳐 가고 싶었지만 내가 그런다고 해서 떨어져 나갈 놈이 절대로 아니기에 간단히 대꾸해 주기로 했다.

"이봐, 내가 열아홉 살이라는 걸 밝혔으면 너보다 누나라는 걸 알았을 텐데 어따 대고 한심이라느니 어쩌느니 반말을 지껄여 대는 거냐?"

"하하, 역시 앙칼진 애미나이야. 원래 사귀는 사이에는 존댓말 안 하는 거야~ 상대가 연상이든 연하든 그런 거 상관없이 말야."

"뭐, 좋아. 존댓말 같은 건 애초부터 바라지도 않았어. 아니, 아예 말을 안 걸어줬으면 진짜 소원이 없겠다. 그리고 굳이 날 불러야 할 상황을 닥치게 되면 한심이라고 부르지 마라. 내 이름을 함부로 바꾸지 말라고! 기분 뭐 같으니까."

당돌한 내 모습에 빨강머리를 제외한 그의 친구들은 꽤나 놀란 눈치다. 이미 우리 주변을 지나가는 많은 학생들은 힐끔힐끔 쳐다보며 재미난 구경이라도 난 듯 수군거리며 구경하고 있었다. 빨강머리 놈은 내 경고에 피식 미소를 지으며 또 내 성질을

돋군다.

"그럼 너도 빨강머리라 부르지 말고 월아~ 하고 불러. 그러면 나도 널 신이야~ 하고 불러줄게."

"난 네놈 부를 일 없으니까 그만 꺼져."

"에이~ 사귀는 사이에 그렇게 딱딱하게 굴면 쓰나. 지금은 아니어도 넌 꼭 날 미치도록 사랑하게 되어 있어."

"미친놈."

"내가 마법을 걸어놨거든, 나에게 빠져드는 마법을."

"난 그런 거 안 믿어."

"진짜야~ 두고 보면 알게 될 거야. 근데 넌 집이 어디냐?"

"몰라도 되니까 그만 네 갈 길 가라. 점점 더 짜증나려고 하니."

내가 더욱 인상을 굳히자 빨강머리 녀석은 잠시 수그러드는가 싶더니,

쪽!

갑자기 내 입술에 뽀뽀를 쪽 하고는 싱긋 웃는다. 순간 당황한 나는 뒤늦게 내 입술을 박박 닦으며 소리를 질렀다.

"야, 인마!! 뭐 하는 짓이야!!"

"빨강머리에서 인마로 바뀌었네. 크크."

"이 자식이 정말!!"

"오호~ 이젠 자식으로?"

"이봐(-_-+ 진정하자), 난 어린애랑 실랑이 벌이고 싶지 않으

니까 제발 우리 서로 갈 길 가자."

"흠. 그래, 가자~ 어차피 교문까지는 집 방향이 달라도 같이 가게 할 거 아냐~ 교문까지라도 같이 가지 뭐."

녀석의 말을 끝까지 듣지도 않고 서둘러 교문을 향해 발걸음을 힘차게 내디뎠다. 로희는 눈치를 보며 내 뒤를 따르고 있었다. 교문 앞에 다다르자 수많은 여학생들이 몰려 있는 것이 보였다. 월이 녀석, 또 자신의 팬클럽인 양 잘난 척하며 피식 웃어 보였지만 여학생들의 시선은 빨강머리가 아닌 다른 곳을 향해 있었다. 물론 이놈이 등장하자 이놈에게로 시선을 돌린 여학생들도 상당수였지만 이놈이 온 줄도 모르고 여전히 모여서 소리를 꽥꽥 질러대는 여학생들도 굉장히 많았다.

"꺄~ 진짜 멋있다!!"

"넘 잘생겼어요~ 어느 학교 학생이에요? 꺄~"

"저기요! 여기 좀 봐주세요!"

카메라폰으로 마구 찍어대는 여학생들 틈으로 보여진 한 멋진 남자. 그 사람은,

"바, 반야……?"

내 부름을 듣고 수많은 여자들 틈 사이를 비집고 나와 나를 바라보는 반야. 틀림없이 반야이다. 월이 놈은 반야와 나를 번갈아 보며 시큰둥한 표정을 짓고 있었다.

"반야, 여긴 어쩐 일이야?"

"데리러 왔어."

"안 그래도 되는데."

"오늘 첫 등교잖아. 생활 잘했나 싶어서."

"응. 나름대로 잘했어, 반야."

하루 종일 낯설고 따가운 시선들에 피곤했던 나지만 반야의 얼굴을 보자마자 이내 엄마 품에 안긴 듯 편안함을 되찾아갔다. 반야와 내가 다정히 교문을 막 나가려는 찰나 빨강머리 놈이 반야의 어깨를 잡았다.

"넌 뭐야!! 뭔데 남의 여자 친구를 기다려?"

그러자 반야는 암살자만의 카리스마있는 눈빛으로 빨강머리 놈을 째려봤다. 그러자 월이 놈은 순간 움찔하는 기색이 있었다. 아마도 자신을 저렇게 똑바로 쳐다보며 반항하는 듯 알 수 없는 차가운 기운에 깜짝 놀란 것이 분명하리라. 하지만 월이 놈도 애송이는 아닌 모양이다. 그런 반야의 기운을 느꼈음에도 불구하고 잠시의 망설임 후에 다시 기세등등하게 반야에게 시비를 건다.

"넌 뭐냐고!!"

반야는 나를 한 번 바라보고 빨강머리를 한 번 보며 잠시 뭔가를 생각하는 듯하다가 이내 던진 대답은,

"……친구."

그러자 빨강머리의 미간이 살짝 꿈틀거리더니,

"친구? 그냥 단순히 친구??"

반야는 여전히 무표정한 얼굴로 대꾸했다.

“시끄러운 놈이군.”

“아니, 뭐야? 이 자식이!!”

빨강머리 놈이 반야의 멱살을 잡는 순간 내가 나섰다.

“그만둬! 뭐 하는 거야, 내 친구한테!! 반야는 오래된 내 친구야! 너 같은 놈이 함부로 멱살 잡을 그런 만만한 사람이 아니란 말이야!”

그러자 빨강머리 놈이 한 대답은,

“안 돼! 남자는 친구가 될 수 없어! 저런 찐따 같은 놈이라면 모를까 이렇게 잘생긴 놈을 그냥 친구로 두는 게 말이 되냐고!!”

죄없는 로희를 가리키며 잘도 지껄이는 황당한 이놈.

“그냥 친구로 둬서 상당히 미안하지만 반야는 정말 소중한 내 친구야! 너 같은 양아치에 밝힘증 환자가 아니니까 신경 끄라구!”

빨강머리 놈은 반야와 나를 번갈아 보더니 이내 조심스럽게 멱살 잡았던 손을 놓는다. 그리고는 멋대로 경고하듯 말하고는 사라진다.

“아무리 친구라도 내 앞에서 너무 다정한 모습 보이지 마! 다 죽여 버릴 테니까!”

-_-;; 뭐 저런 게 다 있냐? 어느새 잔뜩 쫄아 있던 로희는 먼저 가겠다며 사라지고 주변에 꺅꺅거리는 여학생들이 거슬렸는지 반야는 서둘러 오토바이에 시동을 걸었다. 능숙하게 반야의 뒷자리에 타서 반야의 허리를 감싸 안았다. 그리고 먼저 사라진

빨강머리와 그의 친구들을 스쳐 지나가는데 뒤통수에 따가운 목소리가 들려왔다.

"야!! 꽉 껴안지 마!! 죽어—!!"

-_-;;;;;;; 아, 정말 저놈은…….

반야 덕에 편하게 오피스텔에 도착했다.

집에 들어와 보니 신우는 아직 돌아오지 않은 모양이다. 오피스텔 안으로 들어온 반야에게 커피 한 잔을 건네자 반야가 웬일로 먼저 말을 꺼냈다.

"씬, 아까 그놈…… 강월 맞지?"

"반야, 네가 그놈을 어떻게 알아?"

"강태만의 아들…… 강월…….."

"강태만? 강태만이라면 국회의원이잖아?"

"우리 어쎄신에 가장 많이 사건을 의뢰하는 사람이기도 하지."

"그게 정말이야?"

"씬은 사살만 담당하니까 잘 모르겠지만 의뢰를 직접 받고 사건을 전달하는 난 누가 누구를 사살해 달라고 의뢰하는지 잘 알지."

"그렇겠군."

"강태만의 의뢰로 인해 우리 어쎄신에서 사살한 사람만 해도 열 명이 넘어."

"그래? 그런 작자의 아들이라 이거군."

"최고의 권력을 가졌지. 다음 대통령 후보 중에 가장 유력한 대표이기도 해."

"그래서 아들이 그렇게 시건방진 거로군. 얘길 들어보니 우리 학교 재단도 강태만의 것 같던데."

"오늘도 강태만이 의뢰한 사건을 처리하게 됐어."

"그래? 반야는 오늘도 수고하겠군. 항상 하는 말이지만 조심해. 언제나 위험이 따르는 일이잖아."

"물론."

"후, 반야랑 있으면 정말 편해. 무뚝뚝한 반야여도 나한테만은 항상 친절하니까. 내가 맘 놓고 편히 웃을 수 있는 사람도 반야뿐인 거 알지?"

그러자 반야는 여전히 무표정한 얼굴로 나를 바라볼 뿐이었다.

잠시 후 커피를 다 마시고 일어나는 반야.

"사건 처리하러 가봐야겠어. 익숙지 않은 생활하느라 피곤했을 텐데 푹 쉬어."

"알았어. 고마워, 반야. 조심해. 사건 처리 잘하고."

"응. 그럼."

그렇게 반야를 보내고 씻은 후 사복으로 갈아입었다. 곧 신우가 학교 마치고 돌아올 텐데 맛있는 찌개라도 끓여줘야겠단 생각에 냉장고 문을 열었다. 하지만 재료가 부족해 백화점을 갈 수밖에 없었다.

혁!! 악연도 정말 이런 악연이 없을 것이다. 대체 오늘 저놈의 얼굴은 몇 번째 보는 것인지. 어딜 가도 튀는 저 빨강머리 때문에 안 볼래야 안 볼 수도 없다. 식품 코너에서 음식을 고르던 도중 녀석을 만난 터라 더욱 피하고 싶은 마음뿐이었다. 그러나 그냥 스칠 놈이 아니었다. 나를 보자마자 다짜고짜 따지고 드는데 어찌나 어이가 없던지.

"야, 너 아까 그 자식이랑 그냥 친구라면서 왜 그렇게 꽉 끌어안고 오토바이 타! 앙?!"

"남이사."

"남이라니! 남자 친구 허리도 한 번 안 끌어안아 본 여자가 어디 외간 남자의 허리를 덥석 안아? 어!"

"이봐, 내가 대체 왜 네 여자 친구 해야 하는 건데?"

"내가 널 좋아하니까."

"날 얼마나 봤다고 좋아한다 만다야~"

"첫눈에 반했다니까."

"그런 건 허울일 뿐이야! 나에 대해 알지도 못하면서 첫 느낌만으로 모든 걸 평가하지 말라구."

"상관없어! 허울이라도 그건 내가 선택한 느낌이니까."

"도무지 말이 통하지 않는군."

"넌 내가 맘에 안 드냐?"

사실 이놈 정도의 마스크는 반야 말고는 어디서도 본 적 없는 완벽한 미남이다. 하지만 그렇다고 잘 알지도 못하는 놈을 좋아

하는 것도 웃긴 노릇. 마음에 들고 말고 할 가치 자체가 없는 것
이다. 아주 조금이지만 대답을 망설이다 얼른 대꾸했다.

"당연하지! 네놈이 맘에 들 리가 있냐고! 다른 여자들이 너 좋
다고 꺅꺅거리니까 나도 그럴 거라고 생각하는 모양인가 본데
즐이다, 인마!"

"그래? 내가 맘에 안 든다 이거지?"

"왜 재방송하게 만들래? 그래, 싫다고!"

"좋아! 그럼 나랑 딱 한 달만 정식으로 사겨봐. 꼭 네 맘에 들
어가고 말 거야! 그때 가서도 내가 싫으면 진짜 떨어져 줄게. 어
때?"

"시끄러. 너랑은 한 달이 아니라 일 분도 같이 있기 싫으니
까."

"그럼 난 지금처럼 매일매일 네 옆에 붙어 다니면서 괴롭힐
거야."

"윽! 이, 이 자식이!"

"오늘 학교에서 느꼈겠지만 우리 학교에서 내 존재는 네가 생
각하는 것보다 크다구~"

"아, 그딴 건 내가 알 바 아냐."

"딱 한 달이야. 진짜 한 달만 제대로 여자 친구 노릇하려고 노
력해 봐. 서로 손해 볼 거 없잖아."

이대로 떨어져 나갈 것 같지도 않고. 정말 미치겠군. 휴. 그
래, 쉽게 떨어져 나갈 것 같지도 않은데 그냥 겉으로만 사귀는

척하고 대충 얼버무리며 생활하면 되겠지 뭐.

조금 망설이다 난 귀찮은 듯 대답했다.

"어휴. 좋아, 딱 한 달이다. 그 이후에도 내가 싫다고 하면 아는 척도 하지 마!"

"크크크. 그래, 알았어, 내 마누라."

"-_-;;; 이봐, 좀 떨어지지?"

금세 다가와 내 어깨에 팔을 두르는 이놈. 뭐가 그렇게 좋은지 쌩글쌩글 웃고만 있다. 웃는 얼굴에 침 못 뱉는다고 웃는 모습이 썩 나쁘지는 않았다. 젠장. 이러다 진짜 이런 웬수 같은 이놈을 좋아하게 되는 일이 생기는 건 아니겠지?

들러붙은 이놈 때문에 음식 재료도 제대로 고르지 못한 채 뒤척이고만 있는데 이 녀석 또 슬슬 입이 간지러운 모양이다.

"마누라, 우리 존댓말커플 하자."

"뭐? 존댓말 뭐?"

"존댓말커플! 서로 존댓말을 쓰는 거야."

"싫어. 뭐냐, 그게, 느끼하게."

"느끼하긴 뭐가 느끼해~ 서로를 존중하는 거지. 크크. 지금부터 시작이다!"

"싫어, 인마! 나야 원래 너보다 나이 많으니까 존댓말 받는 게 맞지만 내가 너한테 존댓말 쓰면 손해 보는 거잖아."

"학교에선 내가 선배잖아~ 서로 손해 볼 거 없다구."

"싫다."

“하자, 하자~ 응? 존댓말커플 하자~”

이 자식 막무가내로 떼쓰기까지 한다. 와, 정말 환장할 노릇이다!

“싫다니까!!”

“그럼 여기서 또 키스한다!”

“뭐, 뭐라?”

“키스받고 싶은 거야?”

“다, 닥쳐!! 그래, 알았어. 존댓말커플인지 나발인지 해! 하면 되잖아!! 우씨(발;;).”

“음, 뭐라고 부를까요, 마누라?”

“ㅡ_ㅡ; 저, 저기요~ 토, 토, 토할 거 같은데…… 요.”

“ㅡ_ㅡ+ 키스해 달라구요?”

“캑! 아, 아니요! 그냥 편하신 대로 부르시라구요.”

“그럼 뭐라고 부를까요?”

“부르고 싶은 대로 부르시라니까 그러시네.”

“여보! 여보 좋다, 여보!”

“여, 여…… 뭐??”

“어허! 어차피 한 달이 지나도 우린 계속 사귀게 될 텐데 그러다 보면 곧 결혼도 할 테고. 그러니 미리 여보 하는 것도 좋잖아요?”

“전혀 안 좋은데요.”

“네? 키스해 달라구요?”

“=ㅁ=; 아뇨. 그냥 그렇게 부르시라구요.”

아, 한신의! 과연 이게 평범한 고등학생이 되는 길일까? 미치겠다.

결국 백화점에서 큰 소리로 여보~ 여보~ 하면서 붙어 다니는 이 녀석 때문에 어이없어하는 어른들의 시선을 받아야만 했다.

겨우겨우 재료를 다 사고는 백화점을 빠져나오자 녀석을 보낼 심산으로 말을 꺼냈다.

“저기요, 이제 그만 가보시죠. 저도 집에 가야 하거든요.”

“어허! 저기요라니. 서방님 하고 부르셔야죠~”

“뭐라고? 서방님은 무…… 서방님, 저 먼저 가볼게요(젠장, 입술을 쭉 내미는 바람에. ㅠ0ㅠ).”

“아니에요, 여보~ 내가 당연히 집까지 바래다줘야죠~”

“괜찮아요. 혼자서도 잘 가요.”

“자꾸 고집 피우면 나 속상해요, 여보~”

“-_-++ 괜찮다니까 그러시네.”

점점 느끼함이 절정에 치닫고 나 또한 참기 힘든 지경에 이르고 있었다. 그때,

“으악! 나도 도저히 느끼해서 못하겠다! 천하의 강월이 뭐 하는 짓거리래냐!”

지가 먼저 하자고 해놓고 뭐냐. 그래도 정말 다행이구나. 이런 짓을 더 이상 하지 않아도 되니까.

"그래, 느끼하니까 제발 관두자."

"크크, 그래도 서방님 소리는 듣기 좋던데? 집이 어디냐? 빨리 앞장서. 집이 어딘지 알아둘 겸해서 난 꼭 너 바래다줘야겠으니까."

하는 수 없이 녀석을 옆에 달고 오피스텔 앞에 도착했다.

"다 왔어. 여기야. 바래다줘서 눈물나게 고맙네. 어여 가, 이제."

"오~ 이 오피스텔 살아? 너희 집 좀 사냐? 아니지, 오피스텔이란 곳은 한식구가 다 살기엔 좀…… 너 혼자 사냐?"

"동생이랑 둘이 살아."

"왜?"

"동생이랑 나랑 둘밖에 없으니까 그렇지 뭐가 왜야!"

측은한 눈빛으로 변할 줄 알았지만 녀석은 오히려……

"동생 남자야, 여자야?"

——;;; 아, 이놈은 정말…….

"그게 무슨 상관이야!! 친동생인데!!"

"남자구나(울컥)!!"

"아, 너란 애 정말 정이 안 간다, 정이."

"둘이 한이불 덮고 자지 마! 따로따로 자! 알았어?"

"무슨 생각 하는 거야, 인마!"

때마침 녀석의 휴대폰이 울렸다.

아싸~ 전화 왔다. 빠빠빠빠빠~ 〈-벨소리. ——;;

녀석은 한껏 폼을 째며 전화를 받아 든다.

"여보세요? 어… 어… 알았어, 금방 갈게."

녀석은 간단하게 통화를 마치더니 나를 보며 쌩긋 웃고는,

"나 이만 가야겠다. 집에 잘 들어가라. 내일 보자~"

"그래. 어여 가라, 어여~"

"잘 자라, 내 마누라(피식)!"

"너 아직 안 갔냐?"

"응. 아직 한 가지 남아서."

"뭐가 남…… 읍!"

또다시 당한 기습뽀뽀. 아, 오늘만 세 번째다. 막 소리를 지르려는 찰나 녀석은 벌써 손을 흔들며 저만치 멀어져 갔다. 아, 저런 놈은 제발 신경 쓰지 말자. 차라리 신경을 끄자! 꺼!

서둘러 집 안으로 들어갔다. 현관문이 열려 있는 걸로 보아 신우가 왔나 보다.

"신우야, 학교 갔다 왔어?"

"누나야?"

신우 녀석 막 교복을 갈아입은 듯 편안한 사복 차림으로 나와 나를 맞이했다.

"학교 잘 다녀왔어?"

"응. 누나는?"

"나도 잘 갔다 왔어. 너 배고플까 봐 맛있는 거 해주려고 백화점 갔다 오는 길이야."

“그렇구나. 나 배고파, 누나~ 밥 많이많이 해줘야 해~”

“그래, 알았어. 조금만 기다려.”

“응.”

아, 이게 바로 가족의 정과 행복이라는 거구나. 되찾은 행복 감을 새삼 느끼며 요리를 하기 시작했다. 신우와 맛있게 요리를 먹고 TV를 보며 신나게 떠들고 학교 애기도 하며 시간을 보냈 다.

어느새 밤이 깊어 신우와 침대에 나란히 누워 잠을 자려는데 문득 월이 놈이 했던 말이 떠올랐다.

“뭐? 한이불 덮고 자면 죽는다고? 참나.”

나도 모르게 크게 중얼거렸나 보다. 신우가 이상하게 날 바라 보며 질문한다.

“누나, 뭐라고?”

“응? 아, 아무것도 아니야. 잘 자~”

“응, 누나도.”

그렇게 그날의 일과는 마무리가 되었다.

제 4 장

4

다음날 아침 서둘러 신우에게 아침밥을 먹인 후에 학교에 보냈다. 나 역시 학교 갈 준비를 마친 후 집을 나섰다. 막 오피스텔을 빠져나가려는데 웬 고급 승용차 한 대가 내 앞에 떡하니 버티고 있는 게 아닌가? 이내 그 고급 승용차의 창문이 찌~익 하고 열리더니 빨강머리의 모습이 보였다. 불길한 예감이 적중했다. 거만한 포즈로 창문에 기대 내게 아침 인사를 건네는 강월 놈.

"어이, 마누라~ 좋은 아침. 자자, 모시러 왔으니까 어여 타."

"됐어. 버스가 편해."

"에이~ 버스가 편하다는 건 거짓말이지. 마누라 모시러 온 남편 성의를 무시할 테냐? 어여 타!"

"남편 같은 소리 하네. 부잣집 아들 티 내고 다니는 꼴 재수없으니까 너도 내려."

"뭐? 부잣집이 싫어?"

"응."

황당하다는 듯한 표정으로 이내 빨강머리 놈은 차에서 내렸다. 그리고는 날 뚫어지게 바라보며 고개를 갸웃거리더니 이내 다시 입을 연다.

"진짜 부잣집이 싫어?"

"재방송하게 만들래! 싫다고!!"

"왜??"

아주 천진하게 질문하는 녀석에게 찬물을 끼얹는 것 같지만 솔직하게 대답하기로 했다.

"돈 많은 인간들 중엔 쓰레기들이 많거든."

그러자 배시시 웃으며 대꾸하는 빨강머리 놈.

"난 쓰레기 아냐~ 그러니까 타."

"싫다고 했다."

"뭐? 안 들려~ 키스해 달라고?"

"지, 지금 탈까?"

"자자, 얼른 타~"

능청스럽게 뒷문을 열어주는 빨강머리 놈. 별수없이 녀석의 배려를 받으며 고급 승용차에 몸을 맡겼다. 어쩐지 이런 고급 승용차가 너무나 잘 어울리는 빨강머리 녀석. 익숙한 듯 거만하게 앉아 있는 모습이 쪼오금 멋있긴 했다. 하지만 이놈이 강태만 아들이라고 생각하니 미래가 뻔하다. 자기 아빠처럼 똑같이 잘난 척하는 국회의원이 되겠지? 네놈도 크면 우리 어쌔신에 사건을 의뢰하는 쓰레기 같은 인간이 되겠지? 그런 생각을 하면서 나도 모르게 눈에 힘이 들어갔는지 빨강머리 녀석 잠시 나를 황당하다는 듯한 시선으로 응시하더니 이내 입을 연다.

"마누라, 왜 그래? 차가 불편해?"

"아, 아니."

"멀미나는 거야?"

"난 그런 거 안 해."

"근데 마누라, 복학하기 전엔 뭐 했어?"

"알아서 뭐 하게."

"내 마누라니까 알 권리가 있잖아~"

"없어."

빨강머리 녀석 무뚝뚝한 내 답변이 맘에 들지 않았는지 살짝 미간을 좁힌다.

"야! 남편이 질문하면 좀 상냥하게 대답할 수 없냐? 꼭 그렇게 딱딱 잘라서 말해야 하냐고!"

"그럼 질문하지 마."

"도도한 게 매력이긴 하지만 너무 딱딱하게 굴지 말라구~"

"어이없는 게 네 매력이긴 하지만 바보같이 굴지 말아라."

그러자 강월 녀석 피식 웃는다. 그리고는 조용히 속삭인다.

"재밌는 여자야. 뭔가 색다른 매력이 있어, 넌. 크."

도대체 이놈이 진지할 때와 장난칠 때가 구분이 되질 않아 헷갈린다. 당황한 난 화제를 다른 곳으로 돌리기로 했다.

"야, 그나저나 넌 항상 등교할 때 이런 차를 타고 다니냐?"

"아니, 오늘은 조금 중요한 일이 있어서 타고 왔어."

"중요한 일? 그게 뭔데?"

"학교 마치고 저녁쯤에 중요한 회의가 있거든. 크."

"중요한 회의?"

"일반인들은 잘 모르는 거야."

"네놈이 국회의원 아들이라는 건 이미 알고 있으니까 말 어렵게 돌리지 말고 그냥 쉽게 말해."

그러자 녀석 눈이 다소 동그랗게 변하더니 씩 웃고는,

"오오~ 너 나한테 관심있었구나? 그치? 이미 나에 관해 조금 알아본 모양이네~ 하하. 역시 너도 나한테 첫눈에 반한 게 틀림없어~"

"-_-; 그건 다른 문제야."

"크크. 어쨌든 그렇다면 쉽게 말해 주지. 오늘은 국회의원 자제들이 모여서 이런저런 토론을 벌이는 날이야. 반년에 한 번씩 그런 걸 가지면서 자기들 아버지의 뒤를 이을 건지 말 건지에 관해 서로 의견을 교환하기도 하고 뭐 그런 거지. 나름대로 국가의 미래를 짊어질 인재들의 모임이라고나 할까? 크."

"몇 년 후 나라 돈 빼먹을 놈 가리는 자리네?"

"어이, 마누라! 너무 국회의원을 쓰레기로 보지 말라구~ 생각있는 국회의원들도 많아."

"누구?"

"응? 음…… 뭐, 잘 찾아보면 있다는 거지."

"너희 아버지 같은?"

"우리 아빠? 글쎄, 우리 아빠 대단한 분이지만 그렇게 좋은 분은 아니거든. 크크."

"그 밑에서 자란 너도 별 볼일 없는 놈이고."

"야! 꼭 말을 그렇게 해야 되냐? 난 뒤를 이을 마음이 없어. 그냥 적당히 아빠 비위를 맞춰주고 있을 뿐이야, 라고 할 줄 알았지? 크. 하지만 난 꼭 훌륭한 정치가가 될 거야."

"그래서 지금은 양아치고?"

"우리 마누라~ 톡톡 쏘는 게 귀엽네~"

"미친 거 아냐? 그럼 학교 마치고 또 이 차 타고 거들먹거리며 나가겠군."

"거들먹이라니, 위풍당당이라고 표현해야지. 하하."

위풍당당은 무슨. 양아치 같은 놈. 그 무렵 갑자기 '끼이익!!' 하며 타이어 미끄러지는 소리와 함께 차가 거칠게 멈춰 섰다. 운전을 하던 기사 아저씨가 당황한 듯 말했다.

"도련님, 괜찮으십니까?"

그러자 이 싸가지없는 놈 잔뜩 인상을 구기며 머리를 잡고 흔

들더니 대꾸한다.

"아이 씨!! 대가리 빠개지는 줄 알았네! 운전을 왜 그따위로
해!!"

"죄, 죄송합니다, 도련님. 갑자기 차가 끼어드는 바람
에……."

"어떤 놈이야!! 운전 똑바로 하라고 경고하라구!"

"아, 예. 잠시만 기다리십시요."

그러더니 기사 아저씨는 서둘러 차에서 내려 앞에 멈춰 선 차
쪽으로 다가갔다. 끼어들었다던 그 차 역시 고급 승용차였다.
그쪽 기사와 빨강머리 놈의 기사 아저씨가 이런저런 이야기를
나누는 모습이 그다지 정겨워 보이지 않는다. 곧 싸울 기세로
대화가 오가는 사이 앞쪽 차에서 내리는 또 다른 이가 있었다.
깔끔한 세미정장 차림에 내또래로 보이는 남자 아이였다. 큰 키
에 깔끔한 피부, 잘 정돈된 헤어스타일, 여자보다 더 크고 예쁜
눈에 갸름한 턱 선이 마치 순정만화 속 남자주인공을 보는 듯했
다. 참 잘생긴 놈일세. 아니, 참 예쁘게 생긴 놈일세~ 하고 감
탄하는 사이 그 꽃미남이 두 명의 기사에게 다가가 말했다.

"길거리에서 이게 무슨 짓입니까? 우리가 잘못한 것이니 사
과하고 얼른 가죠."

척 보기에도 부잣집 도련님 같은데 기품있는 말투와 온몸에
서 흐르는 품위가 빨강머리 녀석하고는 엄청나게 대조적이었
다. 그 꽃미남의 기사로 보이는 아저씨가 빨강머리 놈의 기사

아저씨께 사과를 하는 모습이 이내 비춰진다.

"죄송합니다. 다음부터 주의하도록 하죠. 도련님, 다시 오르시죠."

그러자 그 꽃미남 역시 빨강머리 기사 아저씨께 살짝 목례를 하고 차를 타더니 이내 그 차는 뒷모습을 보이며 사라졌다. 빨강머리 녀석의 기사 아저씨는 다소 황당한 표정으로 다시 차로 돌아왔다. 기사 아저씨는 다시 한 번 빨강머리 놈의 안부를 묻는다.

"도련님, 어디 다치진 않으셨습니까?"

"됐어. 그나저나 뭐야, 저작자들은?"

"기사를 보고는 잘 몰랐는데 차에서 내리신 분을 보아하니 차형주 국무총리의 아드님 같아 보였습니다만."

ㅡㅡ;;;;; 구, 국무총리 아들이란다. 국무총리라 함은 대통령 바로 밑의…… 그…… 그, 그…… 컥; 빨강머리 놈도 대단한 집안의 아들이지만 아까 그 꽃미남이 한 수 위네. 조금 놀란 마음에 빨강머리 놈의 눈치를 보는 사이 빨강머리 놈은 국무총리 아들이란 말에 흥분한 것 같았다.

"뭐라? 차형주 아저씨 아들이라고?? 그럴 리가 없어!! 절대!!"

"제가 잘못본 것일 수도 있습니다만 분명히……."

"아니야! 차형주 아저씨 밑에서 그런 꽃미남이 나올 리가 없잖아! 우씨!!"

ㅡㅡ;;; 이놈이 생각하는 사고 수준이란.

　어쨌거나 등교하는 길도 그렇게 순탄치만은 않았지만 우여곡절 끝에 겨우 학교에 도착했다. 역시나 거만한 표정으로 익숙하게 차에서 내리는 빨강머리 놈의 배려 속에 나까지 스타가 된 양 뻘쭘하게 학교 안으로 들어가야 했다. 수많은 학생들이 이 녀석과 내 눈치를 보면서 슬슬 피해 다니고 소곤거리기도 했다. 별로 신경 쓰지 않고 녀석을 떼어낸 후 교실로 들어가자 모두들 시선 집중. 따가운 시선 속에 자리에 앉았다.

　어색하게 교과서를 펼치며 친구들의 시선을 외면하는 시간이 왜 이렇게 길게만 느껴지는 건지. 잠시 후 그 뻘쭘함을 구제해줄 담임선생님이 들어오셨다. 조회가 시작된 것이다. 출석을 부르시던 선생님께서 내 옆자리가 빈 것을 보고 말씀하셨다.

　"로희는…… 차로희! 로희 안 왔나?"

　그렇다. 로희의 책가방이 없다. 결석인가? 반장이란 놈이 책임감없이. 쯧. 언젠가 날 잡아서 이놈 교육 좀 단단히 시켜야겠어! 만날 비실대기만 하고.

　특별한 당부 없이 조회가 끝나고 바로 1교시가 시작되었다. 로희마저 없는 학교가 정말로 나를 왕따로 만들고 있었다. 애들이 날 싫어하는 건지 빨강머리 놈 때문에 접근을 못하는 건지 알 수 없지만 중요한 건 이 점심 시간조차 같이 먹을 친구가 없다는 것이다. 외롭게 식판에 음식을 담아 빈 테이블에 가서 자리를 잡자 조금 반갑게시리 빨강머리 놈이 마주 앉는다.

　"마누라, 밥 먹으러 왔냐?"

“보면 모르냐.”

“뭐야, 넌 친구도 없냐? 왜 혼자 먹냐?”

“이봐, 난 어제 복학했어. 게다가 친구 없는 게 누구 탓인데!”

“흠, 내 탓이라 이거지? 좋아. 내가 같이 밥을 먹어줄게~”

그러더니 금세 자신의 식판을 가지고 와서 꾸역꾸역 밥을 먹는다. 황당한 놈. 사실 쪼오금 반갑긴 했다. 녀석 밥을 허겁지겁 먹다 말고 쓸데없는 질문을 시작했다.

“야! 너 옆에 달고 다니던 그 범생이는 어디 갔냐?”

“몰라. 아픈가 봐. 오늘 학교 안 나왔어.”

“비실비실한 게 약골같이 생겼더라~ 그런 놈이랑 친구 하지 마~ 그러면 더 왕따당해.”

“너나 잘해. 그리고 입 안에 있는 음식 좀 다 넘기고 말해. 더러워.”

“괜찮아. 급하게 넘기면 체한단 말이야.”

“잘났다.”

어쨌거나 녀석 덕분에 심심하지 않게 밥을 먹을 수 있었다. 밥을 금세 한 그릇 다 비우고는 배가 부른지 배를 탕탕 두들기며 녀석 또 말문을 연다.

“마누라, 내일 토요일인데 뭐 할 거야?”

“몰라.”

“데이트할까?”

“데이트?”

“그래, 데이트~”

“그런 거 해본 적 없어.”

“뭐? 설마 너 그 나이에 남자를 사겨본 적 없다고는 말 안 하겠지.”

“내 나이가 뭐! 그리고 사겨본 적 없는 게 뭐가 어때서!”

“야야~ 그 얼굴에 진짜 남자 한번 꼬인 적 없냐?”

“그래서 네가 꼬였잖아, 인마!”

“어허! 그러신가? 그럼 이 강월님을 만나려고 여태껏 솔로에 정조를 지켜왔다?”

“정조 같은 소리 하고 앉아 있네. 다 먹었으면 얼른 가! 나도 교실 갈 거야.”

“좋아! 내일 학교 마치고 오피스텔에서 기다려. 두 시까지 데리러 갈 테니까. 큭큭.”

“오든지 말든지.”

애써 녀석을 무시하고 교실로 향하는 길이다. 오늘 점심 시간은 나른하게 보내는가 싶더니 역시나,

“어머, 어머~ 이게 누구야? 신이 아니니?”

코에 물 집어넣은 소리를 내며 다가온 건 다름 아닌 장미였다. 당연히 장미는 그의 패거리들과 함께 복도를 어슬렁거리고 있던 참인가 보다. 전혀 반갑지 않았지만 이들과 적대관계를 성립하고 싶지 않았기에 인사라도 건네주기로 했다.

“어, 안녕.”

"밥 먹고 오는 길이니?"

"응."

"그래? 식후땡 하러 가야지, 그럼."

"식후 뭐?"

내가 황당해하는 사이 벌써 장미와 그의 패거리들은 내 팔을 이끌고 어디론가 향했다. 도착한 곳은 학교 뒤쪽 허름한 창고 앞이었다. 그들은 망설임없이 각자 담배를 꺼내 불을 붙였다. 그리고 장미는 내게 담배 한 개비를 건네주었다.

"자, 신이도 한 대 피워. 1학년은 원래 피우다 걸리면 죽지만 넌 나랑 나이도 같고 절친한 친구잖아~"

누가 네 친구라는 거냐.

"난 담배 안 피워."

"어머, 정말? 그럼 이 기회에 배우는 것도 좋아~"

"아니, 담배 피우면 폐활량이 줄어들어 일하는 데 불편해."

"일?"

"아니, 뭐…… 나중에 커서 이런저런 일을 할 때 불편해진다 그런 말이지."

"호호호. 신이는 미래에 대한 계획이 철저한가 보지?"

"아니, 뭐, 그렇지만도 않아."

장미파의 담배 연기 속에 인상을 구기며 빨리 교실로 들어가고픈 마음을 달래고 있었다. 능숙하게 담배를 피우던 장미가 갑자기 싸늘한 표정으로 타고 있는 담배를 내 앞으로 들이밀더니,

"이봐, 신이. 월이가 부탁해서 너랑 친구가 된 척했지만 사실 난 네가 맘에 들지 않거든?"

드디어 본색을 드러내시는군. 장미의 말에 그녀의 패거리들도 피식 비웃기 시작했다. 나를 둘러싼 그녀들은 오만한 표정으로 내 머리카락을 가지고 장난을 치고 있었다. 계속해서 이어지는 장미의 음성이 가소롭게 느껴졌지만 그냥 참아주기로 했다.

"학교에서야 월이가 보호를 해주겠지만 학교를 벗어나면 조심해야 할 거야. 언제 어디서 누가 널 노리고 있을지도 모르잖아? 훗."

내가 별다른 반응이 없자 장미의 인상이 더욱 험악하게 굳더니 내 어깨를 살짝 밀친다.

탁!

"야! 뭐라고 말 좀 해봐! 벌써 쫄아서 멍해진 거야? 그럼 재미없는데~"

거들먹거리는 장미의 입을 빨리 다물게 하고픈 마음에 대꾸를 했다.

"그래서 원하는 게 뭐야?"

"오오~ 당돌한데? 그래, 강월 맘에 든 여자면 그 정도는 되어야지. 우리가 원하는 거? 그거야 인류평화지."

지들이 무슨 독수리 5형제야, 지구와 인류역사를 걱정하게?

"간단히 말해."

"훗훗, 네가 사라지는 게 우리 인류평화를 위한 길이야. 그러니까 좋은 말로 할 때 네 발로 학교를 나가는 게 좋을 거야. 물론 강월과도 관계를 확실히 끝내줘야겠지."

"결국은…… 그거였군."

"그럼 이미 알고 있었다는 거네? 호호, 그럼 얘기가 쉽네~ 알아들었으면 하루 빨리 꺼지는 게 좋을 거야! 다치기 전에. 호호호호."

장미가 비웃자 주변의 패거리들도 같이 비웃기 시작했다. 상당히 거슬리는 웃음들이라 당장이라도 아작을 내고 내 앞에 무릎 꿇리고 싶었지만 철없는 것들을 상대로 폭력을 쓴다는 건 암살자가 할 짓이 못 된다고 생각했다. 조금 더 현명한 방법을 쓰기 위해 입을 열었다.

"학교 밖에서는 조심해서 다니도록 하지. 그럼 이만."

"야!! 학교를 계속 다니겠다는거야?!"

"물론. 학교 밖에서만 조심하면 된다며? 그러니 내가 학교를 그만둘 필요는 없잖아?"

"이년이!!"

"학교 밖에서 얼마든지 날 위협해도 좋아. 그럼 난 이만 간다. 담배 많이 피워서 폐암 걸려 뒈져 버리길 기도하마."

그렇게 난 유유히 장미파를 두고 교실로 돌아왔다. 앙칼진 눈빛으로 나를 노려보던 장미와 그의 패거리가 마음에 걸리긴 했지만 그런 애송이들쯤은 한 트럭으로 덤벼도 두렵지 않다.

그날도 그렇게 수업이 파하고 하굣길이다. 오늘은 로희 녀석도 없어서 그나마 둘이 나가던 길도 혼자 나가게 생겼다. 꿀꿀한 마음으로 교문을 통과하려는데 오늘 아침 타고 온 녀석의 고급 승용차에 빨강머리 놈이 타는 게 보였다. 중요한 일이 있다더니 정말로 서둘러 차를 타고 사라지는 모습이다. 귀찮은 녀석마저 사라지고 유유히 교문을 빠져나가는데 역시나 여학생들의 비명 소리에 시선을 옮겼다.

"반야!!"

오늘도 반야는 나를 위해 기다려 준 것. 물가에 내놓은 어린 애를 보는 듯한 느낌일까? 반야는 항상 내 걱정을 하고 있는 듯했다.

"방금 강월 그놈 차 타고 사라지던데."

"아, 냅둬. 제멋대로인 그놈. 뭐 중요한 일이 있대나 뭐래나."

반야의 애마에 올라타 허리를 꼭 감싸 안자 반야는 말없이 애마를 출발시켰다. 따가운 시선 따위는 굳이 묘사하지 않아도 이미 알아서 상상하리라 믿는다.

오늘도 무사히 돌아온 오피스텔에 반야와 커피를 마시고 있다. 내가 먼저 반야에게 말문을 열었다.

"반야, 오늘은 사건없어?"

"있어."

"그래? 어제 강태만이 의뢰했다던 사건 잘 처리했어?"

"응, 별문제없었어."

"오늘 사건은 누가 의뢰한 거야?"

"의뢰인은 자신의 신분을 밝히지 않았어."

"그래? 그런 일이야 종종 있으니까. 목표는?"

"국무총리의 아들."

"뭐? 차형주의 아들??"

국무총리의 아들이라면 오늘 아침에 본 그 꽃미남?? 안타깝다. 우리 나라의 꽃미남 하나가 사라지고 마는구나. 우리 어쌔신에 있어서 실수란 없기 때문에, 더군다나 반야가 처리하는 일인데 절대 실패할 확률이란 없다. 명복을 빌어줘야겠군, 꽃미남.

하지만 오늘따라 반야의 표정이 어둡다. 그런 반야의 표정을 살피며 내가 다시 질문했다.

"반야, 왜 그래? 오늘은 표정이 더 어두워."

"아니야, 아무것도."

"에이~ 내가 반야랑 하루 이틀 알고 지내? 무슨 일인데? 나한테 말해 봐."

"이번 의뢰는…… 거절할까 생각 중이야."

"뭐? 어째서?"

"차형주의 아들에게 개인적으로 빚을 진 적이 있어."

"반야가 그런 사람에게 빚을 지다니?"

"몇 해 전에 어떤 사건 하나를 처리하고 마무리하던 도중 그에게 걸렸던 적이 있어. 입만 뻥긋하면 내가 잡힐 수도 있는 상황이었는데 그는 그냥 미소를 짓고 날 보내줬었어. 이유가 어찌

됐든 내 생명의 은인이야.”

“반야가…… 잡힐 뻔한 적이 있다고?”

“그땐 내가 초보단계였던지라 마무리가 좀 서툴렀어.”

“흠, 그런 일이 있었군. 그럼 의뢰를 거절해.”

“하지만 우리 어쌔신이 거절한 의뢰는 단 한 번도…….”

“괜찮아, 반야. 우린 비록 어두운 세계에 몸담은 사람이지만 의리라는 건 기본으로 가진 사람들이잖아. 진 빚은 갚아야지. 그 사람 죽이고 평생을 가슴 치고 사는 것보단 낫잖아. 게다가 그 의뢰인은 자신이 누군지 밝히지도 않았다며? 그런 명목으로 거절하면 우리 어쌔신의 명예도 더럽혀지지 않고 괜찮을 거야. 실패한 것도 아니고 의뢰 거절인데 뭐.”

“알았어.”

그제야 반야의 어두운 표정은 조금이나마 풀리고 있었다. 그때 신우가 학교를 마치고 오피스텔로 돌아왔다.

“누나, 신우 왔어!”

“그래, 학교 잘 다녀왔어?”

“웅, 누나도 잘…… 어?? 반야 형! > ㅁ< 형~!!”

신우 녀석 반야를 굉장히 좋아한다. 카리스마 넘치는 게 엄청 멋있대나 어쨌대나. 하긴 반야가 멋있긴 하지. 호호호. 반야 옆에 딱 붙어 뭔가 열심히 질문하는 신우. 내 동생이라서 그런지 반야도 적대감을 갖지 않고 친절하게 대해주려 애를 쓰는 모습이다. 그사이 나는 사랑하는 동생과 영원한 내 동료 반야를 위해 밥을 차리고 있다. 신우와 반야의 대화 소리가 내 귓가에 스며든다.

"반야 형, 형 우리 누나 애인이야?"

0//0 앗, 저, 저놈이! 당황하는 나와는 달리 역시나 무표정한 모습으로 반야는 대꾸했다.

"아니, 친구."

"후웅. 반야 형은 여자 친구 없어?"

"없어."

"왜? 형은 엄청 잘생겼잖아. 게다가 싸움도 엄청 잘한다며~"

"신우는 여자 친구 없어?"

"응, 없어. 나 좋다고 쫓아다니는 애들은 다 별로라서."

"그래? 난 씬이 좋아."

바, 반야? 애써 못 들은 척 냉장고를 열었다 닫았다 안절부절 못하는 사이 신우 녀석 목소리가 크게 들려왔다.

"씬?? 우리 누나를 말하는 거야?"

"응."

"형, 진짜야? 우리 누나 좋아해?"

"응."

"그럼 사겨~"

"아니."

"왜? 우리 누나에 비하면 형이 엄청 아깝긴 하지만."

저걸 구워, 삶아? 저것도 동생이라고. -_-+

“아니, 씬은 여자로서가 아니라 친구로서.”

“에이~ 그러면 재미없잖아.”

더 이상 녀석들의 대화가 거슬려 듣고 있을 수 없어 내가 나섰다.

“신우 너! 쓸데없이 반야 괴롭히지 말고 얼른 씻어! 그래야 밥을 먹지!”

“쳇! 알았어.”

괜스레 반야를 보는 게 뻘쭘해서 허둥지둥거리며 반야에게 말했다.

“바, 반야~ 호호. 저놈이 원래 좀 철이 없어서 허튼소리를 잘해. 네가 이해해~”

“괜찮아. 나 이만 갈게.”

“응? 반야, 밥 다 됐는데 먹고 가.”

“아니야. 다른 사건이 있어서 지금 가봐야 해.”

“그래? 그럼 다음엔 꼭 저녁 먹고 가~”

“아냐, 됐어. 갈게.”

“오늘도 데리러 와줘서 고마워. 잘 가.”

반야는 고개를 가볍게 끄덕이고는 사라졌다.

신우 녀석 씻는 동안 반야가 가버렸다며 한참을 투정하고 그걸 들어주느라 고생깨나 했다.

밥도 다 먹고 배가 부르자 시원한 바깥공기가 마시고 싶어 산책을 하러 나섰다.

"누나, 어디 가게?"

"그냥 산책 좀 하고 올게. 집 잘 보고 있어."

"알았어. 조심해서 갔다 와."

"흠, 내가 아닌 날 건드리는 사람들이 조심해야지."

"뭐?"

"아, 아무것도 아니야. 갔다 올게~"

"응."

그렇게 신우에게 당부를 하고 오피스텔을 나섰다. 보통은 아무리 배가 불러도 산책 따윈 하고 싶지도 않더니 굳이 산책이 하고 싶은 이유는 뭘까? 분명 무슨 사건 하나 터지려고 그러는 거겠지? 이런 나의 예감은 고맙게도 적중하고야 말았다. 암살자의 습관 때문에 어둡고 좁은 골목을 산책터로 택한 나는 우연치 않게 여자애들의 패싸움을 목격하고 말았다. 한쪽은 네 명, 한쪽은 일곱 명. 숫자적으로 불리해 보이는 한쪽이 일방적으로 당하고 있는 모습이었다. 이내 신경 쓰지 않고 돌아가려고 몸을 돌리는 순간 익숙한 음성에 발걸음을 멈추고 말았다.

"나 장미를 얕보지 마랏!! 이야!!"

퍽!!

"윽!"

"죽고 싶어 환장했군!! 죽여주마!!"

역시나 앙칼진 그 목소리의 주인공은 장미였다. 고소하게 생각하고 말고 할 틈도 없이 너무나 일방적으로 얻어맞고 있는 장미파가 안쓰럽게 느껴졌다. 벽에 기대 팔짱을 끼고 비스듬히 그들을 지켜보다 저대로 두면 정말로 장미파가 죽고 말 것 같단 생각에 나서기로 했다.

"이거, 여자들이 이런 골목에서 패싸움질이나 하고 있다니. 쯧쯧. 세상이 어찌 되려고."

내 음성에 패싸움을 하던 모든 이들의 시선이 내게로 쏠렸다. 어둠에 가려 내 모습이 잘 보이지 않았는지 상대편 리더로 보이는 파마머리 여자애가 질문을 던져 왔다.

"넌 뭐야!"

내가 그들 앞으로 천천히 모습을 드러내자 피범벅이 된 장미파의 얼굴에 놀란 기색이 역력했다. 이내 피가 터진 입술을 움직이며 장미가 말을 했다.

"너…… 너는……!"

"아아, 그런 엉망이 된 얼굴로 쳐다보지 말라고. 역겨우니까."

"네가 여길 어떻게…… 여기서 시체가 되고 싶지 않거든 어서 달아나는 게 좋을 거야."

"꼴에 내 걱정 하는 건가? 이거 감동해서라도 도와줘야겠는걸?"

이미 일어설 힘조차 없어 보이는 장미파는 나를 보며 불안한 시선을 감추지 못했다. 그때 거들먹거리며 파마머리가 다시 나선다.

“오호~ 이년들하고 아는 사이인가 보지?”

“글쎄, 뭐 조금.”

“죽기 싫으면 지금 도망가는 게 좋을 거야. 기회를 놓치는 건 미련한 짓이지. 지금이 기회야. 썩 꺼져!”

“내가 하고 싶은 말이군. 그쯤 팼으면 스트레스도 풀렸을 것 같은데 도망칠 기회 줄 때 꺼지는 게 좋을 거다.”

어이가 없다는 듯 그들은 콧방귀를 끼며 서서히 내 쪽으로 다가온다.

“이게 죽고 싶어서 환장했나!”

“아아, 죽고 싶어 환장한 사람이 어딨겠어? 아주 쪼금 아는 사이라 그냥 지나치기 뭐해서 들른 건데. 난 폭력을 쓰고 싶지 않으니까 좋은 말로 할 때 가라.”

나의 경고를 무시하며 그들 중 한 명이 내게 달려들었다.

“웃긴 계집애!! 입 다물게 해주마!!”

가냘픈 주먹에 꽤나 힘이 실려 내 얼굴 쪽을 향했다. 가볍게 그 주먹을 낚아채서 팔을 뒤로 꺾으니 짧게 비명을 지른다.

“아악!! 이, 이 계집애가!!”

장미파는 쓰러진 채 깜짝 놀란 시선으로 나를 바라본다.

“이런 고사리 같은 주먹으로 쥐새끼 한 마리나 제대로 잡겠어? 마지막으로 경고하지. 지금 꺼지지 않으면 너희들도 피를 보게 될 거야. 당장 꺼져라.”

어쌔신에서 사건을 해결할 때 자연스럽게 지어지는 살인적인 눈빛. 살기등등한 눈빛으로 그들에게 경고하자 그들은 내 눈을 보고는 슬금슬금 뒷걸음질치기 시작했다.

"뭐, 뭐야, 저년은!"

"어떻게 저, 저런 눈빛을 가질 수 있지?"

마치 야수를 보는 듯한 내 눈빛에 잠시 주춤하던 그들 무리는 서로 눈치를 보더니 이내 후다닥 사라져 버린다. 그들이 모두 사라지고 장미파만 초라하게 바닥에 널브러져 있다. 자신을 일으켜 줄 줄 알았는지 장미는 자존심 상한 눈빛으로 나를 바라보며 입술을 뗀다.

"가까이 오지 마! 너 같은 애한테 도움받은 것만으로도 충분히 자존심 상하니까."

"가까이 다가가고 싶은 마음 없었다. 쪽팔리게 나보고 학교 밖에서 조심하라더니 지들이 당하냐? 우습군."

"대체…… 대체 넌 누구야!! 어떻게 그런 솜씨를…… 게다가 그런 살인적인 눈빛은 대체……."

"적어도 고딩 일진 따위가 알 만한 사람은 아니지. 거기서 하루 종일 엎어져 있든 다른 사람한테 발견되어서 병원으로 옮겨 가든 알아서 하라구. 난 산책 중이어서 말이지."

그렇게 말을 하고 난 장미파를 두고 그 골목을 빠져나왔다. 저것들 도와주라고 산책이 하고 싶었던 건가? 제길. 이내 신경 끄고 다시 산책에 몰입하는 나였다. 좁은 골목을 따라 한참을 걷다 보니 어디서 많이 본 듯한 커다란 건물이 내 앞을 가로막고 있었다.

"여긴 블루호텔 뒷문이잖아?"

마지막으로 사건을 처리한 그 호텔. 어쩐지 감회가 새로웠다. 나도 모르게 발걸음은 호텔 후문 쪽으로 향하고 있었다. 후문을 살짝 열자 비상계단에 누군가 쪼그려 앉아 담배를 피우는 모습이 보였다. 이내 그 사람과 눈이 마주치고,

"안녕?"

자세히 보니 그 사람은 다름 아닌 오늘 아침에 본 그 절세꽃미남!! 반야가 사건을 처리하려다가 빚을 진 게 있어 취소한 그 차형주 국무총리의 아들?

가까이서 보니 그의 외모는 더욱 눈부셨다. 깨끗한 피부와 어울리지 않게 그는 담배 연기를 가득 내뿜고는 이내 발로 부비적 끄더니 내게 인사를 건넨 것이었다. 원래 낯선 사람들을 그리 좋아하는 편이 아니었기에 이내 무시하고 뒷모습을 보이자 그의 음성이 다시 들려왔다.

"인사를 했으면 받아줘야 예의인데."

내가 잠시 멈칫하자 어느새 그는 내 앞에 와 있었다. 깔끔한 정장 차림과 너무나 잘 어울리는 귀족풍 이미지가 부드러운 미소를 더욱 돋보이게 만들었다.

"여기는 후문이야. 앞문은 반대쪽이라구. 후문으로 왔다 갔다 거릴 만한 아가씨가 아닌 것 같은데."

"상관 마."

“도도한 아가씨인데?”

“그러는 그쪽도 처음 보는 사람한테 다짜고짜 반말하는 걸 보니 그다지 예의가 갖춰진 사람 같진 않은데?”

그러자 그는 호탕하게 웃음을 터뜨렸다.

“하하하. 기분 나빴어요? 그렇다면 제가 사과하죠.”

존댓말하는 게 너무나 자연스럽고 부드러운 이 남자. 가까이서 보니 나이가 그렇게 많아 보이지 않는다. 내 시선을 느꼈는지 그는 나를 보며 다시 부드럽게 미소를 띠고 있었다.

“여긴 무슨 일로 왔죠?”

“그냥 지나다 들렀어요.”

나도 모르게 같이 존댓말을 하게 되는 압도적인 귀족풍 분위기.

“지나가다 호텔 후문을 들렀다고요? 하하. 취미가 좀 특이한데요?”

“호텔 같은 덴 앞문으로 들어가 본 적이 없어서 그냥 들어와 본 거예요.”

“그래요? 그럼 지금 같이 들어가 보지 않을래요? 괜찮다면 레스토랑에서 식사도 하고.”

“됐어요. 제가 왜 잘 알지도 못하는 사람하고 밥을 같이 먹죠? 그리고 전 밥 먹어서 배불러요. 너무 배부른 나머지 산책 중이었다구요.”

“아쉽군요. 저 그렇게 나쁜 사람 아니에요.”

“국무총리 아드님이 이렇게 여자를 꼬시는 법이 뻔해서야, 원.”

그러자 그는 다소 놀란 표정으로 대답했다.

“아, 아니, 그걸 어떻게……?”

“그쪽 같은 유명인사를 모르는 게 이상한 거 아닌가요?”

사실 나도 오늘 알았다. -_-;;

“당신 같은 미인이 절 알아주시니 영광스럽군요. 하지만 나쁜 의도로 그런 건 아니었으니까 오해하지는 마세요.”

그의 미소는 정말이지 천만 불짜리인 듯했다. 부드러운 미소가 정말 수많은 여자의 가슴을 울리기에 충분했다. 더 이상 이 남자와 같이 있다간 왠지 불길한 일이 벌어질 것만 같아 서둘러 돌아가기로 했다.

“오해든 뭐든 상관없어요. 그럼 전 이만 가볼게요.”

분명히 그를 뒤로하고 몸을 돌렸는데 내 바로 앞에 또 다른 그림자가 드리워져 있었다.

“마누라, 여기서 뭐 해?”

헉! 이놈은 다름 아닌 빨.강.머.리. 강.월?!

“뭐, 뭐야, 너! 너는 여기 왜…….”

“말했잖아, 오늘 중요한 일 있다고. 거기 모임 장소가 여기 블루호텔이야.”

“그러냐?”

“저 놈팽이랑 무슨 얘길 한 거야?”

이놈이 말한 놈팽이란 저 꽃미남을 말하는 듯했다.

"놈팽이인지 아닌지는 모르겠고 별말 안 했으니까 신경 끄셔. 중요한 일 있으면 중요한 일이나 할 것이지 넌 또 왜 기어나왔냐?"

"담배 한 대 피우러 나왔다가 본 거다. 왜!"

꽃미남과 단둘이 있었던 게 질투가 났는지 부쩍 신경질난 목소리로 소리를 지르는 강월 녀석.

"시끄러. 왜 소리를 질러! 나 집에 갈 거니까 비켜!"

"여기까지 왔는데 호텔 음식 구경이라도 하고 가!"

"내가 무슨 거지냐! 호텔 왔다고 구경하고 가게!"

"거지는 호텔 근처도 안 와."

"이 자식이;; "

얼떨결에 강월 놈 손에 이끌려 호텔 안으로 들어가게 되었고 꽃미남은 뒤에서 여전히 옅은 미소로 나를 바라보고 있었다.

녀석의 손에 이끌려 호텔 안으로 들어가자 국회의원의 자제들로 보이는 기품있는 사람들이 여러 연령층대로 나뉘어 음식을 먹고 있었다. 거만한 모습으로 거들먹거리는 사람도 있고 별말없이 조용한 사람들도 있다. 기품있고 멋있는 사람이 몇몇 보이는가 하면 그렇지 못한 사람들도 있다는 소리다. 그중 가장 건방져 보이는 놈이 바로 이놈이다. 빨.강.머.리.

"야야~ 이거 봐라. 맛있겠지? 자, 먹어."

"싫어, 안 먹어. 배불러."

"네 집에서 먹은 것보다 더 맛있을 거야~ 먹어봐~"

"미안하지만 우리 집에서 먹은 게 더 맛있어."

"언제 또 이런 음식 공짜로 먹냐? 얼른 먹어보라니까~"

"아, 이 자식이 싫다는데 왜 자꾸 이래? 먹고 싶으면 너나 실컷 먹으면 되잖아!"

"마누라, 자꾸 이럴 거야?"

"그놈의 마누라 소리 좀 작게 하면 안 될까? 다들 쳐다보잖아, 인마."

"너야말로 남편한테 인마가 뭐야, 인마가!"

녀석은 남들 시선 따윈 아랑곳하지 않고 계속해서 내게 닭살 행각을 강요하고 있었다.

한참 녀석에게 이끌려 TV 속에서나 보던 음식들을 구경하고 있는데 차형주의 아들인 꽃미남이 우리에게로 다가왔다.

"식사하고 오는 길이라고 들은 것 같은데 숙녀에게 무례한 짓 그만 하고 회의나 시작하도록 하죠."

빨강머리 녀석을 향해 한 말이었다. 미간에 오만 인상을 가득 찌푸리더니 강월 녀석 바로 대꾸한다.

"내가 내 여자한테 무례하게 군다는데 네놈이 무슨 상관이야? 국무총리 아들이라고 째냐?"

너야말로 국회의원 아들이라고 째냐? 강월 녀석의 도발에도 아랑곳하지 않고 여전히 부드러운 미소를 띠며 꽃미남은 말했다.

“국무총리는 저희 아버지시지 제가 아닙니다. 째고 말고 할
게 없지요.”

자신의 도발에 되려 당한 꼴이 된 강월 녀석의 표정을 보니
점점 화가 난다는 표정.

“아니, 뭐야? 이 자식이 지금 나랑 말싸움해 보자는 거야?
앙? 난 성질이 뭐 같아서 말싸움 같은 거 별로 안 좋아해, 몸싸
움이라면 모를까! 계속 날 열받게 만들면 저 세상 가는 수가 있
어! 조심하라고, 꽃도령양반!”

강월 놈은 스스로가 생각하기에도 차형주의 아들이 잘생기긴
했나 보다. 꽃돌이임을 인정하는 걸 보니.

한편 다른 국회의원 자제들은 강월 놈과 차형주 아들의 실랑
이를 흥미롭다는 듯 지켜보고만 있었다. 대체 난 왜 여기까지
와서 귀찮은 일에 휘말리고 있나 모르겠네. 혀를 끌끌 차고 있
는 사이 차형주의 아들 꽃돌이와 빨강머리 강월 녀석의 사이는
점점 악화되고 있었다.

“무식한 게 힘만 세다(피식~), 뭐 그런 과학적인 증거가 없는
얼토당토않는 이야기를 써먹고 싶진 않지만 지금 이런 자리에
서 몸싸움을 벌인다는 건 자신의 무식함을 티 내는 일이 아닐까
요? 뭐, 그쪽이 힘이 세다는 보장도 없지만.”

부드러운 미소만 지을 줄 알았던 차형주의 아들이 입꼬리를
살짝 올리며 비웃는 모습도 저렇게 잘 어울릴 거라곤 상상조차
하지 못했다. 그 비웃음에 나보다 더 예민하게 반응하는 건 역

시나 강월 녀석이었다.

"이 자식, 지금 감히 날 비웃었어? 무식이 어쩌고 저째? 그래, 좋아. 너 오늘 아주 무식한 놈한테 뒈져 봐라!!"

급기야 양팔을 걷어 올리고는 차형주의 아들을 향해 성큼성큼 다가가는 강월 녀석. 금방이라도 사고를 칠 듯한 기세였다.

차형주 아들과 불과 삼 보 정도를 앞두었을 때 대기하고 있던 건장한 경호원 두 명이 꽃도령을 보호하듯 강월 녀석을 가로막고 선다.

"도련님께 함부로 손댈 생각 마십시오. 아무리 강월 도련님이라도 용서치 않습니다."

경호원의 경고가 자존심을 상하게 만들었는지 강월 녀석의 눈빛은 정말로 분노로 가득 차버렸다.

"나한테 그따위 시시한 경고는…… 안 먹힌다!! 이얍!!"

퍽!!

쨍그랑! 꽈지지지직!!

애꿎은 식탁을 걷어차 버린 강월 녀석. 그 때문에 예쁘게 정렬되어 있는 비싸 보이던 음식들이 호텔 바닥을 나뒹굴었다. 이런, 아까워라. 옅은 미소의 차형주 아들은 조금의 동요도 없이 강월 녀석의 태도를 지켜보며 입을 연다.

"힘자랑은 다른 곳 가서 하시죠. 아무리 여자 친구 앞에서 힘자랑을 하고 싶더라도 때와 장소는 가려야 하는 것 아닙니까(씨익~)?"

성질 급한 강월 녀석의 태도를 마치 모두 예감이라도 하고 있
는 듯 일부러 도발하는 것처럼 보이는 꽃돌이. 그의 발언에 점
점 씩씩대는 강월 녀석을 내가 말렸다. 그대로 두었다간 정말로
추한 꼴을 당하고 말 것 같았기 때문이다.

"야, 그만둬! 너 진짜 깡패냐? 뭘 일일이 열받아하고 그러냐?
그냥 그러려니~ 하고 넘기면 되지."

"뭐야? 마누라, 너도 잘생겼다고 저놈 편드는 거야? 꽃돌이
가 그렇게 좋아?"

"이놈이 날 뭘로 보고. 잘생긴 거랑 네가 추한 꼴 당하는 거랑
무슨 상관인데!! 기껏 지를 위해서 나서줬더니 지랄이야, 지랄
이. 그렇게 싸우고 싶으면 싸우든지. 난 이만 집에 가볼 테니."

"어이~ 마누라~ 마누라!!"

나를 애타게 부르는 녀석을 두고 난 먼저 뒷모습을 보이며 호
텔을 빠져나왔다.

고작 이런 꼴을 보려고 산책이 하고 싶었던 건가? 우습군. 이
미 어두워질 대로 어두워진 밤거리가 예전 일을 상상하며 서글
퍼 하기에 적합한 듯 바람을 휘날리고 있었다. 역시나 습관처럼
좁은 골목길을 통해 오피스텔로 가는 길. 낯익은 그림자 하나가
내 앞을 가로막는다.

"이 시간에 여기서 뭐 해?"

"바, 반야!"

날카로운 턱 선이 달빛에 비춰지고 그의 근엄한 눈빛은 달빛

보다 강렬했다. 그런 반야를 보면서 나도 모르게 반가운 마음에 미소를 띤다.

"사건 처리하고 오는 길이야?"

"응. 넌?"

"아, 밥 먹고 심심해서 산책하던 길이었어."

"그래?"

"응. 반야, 사건 해결한 후라 피곤하겠다. 얼른 집에 들어가서 쉬어."

"갈래?"

"응? 갑자기 어딜?"

"우리 집."

"뭐? 바, 바, 반야네 집??"

"싫어?"

"아니, 뭐…… 가, 가보고 싶긴 하지."

어째서 나보다 한 단계 직급이 낮은 반야인데도 난 왜 항상 반야만 보면 작아지는 걸까? 반야만 보면 편안해지고 기쁘고 설레고 너무 행복한데. 반야랑 있으면 엄마랑 있는 것 같고 아빠랑 있는 것 같고. 친구도 되어주고 오빠도 되어주니까. 그런 반야의 집에 한번 가보고 싶다.

택시를 잡아타고 도시 중심지와는 조금 떨어진 외곽 지역으로 달린다. 반야의 집에 간다는 생각에 긴장이 되고 설렌다. 택시에서 내리고도 여전히 말없이 걷는 반야의 뒷모습을 부지런히 좇아 한참을 좁은 골목 안으로 들어갔다. 도심의 외곽에 자리잡은 자그마한 아파트가 그의 보금자리인 모양이었다. 오랫동안 반야를 알아왔지만 서로에 대한 느낌 말고는 아는 게 없었다. 조금은 반야에 대해 알아가는 것 같아 기쁜 마음에 왠지 모르게 설렌다.

아파트 현관을 열고 반야의 안내에 따라 안으로 들어가자 익숙한 반야만의 향기가 온 방 안 가득히 느낄 수 있었다. 반야는 날 소파에 두고 커피를 대접하기 위해 이내 부엌으로 사라졌다. 난 두리번두리번 고개를 돌려가며 방의 분위기를 살폈다. 오랜 시간이 지나지 않아 반야는 심플한 머그컵에 따끈한 커피를 담아 다시 등장했다. 커피를 건네받으며 내가 먼저 음성을 퍼뜨린다.

"고마워. 잘 마실게. 여기서 반야 혼자 사는가 봐? 반야 향기가 가득하네."

"향수 같은 걸 안 써서 뭐 좀 뿌릴 걸 그랬나?"

"아니야, 반야. 난 반야 향기가 좋아. 그 어떤 향수보다 반야 향기가 제일 진하고 좋아. 능력만 된다면 '반야 향수' 라는 걸 제작하고 싶을 정도인데? 쿡."

나의 개그에도 불구하고 여전히 무표정한 모습으로 반야는 대꾸한다.

"고맙군."

그런 무뚝뚝한 반야의 반응에 금세 기가 죽어 한참을 말없이 커피만 마시다 이내 궁금증을 던져 본다.

"반야, 반야는 몇 살이야?"

반야의 날카롭고 예리한 눈매가 내 쪽으로 향해졌다.

"몇 살…… 글쎄, 몇 살이더라?"

대수롭지 않은 듯 자신의 나이를 생각하고 있는 반야. 그러다 이내 커피 잔으로 시선을 돌리며 대답한다.

"씬 너보다 두 살 위일 거다."

"뭐? 그, 그럼 반야 넌 내 나이를 안단 말이야?"

"너에 관해서라면 뭐든지 알아."

"하지만 난 반야한테 한 번도 몇 살이라고 말한 적 없는걸?"

"그래도 알아."

어쩐지 날 굉장히 신경 써주고 있는 것 같은 반야의 관심에 가슴이 두근거릴 정도로 기분이 좋다.

"그, 그렇구나. 나에 관해 잘 알고 있구나."

"넌 나에 관해 아는 게 없지?"

"그야 반야가 한 번도 말해 준 적 없으니까."

"물어본 적도 없지."

"그, 그건 아무래도 우리 조직이 조직이니만큼 그런 건 물어 보는 게 실례라고 생각했어. 하지만 반야에 대해 이것저것 궁금한 게 얼마나 많다구."

"뭔데?"

"음…… 음……."

근데 어째 분위기만 보면 내가 반야의 아랫사람 같단 말이
야? 왜 내가 항상 당황해하고 있는 거지? 반야 앞에서. 혼자만
의 생각에 잠시 빠져 있는데 반야는 그런 나를 향해 질문한다.

"씬, 동생이랑 둘이 살 만해?"

"응? 그냥 그렇지 뭐. 잘 적응해 나가려 노력하고 있어. 반야
는 부모님이랑 따로 사는 거야?"

"돌아가셨어."

"뭐? 아, 미, 미안."

"괜찮아. 너도 마찬가지잖아."

"아하하;; 그래, 동병상련이다. 그치?"

"뭐, 좋은 건 아니지만."

"으응. 그럼 반야는 다른 가족 없어?"

"없어."

아, 나보다 더 딱한 사정을 가졌구나. 하긴 암살자가 된다는
게 웬만한 동기로 가능하기나 하겠냐구. 조폭도 아닌데. 돈을
받고 사람을 죽이는 일. 어쩌면 우리 어쌔신 사람들 모두가 안
타까운 사연들 하나씩은 다 가지고 있을지도 몰라.

측은한 마음으로 침묵의 시간을 잠시 가졌다. 그리고는 나도
모르게 조용히 반야에게 물었다.

"반야는 사건 처리할 때 기분이 어때?"

"쾌감."

아주 잔인한 눈빛으로 냉정하게 대답하는 반야를 보고 잠시

섬뜩했다. 하지만 그런 살기가 매력인 반야이기에 난 다시 한 번 용기 내어 질문했다.

"반야는 사람을 죽이면서 한 번도 죄책감 같은 거 느껴본 적 없어?"

"없어."

어차피 예상한 반야다운 대답이었지만 등골까지 오싹해 온다. 정말 잔인한 사람이구나. 이런 반야인데 어째서 난 따뜻하게 느껴지는 걸까? 무엇 때문일까? 잠시 생각에 빠져 있는데 이내 반야의 음성이 들려온다.

"씬은?"

"어? 난 뭐?"

"사람 죽일 때 어때?"

"아, 일할 땐 아무 생각 없어. 그저 정확히 조준해서 확실히 처리해야 된다는 생각밖에는. 뭐랄까, 사람을 죽인다기보다는 잘못 만들어진 인형 따위를 박살 낸다는 느낌? 그런 기분이야."

내 대답에 반야는 나를 잠시 뚫어져라 응시하고는 다시 어렵게 말문을 열었다.

"나보다 더 잔인하군. 그래서 NO.2인가?"

"그게 무슨……."

"난 적어도 사람을 죽이고 있다는 건 인식하지만 넌 그런 의식조차 없다는 소리잖아."

반야의 말을 듣고 순간 심장이 철렁 내려앉았다. 나도 모르는 사이 내가 그렇게 냉정한 인간으로 변해 있었던 것, 그 사실을 반야로부터 듣고 깨닫는 순간 적잖게 당황했다.

"그, 그, 그런가?"

"씬은 야누스야."

"야누스? 그건 또 무슨 소리야?"

"두 얼굴을 가졌다는 소리지."

"두…… 얼굴?"

"일을 할 땐 인간이 아니지. 보통 땐 도도하고 냉정한 여자. 안 그래?"

"반야는…… 그렇게 생각해?"

"아니야?"

"아, 아냐. 반야가 그런 거라면 그런 거지. 반야는 단 한 번도 틀리는 일이 없으니까."

"싱겁긴."

가슴이 아파온다. 어쩐지 심장이 조여오는 듯한 갑갑함을 느꼈다. 일을 할 땐 인간이 아니다, 보통 때는 도도하고 냉정한 여자다, 그 말을 듣는 순간 심장이 철렁 내려앉고 가슴이 시릿해서 하마터면 눈물이 날 뻔했다. 그제야 알았다. 내가…… 내가 반야를 좋아한다는 것을, 아니, 사랑이라는 애틋한 감정을 갖고 있다는 것을.

반야의 말은 틀린 게 없다. 일을 할 땐 인간이 아니고, 보통 땐 도도하고 냉정한 여자지만 한 가지 더 있다. 반야가 느끼지

못하고 있는 것, 내가 반야 앞에서는 그저 순한 양이 되어버린
다는 것. 언제나 반야 편에서 웃고 있다는 걸. 반야는 빼먹었던
것이다. 어째서 난 여태껏 느끼지 못했을까? 반야를 볼 때마다
느끼는 이 설렘들이 사랑이라는 것을. 그저 우리 가족에게서
다 받지 못한 정을 붙여서 그런 거라 믿었으니. 어쩌면 난 정말
어리석은 인간인지도 모른다. 반야…… 반야…… 그 이름만 들
어도 이렇게 좋은데 왜 난 여태껏 그걸 느끼지 못했지? 바보처
럼.

　잠시 멍해 있는 내가 이상해 보였는지 반야는 나를 보며 말문
을 열었다.

　"뭘 그렇게 생각해? 야누스란 말에 화난 거야?"

　"아, 아니!! 아니야~ 화는 무슨!!"

　-_-;; 반야가 오해하는 것 같아 너무 오버했나 보다. 하마터
면 뜨거운 커피에 혀가 몽땅 달아날 뻔했다. 그런 내가 재밌었
는지 반야는 잠시 나를 뚫어지게 바라보더니 이내 다시 입을 열
었다.

　"씬, 학교생활은 어때?"

　"학교? 어휴~ 말도 마! 그 썩을 빨강머리 때문에 피곤해 죽
겠다니깐!"

　"빨강…… 머리?"

　반야는 말꼬리를 흐리다 이내 다시 질문했다.

　"강태만의 아들…… 강월?"

"응. 그놈이 어찌나 치근덕대는지. 나참, 어디 돌아다니기가 무섭다니까. 그놈 때문에 친구도 못 사귀고 있다구! 아, 친구 한 명 사귀긴 했다. 우리 반 반장인데 호리호리해 가지고 한 대 맞으면 저~어기까지 날아갈 것 같은 약한 애야. 내가 철저히 훈련 좀 시켜야겠어. 학교 가서 사귄 1호 친구니까. 그나마 그런 친구도 빨강머리 그 자식 때문에 불편해서 나랑 거리감을 두려고 한다니까. 어휴~ 생각만 해도 짜증나!"

내 이야기가 흥미로웠는지 반야는 진지한 표정으로 내 수다를 들어주고 있었다. 그러고 보니 반야 앞에서는 내가 말도 많아진다. 평소와는 사뭇 달라지는 내 모습을 뒤늦게야 발견하고 약간은 당황했지만 어쩐지 이런 내 모습이 싫지만은 않다.

반야와 있는 시간이 너무 즐거웠던 탓일까? 저녁을 먹고 이런저런 일이 있은 후 반야 집으로 와서 그런 걸까? 벌써 시간은 자정이 다 되어가고 있었다. 워낙 말이 없는 반야인데다 나도 말이 많은 편은 아니었기에 말이 끊길 때마다 조금씩 긴장감이 감돌고 침 넘기는 소리가 행여나 크게 들릴까 조심스럽게 침을 넘기는 내 모습이 익숙지 않아 당황스러울 때쯤 밖에선 하늘이 잔뜩 찌푸리더니 이내 눈물을 뿌리고 만다.

우르르!! 쾅쾅!!

거친 소리를 내며 갑작스럽게 쏟아지는 굵은 빗줄기 때문에 반야도, 나도 당황했다. 반야는 재빨리 열어둔 창문을 닫으며 말한다.

"이런, 갑자기 비가 쏟아지네. 아침부터 바람이 차더니 결국은."

"큰일났네. 우산 같은 건 전혀 생각지도 못했는데."

"버스랑 지하철도 끊겼을 테니 택시 타고 가야겠군."

어쩐다? 그냥 산책하러 나온 거라 지갑을 안 들고 와서 주머니에는 동전 칠백 원이 전부인데. 반야한테 돈을 빌려달라 할까? 흠, 그 말 하기도 쉽지 않군. 안절부절못하는 날 바라보며 반야가 말했다.

"뭐 해? 집에 안 가?"

"아…… 저, 저기 그게……."

"우산이라면 내 거 빌려줄 테니까 걱정 마."

"아니, 그게…… 그게 아니고……."

반야는 내가 말을 이을 때까지 지긋하게 바라볼 뿐이었다. 잠시 망설이다 어쩔 수 없이 솔직히 말하기로 했다.

"산책하러 나온 길이라 지갑을 안 들고 와서……."

"아, 그런 걱정이라면 하지 않아도 돼. 여자들한테 잘해주지 못하는 나지만 늦은 시간에 씬이 혼자 보내면서 택시비도 안 줄 나는 아니니까."

"아, 고, 고마워."

반야는 자신의 지갑을 열더니 갑자기 더 싸늘한 표정으로 변한다. 약간 당황해하는 반야의 표정을 살피는데 반야가 난감한 듯 다시 입을 열었다.

"이거 어떡하지? 카드밖에 없는데. 택시도 카드 되나?"

바, 반야, 그게 개그야? 맙소사. ㅡ_ㅡ;

"그, 글쎄. 택시 타면서 카드 내밀어본 적이 없는데;;"

"어쩔 수 없군. 신우한테 택시비 들고 집 앞에 나와 있으라고 해."

"그, 그래야겠다."

난 서둘러 휴대폰을 꺼내 신우에게 전화를 걸었다. 꽤 신호가 길어지고 있는데도 불구하고 신우 녀석의 음성은 들릴 생각조차 않는다. 이런 상황이 되니 괜스레 전화기가 원망스럽다. 여러 번 계속 시도해 보지만 이미 깊게 잠든 건지 신우는 전화를 받지 않는다. 급기야 시끄러운 전화벨이 잠에 방해가 됐는지 몇 번의 신호 후엔 전화기가 꺼져 있다는 멘트만 전화기를 타고 흘러왔다. 더 더욱 난감한 표정으로 내가 반야를 바라보자 반야가 눈치챘는지 입을 연다.

"전화 안 받아?"

"응, 자나 봐. 이젠 전화도 꺼져 있어서……."

반야는 잠시 망설이다 이내 외투를 걸쳐 입으며 말했다.

"그럼 씬은 여기서 자. 난 나가서 잘 테니까."

"바, 반야, 그러면 내가 미안하잖아."

"아니야. 불편해할 거 없어."

난 나 때문에 억수같이 쏟아지는 비를 맞고 나가겠다는 반야를 붙잡을 수밖에 없었다. 어떻게 해서든 반야에게 피해를 주고

싶지 않아 극단적으로 튀어나온 말은,

"반야 나가면 나도 나갈 거야! 반야, 이상한 생각 하는 거 아니지? 그럼 상관없잖아. 그냥…… 그냥 같이 있으면…… 안 되나?"

반야의 시선이 내 쪽으로 향하는 것이 민망했다. 그 시선을 피하기 위해 바닥으로 고개를 떨구어봤지만 날 바라보는 반야의 시선은 정말이지 창피하기만 했다. 잠깐의 침묵이 흐르고 이내 반야의 음성이 퍼진다.

"그럼 방에 들어가서 자. 난 여기 소파에서 자면 되니까."

"아, 아니야~ 내가 소파에서 잘게."

"씬은 NO.2잖아. 어떻게 내가 씬을 소파에서 재워. 내일 학교도 가야 해서 피곤할 테니 얼른 자."

"그, 그렇지만……."

"아니면 내가 진짜 나갈까? 불편해하면 내가 나갈 수밖에 없어."

"아, 아니야, 반야! 자, 잘 자~"

반야는 자신의 방으로 나를 안내하고는 이내 거실로 나가 버렸다. 그날 밤 난 두근거리는 내 심장 소리 때문에 제대로 잠을 이루지 못했다.

새벽부터 번뜩 눈이 떠져 서둘러 매무시를 정리하고 거실로 나왔다. 그때까지도 비는 억수같이 쏟아지며 멈출 줄을 몰랐다. 소파에 쪼그려서 자는 반야를 보자 가슴이 뭉클해져 왔다. 반쯤 내려온 이불을 푹 덮어주려고 손을 뻗는 순간 반야가 조금 몸을 비트는 움직임에 깜짝 놀란 심장을 진정시키는 것도 쉬운 일이 아니었다. 조심스럽게 마음을 가다듬고 이불을 덮어준 후 정성스럽게 아침을 준비했다. 행여나 밥 짓는 소리에 반야가 깰까 조심조심하는 것도 어찌나 두근거리던지.

어쨌거나 반야를 위한 아침을 완성하고 쪽지 하나를 남긴 채 서둘러 반야의 아파트를 빠져나왔다.

[반야, 고마워. 덕분에 푹 잘 잤어. 아침 해놨으니까 꼭 챙겨 먹어. 우산 하나 빌려갈게~

—씬.]

제법 빗줄기가 가늘어지고 소록소록 소리가 기분 좋게 들리는 비 내리는 아침. 기분 좋게 발걸음을 옮기며 콧노래까지 흥얼거린다.

"음음~ 룰루~ ♪"

촤아악!

기분 좋게 발걸음을 옮기는데 누군가 찬물을 끼얹었다. 찬물을 끼얹은 주인공은 다름 아닌 고급 승용차! 물웅덩이에도 속도를 줄이지 않고 아주 빠르게 질주해 주신 덕에 귀하디귀한 내 몸뚱어리는 촉촉이 젖고야 말았다. 그래도 기본 매너는 있는지 조금 앞에서 그 승용차는 멈춰 섰다. 기사로 보이는 아저씨가

운전석에서 내려 내게 다가와 고개를 숙이며 사과를 한다.

"죄송합니다. 세탁비라도 드려야겠군요. 정말 죄송합니다."

화가 날 대로 났지만 세탁비를 준다고 하니 택시비라도 벌었다 싶어서 그냥 너그럽게 용서하기로 했다.

"괜찮아요."

기사는 자신의 지갑에서 서둘러 돈을 꺼내 내게 내밀었다.

"이거 받으십시오. 정말 죄송합니다."

"아니에요. 정말 괜찮아요."

거절하다 마지못해 돈을 받는 척 냉큼 받고는 서둘러 집으로 돌아가려는데 그 승용차에서 어디서 많이 본 듯한 남자가 한 명 더 내린다.

"어? 그쪽은……?"

"또 만나네요?"

새하얀 치아가 예쁘게 드러나는 미소가 매력인 국무총리 아들 꽃돌이가 내 앞에 서 있었다.

"그러게, 자주 보네요."

"많이 젖었네요. 흙탕물이라 찜찜할 텐데 얼른 타세요. 제 차로 집까지 모셔다 드릴게요."

"됐어요. 세탁비도 받았는데 그럴 필요 없어요."

"모르는 사람도 아니고 한두 번 본 적이 있는데 그럴 수는 없죠. 사양하지 말고 타세요~ 비도 오는데."

하긴 이런 흙탕물 뒤집어쓴 몸으로 택시를 타는 것도 좀 그렇지. 약간 망설이다 그의 배려를 받기로 했다. 고급스러운 시트를 흙탕물로 적시며 내가 차를 타자 꽃돌이도 내 옆으로 자리를 잡았다.

"집이 어디죠?"

"PP오피스텔이요."

그러자 꽃돌이는 기사를 향해 말한다.

"아저씨, PP오피스텔로 가주세요."

"예, 알겠습니다, 도련님."

추적추적 내리는 빗속을 가로질러 열심히 오피스텔로 향하는 길. 문득 이 사람 이름이라도 알아둬야겠다는 생각에 내가 말문을 열었다.

"저기, 바래다주니까 고마워서 그러는데 성함이라도 알 수 있을까요?"

그러자 그는 여전히 미소를 먼저 띠며 대답했다.

"이름까지 밝힐 정도로 대단한 놈 아니에요."

"겸손하시네요. 국무총리 아드님이면 거만할 법도 한데."

"국무총리는 저희 아버지이시지 제가 아니니까요."

정말이지 빨강머리 강월하고는 천지차이인 듯해 보이는 기품과 품위. 자고로 부잣집 아들이란 이래야 하는 것이다. 이렇게 착하고 매너 좋으면 돈 많아 재수없다고 왕따당할 일도 없잖아?

그의 자상함에 잠시 감동하고 있는 사이 어느새 차는 오피스텔 앞에 멈춰 섰다. 자상하게 문까지 열어주며 매너를 보이는 꽃돌이에게 인사를 건넸다.

"고마웠어요."

"아니요. 오히려 제가 죄송하죠. 감기 걸릴지도 모르니까 얼른 들어가세요."

"네. 그럼 안녕히."

그렇게 도착한 내 집. 예상대로 신우 녀석는 누가 업어가도 모를 정도로 깊은 잠에 빠져 있었다. 조금 원망스럽긴 했지만 그 덕에 반야와 있을 수 있었으니 미워하진 않으마. 흠흠.

서둘러 학교 갈 준비를 하고 동생 녀석을 깨웠다.

"한신우, 학교 가야지! 그만 일어나!"

"우음. 오 분만."

"오 분 자려다 오십 년 먼저 가지 말고 벌떡 일어나라!"

"아, 정말 누나는."

"빨리 씻고 나와. 아침밥 먹고 학교 가야지!"

"알았어."

녀석은 다소 짜증스런 표정으로 화장실로 들어간다. 그사이 아침을 준비했다. 지금쯤이면 반야도 일어나서 내가 차려놓은 아침을 먹고 있겠지. 왠지 모르게 입가에 미소가 지어진다.

제 5 장

5

즐거운 토요일 아침. 본의 아니게 반야 집에서 외박을 한 탓에 아침이 좀 분주했지만 가벼운 발걸음을 내디디며 학교로 향했다.

학교에 도착하니 내 옆자리를 떡하니 채운 반장 녀석이 보인다. 나를 보더니 반가운 듯 커다란 안경을 끌어 올리며 손을 흔드는 녀석.

"시, 신아, 왔어?"

힘없는 목소리는 여전하다.

"응, 어제 왜 결석했냐?"

"그게…… 감기몸살에 걸려서 도저히 학교를……."

"그까짓 것 하나 못 이겨서 학교까지 결석을 해?"

"미, 미안해."

"나한테 미안할 건 없고."

반장 녀석은 풀죽은 모습으로 고개를 숙였다. 마침 담임선생님의 조회가 시작되고 오늘도 그렇게 학교생활이 시작됐다.

막 1교시를 시작하려는데 잠잠하던 내 휴대폰이 몸을 비튼다. 살짝 폴더를 열어보니 낯선 번호였지만 문자를 보는 순간 결코 낯설지 않음을 느낀다.

[어이~ 마누라! 오늘 두 시에 내가 너희 집 앞으로 데리러 간다는 거 안 까먹었지? 크크. 예쁘게 하고 있으라구~]

빨.강.머.리. 대체 이놈 내 폰번호는 어떻게 알아내서는. 이 문자로 인해 기분 좋았던 하루가 찜찜한 기분으로 수업을 시작하게 생겼다. 어쨌거나 그 문자를 날름 씹고 교과서를 편다. 1교시 선생님이 들어와서 출석을 부르고 필기를 하기 위해 칠판으로 막 몸을 돌리는 순간 또 한 번 내 휴대폰은 진동을 했다.

[마누라~ 낭편 문자 씹으면 어떡해~ 뭔가 반응이 있어야지!]

귀찮지만 책상을 방패 삼아 몰라 답장을 보낸다.

[시끄러.]

그렇게 답장을 보내자마자 몇 분 지나지 않아 다시 녀석의 반
응이 온다.

[어허! 낭편한테 시끄럽다니! 수업 시작했지? 수업 잘해라~]

이번에도 녀석의 문자를 맛있게 씹자 녀석도 지쳤는지 더 이
상 문자를 보내지 않았다. 그래도 오늘은 즐거운 토요일. 수업
이 빨리 끝난다는 행복함에 스스로를 위로하고 열심히 공부에
열중하는 반장 녀석을 따라 필기를 하다 보니 금방 수업은 파했
다.

반장 로희 녀석과 나란히 운동장을 가로질러 집으로 향하는
길. 왜 등장 안 하나 싶었는데 저만치 빨강머리 녀석이 빨강머
리를 휘날리며 다가왔다.

"마누라, 집에 가냐?"

"그럼 등교하겠냐?"

"하여간 무뚝뚝하기는. 여자가 싹싹한 맛이 있어야지."

"그런 맛 없이도 잘살았어."

"그것도 내 마누라 매력이라면 사랑해야지. 크크."

멋대로 지껄이는 녀석을 뒤로한 채 주눅이 들 대로 들어 있는
로희 녀석을 끌고 운동장을 빠져나오는데 빨강머리 녀석 또 심

기를 건드린다.

"마누라, 저 찐따 같은 놈이랑 너무 가깝게 붙어 다니지 마! 네 이미지도 깎인다구!"

빨강머리 녀석의 말에 로희의 어깨는 더욱 움츠러든다. 그게 속상한 나는 마치 로희의 대변인이라도 된 듯 빨강머리 녀석을 나무랐다.

"남이사 찐따랑 다니든 왕자랑 다니든 상관없잖아? 게다가 적어도 너랑 다니는 것보단 낫다. 그러니 상관 마."

"남이라니! 우린 사귀는 사이인데!"

더 이상 상대할 가치를 잃은 나는 빠른 걸음으로 교문을 통과했다. 이젠 교문 앞에 뭉쳐 있는 여학생들을 해치고 지나가는 것도 익숙하다. 당근 그 속엔 반야가 자리잡고 있다. 여전히 무표정한 얼굴로 수많은 여학생들의 그 어떤 질문에도 대답하지 않고 나만 기다리고 있는 멋진 모습. 그런 반야를 보자 오늘도 내 심장이 멋대로 반응한다.

"바, 반야~!!"

내 음성에 반야는 반응했고 내 쪽을 다가왔다.

"가자."

"응. 아차, 소개할게. 이 애가 내가 말한 처음 사귄 친구야. 이름이 로희래."

내가 반장 녀석을 반야에게 소개하자 반야는 별 관심 없는 듯한 표정으로 로희를 바라본다. 하지만 내가 소개를 해서 그런지 기본적인 대우를 해주는 반야.

"그래? 반갑다."

로희는 남자답고 멋진 반야의 모습에 반한 걸까? 잠시 멍~한 시선으로 반야를 바라보더니 이내 퍼뜩 정신을 차리고 떠듬떠듬 인사를 건넨다.

"아, 안녕하세요. 전, 저는…… 그러니까…… 신이랑요, 친구가 된…… 그……."

반야의 무표정이 나와 있을 때보다 반장 녀석을 더 긴장하게 만들었나 보다. 말을 더듬거리는 사이 빨강머리 녀석이 나선다.

"어라? 이 자식 또 왔네! 야! 내가 경고했지! 내 마누라랑 붙어 다니지 말라니까!!"

빨강머리 녀석의 으름장에 반야 녀석은 아무런 반응조차 보이지 않는다. 나도 빨강머리 녀석을 뒤로한 채 반야와 로희, 그렇게 나란히 셋이서 교문을 통과하는데 빨강머리 녀석이 뒤에서 고래고래 소리친다.

"마누라! 그 잘생긴 자식이랑 같이 어울려 다니면 버릇 나빠진다니까!"

그래도 반응없이 걸어가자 목에 핏줄이 터져라 소리 지르는 강월 녀석이었다.

"그런 무뚝뚝하고 멋대가리없는 자식이랑 다니니까 여자가 싹싹한 맛이 없지!! 마누라!! 이봐, 마누라!!"

미간 옆으로 예쁘게 임금왕 자가 새겨지고 슬슬 달아올랐지만 끝까지 참고 지나가려는데 반야가 멈춰 선다. 그리고 살짝 고개를 돌려 강월 녀석을 노려보더니 한마디 한다.

"시끄럽군."

"아니, 뭐야? 저 자식이 진짜!!"

흥분한 빨강머리 녀석 빨강머리를 휘날리며 반야에게 달려든다. 아, 반야한테 걸렸다가는 뼈도 못 추릴 텐데. 그나마 동정심이 든 나는 빨강머리가 반야 근처에 다가오기 전에 먼저 나섰다.

"빨강머리, 그만 해! 너 대단한 놈인 건 알겠는데 함부로 설치지 말라고! 꼴사나우니까."

마구 달려들 줄 알았는데 빨강머리 녀석은 그대로 멈춰 선다. 그리고 잔뜩 상처받은 얼굴로 조용히 속삭였다.

"꼴…… 사납다구?"

그런 녀석의 의외인 태도에 조금 미안한 감이 스쳤지만 이내 내 기세를 세우고 만다.

"그래, 꼴사나워. 그러니까 철없는 행동 좀 작작해."

강월 녀석의 두 주먹이 꼭 쥐어진다. 그리고는 반야를 향해 똑바로 바라보더니,

"이봐, 너!! 정식으로 결투 신청한다! 따라와!"

그리고는 성큼성큼 학교 뒤쪽으로 향하는 강월 녀석. 로희 녀석 잔뜩 겁먹은 표정으로 나를 응시하고 난 반야를 응시하며 수습하려 나섰다.

"웃긴 자식. 어, 어떡하지, 반야?"

반야는 이내 신경 쓰지 않는다는 듯 저만치 세워둔 오토바이에 올라타더니 시동을 건다. 그리고는,

"타."

그렇다. 반야는 강월의 말을 곱디곱게 씹어버린 것이다. 로희는 나를 보며 조심스럽게 얘기했다.

"시, 신이야, 강월이 화 많이 났나 봐. 다치기 전에 얼른 저 사람이랑 가. 강월은 화나면 진짜 앞뒤 안 가리거든."

"그런 걱정은 할 거 없어. 너도 오토바이 타고 갈래? 셋이서 타도 뭐 그리 좁진 않을 거야."

"아, 아니야, 신이야. 난 전철 타고 가는 게 편해."

"그래? 그럼 월요일 날 보자~"

"응. 신이야, 저 사람보고 조심하라고 해. 괜히 강월한테 걸려서 봉변당하지 말고."

"그럴 일 없어. 그럼 나 간다~"

"응. 자, 잘 가."

아마도 로희 녀석은 반야의 진정한 모습을 모르기에 반야가 서둘러 도망가는 거라고 생각하는 모양이었다. 어떻게 생각하든 상관없다는 듯 나를 바라보며 기다리는 반야에게 서둘러 다가갔다. 살짝 반야의 허리를 감싸 안자 내 감정을 몰랐던 그때와는 또 다른 느낌이 온몸에 전율을 느끼게 했다. 그런 내 감정에 살짝 놀라 움찔하는 나를 느꼈는지 반야가 말했다.

“왜 그래?”

“응? 아, 아니야, 아무것도.”

“간다.”

“응~ 추, 출발!”

반야는 강월 녀석 따윈 신경도 쓰지 않고 애마를 출발시켰다. 이내 반야와 나는 내 오피스텔에 도착했고 점심때가 되었기에 배고픈 마음에 반야를 식탁 앞에 앉혔다.

“반야~ 오늘은 우리 집에서 밥 먹고 가.”

“아침…… 잘 먹었다.”

그 순간 얼굴이 확~ 달아오르면서 심장이 빨리 뛰는 걸 느꼈다. 나 왜 이러지? 자꾸 이러면 반야랑 있는 게 불편해지는데. 정신 차려, 한신의! 넌 어쎄신의 NO.2야. 반야는 내 밑의 사람이라구! 스스로를 컨트롤하며 태연한 척 반야에게 대꾸했다.

“그, 그래? 맛있었어? 아침에 급하게 한 거라 간이나 잘 맞았을지 모르겠어.”

“씬.”

“응?”

“국 넘쳐.”

“악! 맙소사~”

반야의 시선이 멈춘 곳을 따라 내 시야를 옮겨보니 보글보글 김치찌개가 화산이 폭발하듯 위로 치솟고 있었다. 서둘러 불을 끄고 예쁜 대접에 옮겨 담았다. 어느새 식탁 가득 밥상이 차려지고 반야는 나를 보며 인사를 시작으로 밥을 먹기 시작한다.

"잘 먹을게."

"응. 반야, 많이많이 먹어~"

"신우는?"

"아차, 그러고 보니 이 자식은 왜 안 오지? 뭐, 언젠가는 오겠지. 반야, 신경 쓰지 말고 어서 먹어."

"응."

그렇게 단둘이 반야와 밥을 먹고 있자니 어쩐지 신혼부부 같은 느낌에 설레고 있었다.

'나답지 않게 왜 이러는 거야, 대체!'

자꾸만 화끈거리는 얼굴을 주체하지 못해 당황하며 밥을 먹는데 내 휴대폰이 울린다. 강월 녀석 같은데 받을까 말까 주저하다 이내 반야의 눈치를 살피며 폴더를 열었다.

"여보세요?"

[어떻게 된 거야? 내가 무서워서 그 자식 도망간 거야?]

"휴. 이 철없는 놈아, 헛소리 좀 작작해! 아직도 거기 있냐?"

[오호~ 내가 무서워서 도망가셨다 이거지? 좋아, 내가 무서워서 도망갔으니까 두 번 다시 내 앞에 나타나지 말라고 해! 또 마주치면 진짜 가만 안 둬! 정식 대결도 회피한 놈이 내 앞에 나설 자격 없으니까.]

녀석의 큰 목소리는 반야의 귀에도 흘러들어 갔다. 반야는 별 신경 안 쓴다는 듯 여전히 무표정한 카리스마있는 얼굴로 밥을 먹을 뿐이었다. 괜스레 내 입장이 난감해서 서둘러 전화를 끊기 위해 말을 했다.

"시끄러. 나 밥 먹어야 하니까 끊는다."

[어이, 이봐! 잠깐만, 마누라! 약속 잊은 거 아니지? 두 시에 데리러 갈 거니까 예쁘게 하고 있으라고~]

"할 말 다 했냐? 끊는다."

그렇게 인정사정 볼 것 없이 폴더를 닫아버리고는 반야를 향해 어색한 미소를 지어 보였다.

"하, 하여간 이놈이 이렇다니까!"

반야는 여전히 반응이 없다. 그런 침묵이 익숙하기도 했지만 어쩐지 어색해서 다시 한 번 입을 여는 나였다.

"반야, 미안해. 괜히 나 때문에 이런 놈한테 그런 소리나 듣구."

"난 괜찮으니까 신경 쓸 거 없어."

"그렇지만…… 어쨌든 미안해. 그리고 고마워."

"뭐가?"

"일부러 그 녀석 대결 피해준 거."

"그런 건 별로 고마워할 일이 아니야. 사람 죽이는 게 직업인 나지만 썬의 친구까지 함부로 죽일 생각은 없으니까."

"치, 친구라니! 그런 자식은 친구도 아니야!! 어, 어쨌든 나 학교생활하는 데 지장없게 해주려고 노력해 주는 거잖아. 정말 고마워, 반야. 그나저나 요즘 어쌔신에 별다른 사건은 없어? 내 빈

자리야 반야가 당연히 잘 채워주겠지만은.”

“그냥 그래.”

“오늘은 사건 없구?”

“없어.”

“토요일인데 오랜만에 제대로 쉬겠네~ 잘됐다.”

“씐.”

“응?”

“이번 주 일요일 날 사건 하나 맡아줄 수 있어?”

“내일 모레?”

“응.”

“무슨 사건인데?”

“학교 다니는 너한테 어째신 일은 잠시 접어두게 하고 싶었는
데 그날 사정이 생겨서.”

“반야 부탁인데 당연히 들어줘야지~”

“멤버들은 다 그날 사건을 하나씩 맡고 있어서. 나도 그날 사
건이 있고. 마침 한 명이 모자라서 말이지.”

“알았어, 내가 처리할게. 상대가 거물이야?”

“아니, 피라미.”

“그럼 국회의원이나 뭐 대기업 사장 같은 상류층 사람은 아니
란 거네.”

“응. 그냥 원한관계에 있는 사람인가 봐. 이 사람 좀 처리해
줘.”

그러면서 반야는 내게 사진 한 장을 내밀었다. 평범하게 생긴 한 남자였다. 비교적 쉬운 사건인 듯 보였기에 대수롭지 않게 사진을 총 박스 안에 두고 반야와 마저 식사를 마쳤다.

그러고 나니 어느새 시간은 두 시에 가까워져 왔고 누군가 현관을 열고 들어왔다. 혹시나 하는 약간 불안한 마음으로 거실로 나오니 다행스럽게 신우 녀석이다.

"누나, 일찍 왔네~ 어? 반야 형이다! 반야 형!!"

냉큼 나를 뒤로한 채 반야에게 달려가는 신우 놈. 저놈은 대체 내 동생인지 반야 동생인지 구분이 가질 않는다. 반야는 그런 신우를 귀찮아하는 내색 없이 잘해주는 모습이다.

"학교 마치고 왔나 보군."

"응, 형! 누나랑 둘이 밥 먹은 거야?"

"응."

"에이~ 치사하다! 나랑 같이 먹지. ㅠㅠ 왜 우리 누나하고만 먹는 건데."

설마 신우 너…… 너…… 동성…… -_-; 에라이! 내가 무슨 생각을 하는 거야. 반야는 신우에게 미안한 듯 말을 건넨다.

"다음엔 셋이서 같이 먹자."

"응, 형! 근데 나 형한테 궁금한 거 있어."

"뭔데?"

"형은 키스해 본 적 있어?"

아, 아니, 저놈이!!

녀석의 당혹스런 질문에 내가 더 황당해서 얼굴이 빨개지고 말았다. 서둘러 녀석의 귀를 잡아당기며 말을 했다.

"야! 반야한테 그런 쓸데없는 질문 할 거면 친한 척하지 맛!"

"아아!! 누나 귀 좀 놓고 말해~ 아!! 아파!!"

"시끄러! 이놈이 학교 갔다 왔으면 얼른 씻고 밥 먹어!"

"아야!! 아파~ 알았으니까 좀 놓으라구."

힘껏 녀석의 귀를 늘여놓은 후에 놓아주자 녀석은 뾰로통한 표정으로 화장실로 막 들어가려는 순간 반야의 낮은 음성이 울려 퍼졌다.

"있어."

0口0 바, 반야……?

깜짝 놀라 모든 동작이 정지된 나와는 달리 신우 녀석은 화장실에 들어가려다 말고 반야 곁으로 쪼르르 달려가 흥분하기 시작한다.

"우와~ 반야 형, 그게 진짜야? 진짜 키스해 봤어? 진짜냐구~"

반야는 별 관심 없다는 듯 물을 조금 들이킨다.

"형! 진짜 키스해 봤어? 응? 뽀뽀 말고 키스 말이야, 키스!"

"키스랑 뽀뽀의 차이점은?"

"에이, 형! 그걸 몰라서 물어? 그러니까 음~ 뽀뽀는 쪽 하고 간단히 하는 거고 키스는…… 흐흐흐, 좀 진~하게 하는 거지."

"그럼 뽀뽀인가 보군."

안도의 한숨을 내쉬는 나와는 반대로 신우 녀석 실망기 가득한 얼굴로 한탄한다.

"에이~ 키스 정도는 해야지!"

난 어느새 신우 녀석 바로 뒤로 가서 땅콩을 선물했다.

딱!

"아야! 왜 때려, 누나!"

"쬐끄만 게 벌써부터 밝히기는. 죽기 전에 얼른 들어가서 씻어!"

"쳇! 누가 쬐끄맣다는 거야! 이래 뵈도 키가 178cm나 된다구! 앞으로도 계속 클 거구!"

"누가 키 얘기 했냐?"

"그럼 누나는 키스해 봤어?"

"뭐, 뭐시?"

"누나는 키스해 봤냐구?"

순간 강월 녀석의 얼굴이 떠오르고 말았다. 당황하며 반야의 눈치를 살피는데 신우 녀석이 먼저 말을 꺼낸다.

"하긴 누나가 해봤을 리가 있나~ 선머슴 같아가지고 누가 누나한테 키스를 하겠어? 크크."

"이 자식이! 시끄럿!!"

퍽!

녀석의 등짝을 힘차게 휘갈기자 그제야 등을 부비며 화장실로 들어가는 신우였다.

아~ 저놈 때문에 진짜 황당해서. 그나저나 반야가 누구랑 뽀뽀를…… 애써 담담한 척 궁금한 것을 물어보기로 했다.

"저, 저기 반야~ 진짜 뽀뽀해 봤어?"

"넌 어렸을 때 부모님한테 뽀뽀 받아본 적 없나?"

"아아, 부모님? 호호호, 그런 거였어? 난 또 깜짝 놀랐네~"

"뭐가?"

"응? 아, 아니, 그냥. 호호. 반야는 여자랑 안 사귀어봤을 것 같은데 해봤다니까. 그…….."

"이제 그만 가봐야겠어. 아까 보니까 너 약속 있는 것 같던데."

"약속? 무슨…….."

잠깐 생각에 빠졌다가 이내 다시 강월 녀석의 얼굴이 떠오른다. 서둘러 시계를 보니 어느새 시계 바늘은 두 시 정각을 가리키고 있다.

"아, 맞다! 빨간머리 그 자식 올 텐데."

반야는 말없이 일어나 신발을 신는다. 그리고는 아직까지 화장실에서 열심히 씻고 있는 신우를 향해 약간 음성을 높인다.

"신우야, 갈게. 다음에 보자."

그러자 이빨을 닦다 말고 입 주변에 하얀 치약을 그대로 묻힌 채로 부랴부랴 뛰어나오는 신우 녀석.

"형, 벙써 갈려고?"

녀석의 한심함에 내가 대신 대꾸했다.

"너 꼴 보기 싫어서 가는 걸 거다! 대충이라도 다 씻고 나오든지! 뭐야, 더럽게."

"형, 강지 마. 장깡망."

신우 녀석 화장실로 마구 뛰어들어 가더니 서둘러 양치질을 끝내고 다시 나온다.

"반야 형, 오늘 안 바쁘면 나랑 좀 놀아주라~ 응?"

역시나 반야 대신 내가 대꾸했다.

"반야가 너처럼 할 일 없는 줄 아냐? 괜히 반야 귀찮게 굴지 말고 친구들하고 놀아."

"싫어! 난 반야 형이 좋아!"

"반야는 너 싫어해. 그러니까 귀찮게 굴지 마."

"누나가 날 싫어하는 거겠지! 반야 형~ 형 나 싫어해? 응?"

그러자 반야는 나를 살짝 내려보더니 신발을 다시 벗는다.

"조금 놀아줄게. 재밌게 놀아주진 못하겠지만."

그러자 신우 녀석 금세 얼굴이 환해져서는 나를 내쫓기 시작한다.

"누나! 약속있는 거 같은데 어여 나가~ 어여~"

"이 자식이. 그럼 집 잘 보고 있어. 괜히 반야한테 이상한 질문해서 난감하게 만들지 말고."

"알았어~ 빨리 가라니까!"

"반야, 저 녀석 귀찮게 굴면 집에 가서 쉬어. 알았지?"

"그래, 가봐."

“아~ 내가 뭐 때문에 정말. 그럼 나 다녀올게.”

약속은 약속인지라 내가 안 나가면 집 안까지 쳐들어올 것이 뻔한 빨간머리의 행동이 떠올라 하는 수 없이 반야를 뒤로하고 오피스텔 앞으로 나왔다. 그러자 어디서 났는지 쌔끈한 오토바이 앞에 오만 폼을 다 잡고 서 있는 강월 녀석. 약간 뿌루퉁한 시선으로 나를 째려보더니,

“마누라! 오 분이나 늦게 나왔잖아!”

“시끄러.”

“너랑 붙어 다니던 그 잘생긴 자식 그거 완전 즐이더라? 내 대결을 피해 달아나다니. 푸하하하하, 그 자식은 역시 나한테 쫄은 거였어.”

“그럴 리가. 함부로 까불다가 너나 다치지 말고 상대를 봐가면서 설쳐.”

“내가 대결하자고 했는데 도망갔잖아. 그런 자식은 얼굴만 번지르르하지 영판 싯따감이라구!”

“싯따?? 그게 뭐냐?”

“아~ 촌빨 날리게시리. 시다바리의 줄임말이잖아~”

“어느 나라 말인데?”

“우리 나라! 아씨, 그건 그렇고 내 애마 어떠냐? 한동안 안 타다가 너 태워주려고 꺼내온 거야.”

“운전은 제대로 하냐?”

“흐흐흐. 내가 한때 또 싸이클 마니아 아니었겠냐~”

"마니아랑 운전 실력이 비례한단 말은 듣지 못했어."

"아, 거참. 의심 많은 마누라. 벌써부터 바가지냐고. 알았으니까 얼른 타. 제대로 된 데이트를 즐겨보자구~"

녀석은 내게 헬멧을 건네더니 잔뜩 폼을 잡고는 시동을 건다. 마지못해 녀석의 뒷자리에 앉아 녀석을 살짝 붙잡자 녀석은 신이 났는지 또 헛소릴 해댄다.

"참고로 여자가 내 허리 껴안은 것 첨이다~"

"뭐?"

"네가 첨이라고!"

"설마. 너 같은 바람둥이 기질이 다분한 놈이 무슨."

"그래, 뻥이야~ 근데 여자가 안아서 이렇게 기분 좋았던 건 정말 이번이 처음이야."

"출발 안 하냐?"

"성질 급하시긴. 자, 그럼 꽉 잡아~"

부릉부릉~ 부릉~

빨간머리 녀석만큼이나 요란한 소리를 내며 출발하는 오토바이. 내 오토바이보다 쬐끔 좋은 거라서 그런지 달리는 기분은 꽤 상쾌했다. 반야 뒤에 탈 때보다야 기분 좋을 리가 있겠냐만은. 흠, 내가 언제부터 이렇게 노골적으로 반야를 생각하게 됐나 몰라. 내가 과연 반야를 좋아해도 될까. 아니, 내가 자기를 좋아하는 걸 알면 반야의 기분이 어떨까.

이런저런 복잡한 생각을 하는 동안 어느새 한참을 달리던 녀석의 오토바이가 시내 한 중심지에서 멈춰 섰다. 토요일이라서 그런지 사람들이 굉장히 붐비는 거리였다. 이렇게 사람들이 많이 몰리는 곳은 익숙지 않은데. 항상 어두운 곳을 즐겨 돌아다니고 직업상 그래야만 했기 때문에 많은 사람들의 시선이 교차되는 곳이 본능적으로 꺼려진다. 그런 나를 알 리가 없는 강월 녀석은 익숙한 듯 나를 그 거리로 이끌고 있었다.

"저기 저 레스토랑에 오븐 스파게티 잘해~ 먹으러 가자."

"밥 먹었어."

"뭐? 마누라, 내가 데이트하자고 했잖아!"

"근데?"

"그럼 당연히 밥은 나랑 먹어야지. 집에서 먹고 오면 어떡해!"

"배고프니까."

"아, 정말. 그래도 또 먹어~ 나랑 같이 먹으면 잘 넘어갈 거야."

억지로 녀석의 손에 또 한 번 이끌리는 나였다. 거의 자포자기 심정으로 녀석이 하자는 대로 두고 보자는 식으로 나가기로 한 것이다.

녀석은 제멋대로 주문을 하더니 어느새 우리 앞엔 굉장히 달달해 보이는 스파게티 한상이 거하게 차려졌다. 가장자리에 놓인 치즈크러스터 피자도 맛있는 식탁에 한몫 단단히 차지하고 있다. 반야와 밥 먹을 때 조금 긴장한 나머지 많이 먹지 못해서 그런지 맛있는 음식이 눈앞에 있자 식욕이 당긴다. 강월 녀석이 워낙 설쳐 대는 통에 억지로 먹는 척하면서도 맛있게 또 한 번의 점심 식사를 마칠 수 있었다. 잔뜩 먹은 강월 녀석이 배를 두드리며 장난스런 표정으로 나를 본다.

"마누라, 여기 맛있지?"

"응."

"다음에 또 오자~"

"글쎄."

"왜~ 맛있다며."

"응."

"근데 왜 글쎄야."

"몰라. 다 먹었으면 나가지?"

"아직 디저트 남았어. 기다려 봐~"

녀석의 말이 끝나기가 무섭게 아르바이트생으로 보이는 깔끔한 남자가 와서 시원한 아이스티를 내밀었다. 강월 녀석과 나는 아이스티를 마시며 다시 이어지지도 않는 대화를 시작한다.

"마누라, 복학하기 전까진 뭐 했어? 그 성격에 어디 아팠던 것 같진 않은데."

"몰라도 돼."

"하여간 여자가 무뚝뚝하기는."

"그러는 넌 뭘 믿고 그렇게 까부냐?"

"나? 그야 물론 우리 아빠 빽이지."

"그렇지. 정치가란 놈들은."

"어허! 그렇지 않다니까. 정치 하는 사람들이라고 해서 다 나쁜 사람들만 있는 건 아니라니까. 올바른 사고방식을 가진 사람들이 묻혀져서 잘 보이지 않는 것뿐이라구."

"그렇다고 치자."

"우리 아빠 대단한 사람이야. 정치랑은 별개로 말이야."

"그래, 대단한 아빠를 둬서 아주 좋겠군."

"마누라 아빠는 어떤 사람인데?"

"글쎄."

"글쎄라니. 평범한 셀러리맨? 아니면 공무원? 어떤 사람일까? 우리 마누라처럼 무뚝뚝한 아버지신가? 크크."

"엄청나게 착해서 너무도 어리석은 사람."

강월 녀석이 아이스티를 마시다 말고 눈을 동그랗게 뜨며 다시 질문한다.

"뭐? 어떤 사람?"

"착해 빠져서 당하기 쉬운 사람. 그러다…… 간 사람."

강월 녀석, 꼴에 눈치는 있는지 어떻게 해서든 나를 위로하려 나선다.

"아하하;; 우,우리 아빠 같은 사람보단 착한 분이 나을지도."

"아, 뭐 그딴 칙칙한 얘기는 관두자. 고등학교 2학년이나 된 놈이 일진이니 뭐니 그런 유치한 짓 관두고 착하게 좀 살아라."

"일진? 글쎄, 그런 건 가입하고 말고의 문제가 아닌 것 같은데? 자연스럽게 이루어진 거지."

"잘나셨군."

"무엇보다 난 강하지 않으면 살아남을 수가 없어."

"왜?"

"난 가만히 있어도 먼저 시비를 거는 놈들이 많거든. 네 말대로 썩어 빠진 정치인의 아들 아니냐."

"그럼 겸손하기라도 하든지. 그렇게 거들먹거리고 다니니까 더 그런 거 아냐?"

"이렇게 촐랑대지라도 않으면…… 친구가 없거든."

처음으로 녀석의 웃음이 슬퍼 보였다. 하지만 애써 동정의 눈길을 보내는 건 나답지 않아 그냥 쏘아붙이기로 했다.

"촐랑거리는 것도 재수없어."

"그런가? 하하."

"그 빨간 머리 때문에 더 튀어서 재수없다구."

"오, 그래? 흠, 좋아!"

녀석은 자리를 박차고 일어나더니 내 손목을 이끌고 또 어디론가 마구 걸어가기 시작한다.

오래 걸리지 않아 도착한 곳은 미용실이었다. 나를 소파에 앉혀놓고는 멋대로 거울 앞에 앉아 미용사를 부른다.

"여기요! 나 염색 좀 해줘요!"

"아, 예~ 손님, 어떤 색으로 염색해 드릴까요?"

"까만 색!"

"예, 알겠습니다."

"머리도 좀 깔끔하게 손질해 줘요. 모범생처럼."

"예, 손님~"

난 녀석의 어이없는 행동을 그저 유심히 관찰할 뿐이었다.

지루함을 달래기 위해 이런저런 잡지를 뒤척이며 시간을 보내다가 녀석의 음성에 고개를 들었을때 정말 너무 놀라 하마터면 얼굴을 붉힐 뻔했다.

"마누라, 나 어떠냐?"

깔끔하게 정돈된 헤어스타일, 그리고 까만 머리, 녀석의 매끈한 피부와 깊은 눈동자, 새로 염색한 까만머리 만큼이나 새까맣고 긴 속눈썹, 그리고 그 눈으로 장난스러우면서도 진지하게 나를 바라보는데 정말 이 자식도 웬만한 꽃미남은 저리 가라인 것 같다. 장미라는 여자가 왜 그렇게 목을 매는지 알 만도 하다. 이렇게 변하고 보니 이 자식도 성격만 빼면 반야랑 엇비슷하게 생긴 것 같기도. 스타일은 좋네. 범생처럼 하고 나니 국회의원 아들다워 보이는 것 같기도 하고. 쳇! 아니지! 반야가 백배 낫지~ 암, 그렇고말고.

혼자서 중얼중얼 생각하고 있는데 녀석은 자신의 얼굴을 내게 더욱 가까이 들이밀며 말했다.

"마누라, 왜 말이 없어? 변신한 내 모습에 홀딱 반한 거야? 크크. 그럴 줄 알았어."

"시끄러. 뭐래는 거야."

"오랫동안 기다리게 해서 미안해~ 지겨웠지? 이제 우리 영화 보러 가자!"

그러더니 또 덜렁 내 손목을 낚아채는 녀석. 아까 지나가는 사람들의 시선은 특이한 사람을 바라보는 시선으로 역력했고, 지금의 사람들 시선은 너무나 잘생긴 꽃돌이를 바라보며 얼굴을 붉히는 모습이었다. 녀석도 그것을 아는지 조금 더 어깨에 힘을 주고 걷는 듯했다.

영화관에 도착하고 녀석이 표를 끊는 동안 사건은 벌어지고 있었다. 토요일이라서 그런지 너무나 붐비는 영화관. 녀석과 잠시 떨어져 있는데 누군가 내 주변을 감싸고 돈다.

"이게 누구야? 씬 아닌가?"

건장한 남자 일곱 명이 거들먹거리며 날 포위했고 난 녀석들을 찬찬히 둘러봤다.

"너희들은……!"

키가 큰 이놈들에 가려 내가 보이지 않는지 녀석들의 벌어진 틈으로 나를 찾는 강월 녀석의 모습이 보였지만 그보다 이 자식들 때문에 난처한 상황을 벗어나기에 급급했다.

"우리를 알겠나?"

"우습군. 내가 너희를 아는 것을 영광으로 여겨라."

"그나저나 최고의 암살단 어쌔신의 NO.2께서 남자 친구와 영화라도 감상하려고 오셨나? 우리도 이 영화가 암살집단을 다룬 영화라고 하길래 단체로 보고 비웃어주려고 왔지. 크크."

"안 물어봤는데."

"여전히 당돌한 아가씨야. 가까이서 보긴 처음이지만 절세미인은 틀림없군. 어쌔신이 아니라 우리 이터널에 들어왔어야 했는데 말이지."

그렇다. 이터널(Eternal), 이 녀석들은 우리 나라에서 어쌔신 다음으로, 아니, 어쩌면 어쌔신과 버금가는 암살조직단으로 우리와는 당연히 앙숙관계에 있는 살인 청부업자들이다. 그런 녀석들과 이런 곳에서 마주치다니. 재수가 없어도 이렇게 없을 수가. 나를 찾아 이곳저곳 헤매이는 강월 녀석이 혹시나 이런 나를 볼까 봐 서둘러 이 자식들을 떼어내야 했다.

"나한테 무슨 볼일이 있는 거냐?"

"크크. 글쎄, 뭐 그냥 아는 척을 하고 싶었다고나 할까?"

"소경오, 너희나 나나 암살단에 몸담은 사람으로서 이렇게 사람들 많은 곳에 뭉쳐 있어서 별로 좋은 게 없을 텐데."

"이야~ 어쌔신 NO.2께서 친히 내 이름도 외워주시니 몸 둘 바를 모르겠는걸?"

"몸 둘 바를 모르겠으면 방황하지 말고 그만 꺼지시지."

"씬, 그렇게 무섭게 노려보지 말라구~ 여기서 사고치려는 거 아니니까."

"그럼 내 주변으로 둘러싼 이 포위망 좀 거둬주는 게 어때? 사람들의 통행을 방해하는 것 같은데?"

이터널의 NO.2인 소경오, 아마도 반야와 비슷한 또래인 듯 싶다.

그때 마침 강월 녀석 나를 발견한다. 그리고는 잔뜩 인상을 찌푸리며 다가와서는 내 주변의 이터널 암살단 녀석들에게 다짜고짜 쏘아붙인다.

"뭐야, 이 자식들은! 무슨 조폭같이 생겨 가지고. 내 여자한테 집적대지 말고 꺼져!"

그러자 소경오는 가소롭다는 듯 강월 녀석을 훑어보고는 나를 보며 말했다.

"씬의 취향은…… 국회의원 아들인가? 크크크."

그러더니 자신들의 멤버를 이끌고 유유히 사라진다. 역시 유명한 암살조직답게 강태만의 아들 강월을 알아보는군. 곤란한걸. 혹시라도 나 때문에 강월 녀석이 위험해지기라도 한다면……?

"마누라, 뭐야? 저 자식들이 너한테 집적댄 거야?"

"아니야, 그런 거."

"근데 내가 국회의원 아들인 건 어떻게 알지? 웬만한 사람들은 잘 모르는데 말이지."

"알 게 뭐야. 국회의원하고 연관된 인간들인가 보지."

"그런가? 쩝. 어쨌든 영화 시작할 때 다 됐어. 얼른 가자."

"그래."

녀석이 앞장을 서고 강월의 뒤통수를 따라 걸어가는데 소경오가 나를 쳐다보는 느낌에 살짝 뒤를 돌아봤다. 그러자 소경오는 피식~ 하고 비웃으며 강월 녀석과 나를 번갈아보고 있었다. 이거…… 아주 불길하군.

불길한 예감이 온몸을 엄습하면서 이미 시작된 영화에는 도무지 집중을 할 수가 없었다. 안절부절못하는 마음을 겉으로 표현하지 않고 주변을 유심히 살피며 이터널(Eternal) 암살단들이 어디에 위치해서 앉아 있는지 찾고 있다. 그러다 뒤통수의 따끔거림에 찬찬히 뒤를 돌아봤는데…… 이, 이 자식들! 바로 내 뒷자리에 위치하고 있었다. 아무것도 모르는 강월 녀석은 영화에 집중하는 모습이었다. 이거 정말 안 좋은데? 상황이 너무 안 좋아. 이러다 정말 큰일나는 거 아니야? 식은땀이 등줄기를 타고 흘러내린다. 바짝 긴장을 하며 언제 어디서 들이닥칠 줄 모르는 일을 대비하느라 주먹에 힘이 잔뜩 들어간다.

드디어 영화가 끝나고 붐비는 사람들 사이에 끼어 강월 녀석과 나는 상영관을 나왔다.

"마누라, 나 화장실 좀 갔다 올게."

"그래."

까만 머리가 어색하지 않은 강월은 화장실로 들어가고 그때를 놓치지 않고 소경오와 이터널 멤버들은 다시 한 번 내 앞에 등장했다.

"씬, 영화는 잘 봤나?"

"뭐, 덕분에."

"그렇게 노려보지 말라구~ 아까도 말했지만 서로 암살조직이니만큼 사람들 많은 곳에서 사고치진 않는다구. 크크."

"그럼 빨리 꺼지는 게 어때?"

"안 그래도 중요한 사건이 있어서 가려던 참이야. 인사는 하고 가야 예의인 거 같아서."

"네놈들은 날 모르는 척해주는 게 더 예의야."

"후후, 오늘은 아주 중요한 사건을 맡아서 기분이 짜릿해. 듣자 하니 어쌔신에서 거절한 사건이더군."

"우리…… 어쌔신이 거절한 사건이라구?"

"크크. 천하의 어쌔신도 이제 갈 때까지 간 것 같군. 국무총리 아들 좀 처리해 달라는 말에 꼬랑지를 내려 버리다니 말이야."

국무총리의 아들이라면…… 차형주의 아들? 그 귀족풍의 미소꽃미남? 반야가 빚을 진 게 있어서 거절했던 사건인데 결국 이터널에게 그 사건이 넘어갔나 보군. 젠장, 어떻게 해도 차형주의 아들은 죽을 목숨인 건가?

내 얼굴이 사색이 되면서 녀석들의 비웃음은 더욱 짙어졌다.

"어쌔신이 우리 밑으로 기어들어 올 날도 머지않았단 뜻 같은데. 안 그런가?"

"닥쳐. 그러다 쥐도 새도 모르게 죽는 수가 있어."

"하, 그렇지. 암살자들은 상대를 쥐도 새도 모르게 죽여야 하지. 이거 겁나는데? 하하하."

"정확히 네놈의 입 안에다 총탄을 박아주마."

"휘유~ 무서워서 더는 대화를 못하겠군. 그럼 우린 이만 사라져 드리지. 애인이 나오시는 것 같은데. 차형주의 아들 다음엔 강태만의 아들도 대상이 되지 않을까? 하하하하, 애인단속 잘하라구~"

그렇게 그들은 나를 향해 양껏 비웃으며 사라져 갔다. 강월 녀석 아무것도 모르는 채 장난기 가득한 얼굴로 다가왔다.

"마누라는 화장실 안 가?"

"응."

"얼레? 마누라, 어디 아파? 안색이 안 좋은데?"

"아니야, 아무것도."

"그래? 근데 마누라 정말 이상해. 특히 그 눈빛이."

적들을 만나니 나도 모르게 살기등등한 눈빛을 하고 있었나 보다. 서둘러 눈을 몇 번 깜빡이며 아무렇지 않은 척 강월 녀석을 바라본다.

"강월."

"왜, 마누라?"

"너 혹시, 국무총리 아들이 어디 사는 줄 아냐?"

그러자 녀석 잔뜩 미간을 찌푸리며,

"그 능글맞은 꽃미남 자식은 또 왜!"

"아, 따지지 말고 알면 좀 가르쳐 줘봐."

"알긴 알지만 안 가르쳐 줄 거야!"

"왜?"

"그 자식 잘생겼다고 마누라도 그놈한테 빠져 버린 거 아냐?"

큰일이네. 이터널 녀석보다 먼저 도착해서 그가 위험하다는
걸 알리지 않으면 절단나는데. 이 사실을 이 녀석한테 솔직히
털어놓을 수가 없으니. 다급한 마음에 다른 방안을 찾아낸다.

"내 친구가 그 사람 좋아하는데 집 좀 알아봐 달라고 해서."

"그래? 그 자식 아마 GM오피스텔에 독립해서 살걸?"

"그래? 고맙다!"

나는 서둘러 녀석의 주머니에서 오토바이 열쇠를 꺼내 달리
기 시작했다.

"어라? 이, 이봐!! 마누라, 이게 무슨 짓이야!!"

"미안한데 오토바이 좀 빌리자!!"

"마누라!! 야—!!"

뒤에서 마구 소리 지르는 녀석을 뒤로하고 서둘러 녀석의 애
마에 시동을 켠다.

전속력으로 달려 빠르게 도착한 GM오피스텔. 안내실로 다가
가 제복을 입은 아가씨에게 말을 걸었다.

"차형주 국무총리 아드님이 쓰시는 방은 몇 호실이죠?"

"무슨 일이시죠?"

"중요한 일을 전달하러 왔는데 호실을 까먹어서 그래요. 좀
가르쳐 주세요."

"308호실입니다만."

"고마워요."

서둘러 비상계단을 이용해 삼층까지 단숨에 올라갔다. 가쁜

숨을 몰아쉬며 308호 앞에서 초인종을 마구 눌러댔다.

딩동! 딩동딩동!!

잠시 후 현관문이 열리기 전에 안쪽에서 조금 익숙한 음성이 들려온다.

[누구시죠?]

"저, 저기요, 비 오는 날 저 그때 저 바래다주셨죠?"

잠시 후 현관문이 열리고 그는 편안한 복장으로 환한 미소로 날 맞이했다.

"어라? 아가씨는? 여긴 어떻게 알고……?"

"저기, 지금 그게 문제가 아니구요. 중요한 일 때문에 왔어요."

"그래요? 일단 들어오세요."

워낙에 중요한 일이기에 낯선 남자의 집이지만 그의 배려를 받아 성큼 들어갔다. 그의 외모만큼이나 럭셔리하고 깔끔하게 정돈된 방 분위기가 굉장히 따뜻했다. 소파에 자리를 잡고 앉자 그는 내게 주스를 건넨다.

"아, 고마워요."

"별말씀을. 그나저나 어떻게 여길 알고 왔어요?"

"여길 알아낸 게 문제가 아니고요, 황당하게 들리겠지만 잘 들으세요."

그는 호기심 가득한 얼굴로 나를 응시한다.

"누군가 당신을 노리고 있어요."

“네? 하하, 누가요?”

역시나 그는 황당하다 못해 재밌다는 듯한 호기심 어린 눈빛을 내게 보내고 있었다.

“그렇게 웃을 일이 아닙니다. 제가 미친 사람으로 보이겠지만 믿어야 해요.”

“누가 절 노린다면…… 영광이죠~”

“뭐가 영광이란 거죠?”

“저에게 대시하겠다는 거 아닌가요?”

“아뇨! 제가 말하는 건 목숨이에요. 당신의 목숨을 누군가 노리고 있다구요!”

“그게 무슨…… 하하. 아가씨, 영화를 너무 많이 보신 거 아닌가요?”

“제 말을 안 믿으시는군요?”

“아니, 뭐, 그렇다기보다는…….”

“황당하고 어이없다는 거 알아요. 갑자기 이런 말 듣는 거 절대 이해될 리 없다는 거 알아요. 하지만 살고 싶다면 절 믿으셔야 해요.”

그의 눈엔 황당함과 호기심, 그리고 지그시 나를 바라보는 고급스러운 그 눈빛이 부담스러웠지만 본능에 이끌려 이 사람을 살려야 한다는 생각뿐이었다. 반야가 빚을 진 사람이라서? 아니면 나와 안면이 있는 사람이라서? 대체 내가 왜 이 사람을 살려야 한다는 생각이 강하게 드는 건지는 알 수 없지만 어떻게 해서든 살려야 한다는 본능이 나를 마음대로 조종하고 있었다.

"아가씨, 흥분하지 말고 주스 좀 마시면서 이야기하죠."

"제 말을 믿으셔야 해요. 믿기 어렵겠지만 우리 나라에도 암살단들이 존재해요."

"암살…… 단이요? 그게 무슨……?"

"몇 주 전까지 뉴스에서나 신문에서 국회의원들과 대기업 사장과 같은 거물급 인물들이 피살당했다는 소식 듣지 못했나요?"

"그야 가끔 그런 기사가 화제가 되긴 하죠."

"그런 짓을 누가 벌였다고 생각하죠? 그런 인물들을 누가 죽였다고 생각하나요?"

"글쎄요. 원한을 산 사람들의 짓이 아닐까요? 근데 전 누구한테 원한진 일이 없는데요."

"국회의원이란 이유 하나만으로, 혹은 그들의 자식이란 이유 하나만으로도 충분히 질투의 대상이 되죠."

"그거야……."

"이번 타깃이 불행히도 당신이라는 걸 말해 드리려고 온 거예요."

"그렇다면 걱정 말아요. 제가 외출할 땐 항상 경호원들이 호위를 하고 있으니까."

"거참, 답답하네! 암살자들은 비교적 높은 위치에서 단 한 발에 목표물을 저격해요. 실패할 확률은 거의 없죠. 피나는 훈련

속에 키워지는 그들은 의뢰인으로부터 돈을 받고 상대를 죽임으로써 임무를 완료하죠. 그런 그들에게 있어서 주변을 감싸며 보호하는 경호원들은 마네킹에 불과해요. 어느 위치에서 총탄이 날아올지 모르는데 그걸 일일이 눈치채서 경호원들이 다 막아줄 순 없다구요!"

답답한 마음에 내 음성은 조금 높아졌다. 그러자 그는 그제야 조금 진지한 눈빛으로 나를 바라보더니 질문을 던졌다.

"그런데…… 그런 사실들을 어떻게 알았죠?"

"그것까진 알 것 없고 당신에게 빚도 있고 해서 알려주러 온 거니까 목숨이 아깝다면 제 말을 믿어야 해요."

"사실 저도 몇 해 전에 암살자를 본 적이 있어요. 제 아버지의 친구가 갑자기 피살당했을 때 옆의 큰 건물에서 검은 복장에 검은 선글라스, 그리고 커다랗고 검은 가방을 들고 서둘러 조심스럽게 빠져나가는 한 남자를 봤죠. 그때 그 남자가 선글라스를 조금 내려서 밑을 내려보는 바람에 저와 눈이 마주쳤는데 그의 눈빛은 가히 살인적이었죠. 직감적으로 아저씨를 죽인 사람이 그자라는 걸 알았어요. 경찰에 신고를 할까 했지만 그의 살인적인 눈빛에 전 굳어버렸죠. 그자도 암살자가 아니었을까요?"

반야를 말하는 건가? 후, 그래. 이 사람은 반야를 위기에서 넘겨준 사람이야. 그러니까 반야도 이 사람을 죽이는 사건을 맡길 거부했고 나 역시 이 사람을 한 번쯤 더 지켜줘야 할 의무를 지닌 거야.

"아마 당신이 본 사람도 암살자였을 거예요. 그렇다면 이해가 쉽겠군요. 우리 나라에도 몇 개의 유명한 암살단들이 존재하죠. 그 유명한 암살단에서 오늘 밤 당신을 타깃으로 잡았어요. 의뢰인이 누군지는 알 수 없지만 오늘만 조심하면 그들은 실패의 큰 타격을 입게 될 거고 그럼 며칠간은 안전할 거예요. 그러니까 오늘은 어디 나가지 말고 집 안에 경호원들을 잘 배치해 두고 쉬는 게 좋아요."

"그런데 어쩌죠? 전 오늘 중요한 일이 있어서 나가봐야 하는데."

"그 어떤 중요한 일도 당신 목숨보다 귀하진 않을 텐데요."

"그야……."

"어쨌든 당신에게 분명히 경고를 했으니 알아서 하리라 믿어요. 이 이상 제가 도와 드릴 일은 없군요. 잠시 미친 사람을 만난 거라고 여겨도 할 수 없지만 당신의 현명한 판단을 믿어요. 그럼 전 이만 가보겠어요."

그렇게 자리를 털고 일어나는데 그의 음성이 나를 깜짝 놀라게 했다.

"고마워요, 신이 양."

어떻게…… 어떻게 이자가 내 이름을 알고 있는 걸까? 순간 심장이 덜컹하고 내려앉으며 온몸이 경직된 듯 굳어버렸다. 침을 한번 크게 삼키고 겨우 입술을 떼어본다.

"내 이름을…… 어떻게 알았죠? 한 번도 당신 앞에서 내 이름을 말한 적 없는데.”

그러자 그는 당황하는 기색이 역력했다. 암살자와 관련된 이들이라면 나를 씬이라 부를 텐데 신이라고 부르는 것으로 봐서는 뭘 아는 것 같진 않고. 그는 당황해서 어쩔 줄을 몰라 하는 기색만이 역력했다. 그러는 그와 반대로 내 눈빛은 날카로워지고 있었다.

“당신…… 대체 누구야?”

“저기…… 난…… 그러니까…….”

그제야 내 눈에 띈 건 탁자 위에 놓인 한 액자였다. 커다란 안경, 그리고 어설픈 교복 차림과 대충 흘려 빗은 머리. 저건…….

“너…… 넌…… 차로희?!”

도저히 믿을 수 없는 현실이 눈앞으로 다가오고 말았다. 꿈에서조차 상상하지 않았던 일이 벌어지고 만 것이다. 너무나 기가 막혀 놀란 내 심장은 좀처럼 안정을 되찾을 줄 몰랐다. 이렇게 럭셔리한 놈이 차로희라구?? 찐따반장이…… 차형주의 아들이라구?? 믿을 수 없는 현실 앞에서 내 눈은 두 배로 커져 있었다. 그는 잠시 망설이다 입을 뗀다.

“저기…… 미안해, 신이야. 속일 생각은 없었는데…….”

“역시…… 차로희 너야?”

“응, 나 로희 맞아.”

“이럴 수가……. 인간이 달라져도 어떻게 이렇게까지 달라질 수가 있지?”

"학교에서 내가 국무총리 아들이라는 걸 알면 강월하고도 더욱 적대관계가 될 테고 그럼 좋을 게 없을 것 같아서 일부러 그런 거야."

"아, 정말 어안이 벙벙하군."

"신이야, 정말 미안해."

"뭐, 나한테 그렇게까지 미안해하지 않아도 되기는 한데 정말 황당하다."

"미안. 그렇지만 난 사실 신이를 보면서 즐거웠어. 속이고 있는 게 찔리긴 했지만 날 못 알아보면서 톡톡 쏘아붙이는 신이가…… 귀여웠어."

"시끄러."

어떻게 사람이 이렇게 완벽히 변신을 할 수 있는지……. 귀족풍 차형주의 아들이 찐따반장 차로희라구? 난 이래 뵈도 최고의 암살자인데 이렇게까지 눈썰미가 없어서야, 원. 반야도 몰랐던 걸까, 내가 소개해 줄 때 이 사람이 자신에게 빚을 안겨준 사람이라는 걸? 아직까지 황당함에 정신을 제대로 차리지 못하는 내게 로희가 어느새 가까이 다가왔다.

"신이야, 강월 많이 좋아해?"

"뭐라?"

"둘이 사귀는 사이잖아."

"그럼 너도 사겨~"

"뭐??"

"그놈이 좋아서 사귀긴 개뿔이! 너도 그놈 잘 알잖아, 똥고집!
자포자기한 거라구!"

"그래? 그럼…… 나한테도 아직 기회가 있는 거네?"

"뭐…… 뭐??"

"후후, 난 신이가 처음부터 좋았어."

"시끄러. 누가 너 같은 찐따를 좋아한대?"

아, 이렇게 되면 정말 로희 녀석을 내 친구로서 지켜줘야 할
의무가 생긴 건데? 이터널 자식들이 생각보다 만만치 않은데.
아직 로희 녀석은 위험을 실감하지 못하고 있어. 제길.

"내 진짜 모습을 이제 알았잖아. 찐따가 아니야."

"아, 몰라몰라. 찐따든 아니든 중요한 건 지금 네 목숨이 위기
에 처했다는 거야."

"근데 신이야, 진짜 넌 그런 사실들을 다 어떻게 안 거야?"

"그건…… 몰라도 돼."

"혹시…… 신이도 암살자?"

"뭐, 뭐라?"

럭셔리한 모습의 로희는 내가 알고 있는 찐따반장이 아니었
다. 멍청한 척 연기하지 않아도 되는 로희의 지금 모습은 굉장
히 귀족 이미지를 풍기는 총명하고 똑똑한 꽃돌이었다.

"나 이래 뵈도 눈치가 빨라. 신이의 눈을 보면 뭔가 잔뜩 담
겨 있지. 뭐, 그런 비밀 속에 꽁꽁 묶인 것도 신이만의 매력이지
만(피식~)."

난 복받은 여자인가? 도대체 이렇게까지 잘생긴 인간들 사이에 끼어서 살아도 되는 거야? 역시나 그의 미소는 괜스레 침을 꼴깍 삼키기에 적절했다.

"야, 얼굴 그만 들이밀어. 맞기 전에."

"아, 미안~ 신이가 너무 예뻐서 말이지."

"응큼하긴. 어쨌건 난 분명히 너 살리려고 용썼으니까 알아서 해. 외출을 삼가하라고."

"흠, 신이가 지켜주면 안 되나?"

"뭐라? 이봐, 난 보디가드가 아니야."

"그렇게 잘 아는 신이가 곁에 있다면 외출해도 위험하지 않을 것 같애."

"그렇게 죽고 싶어서 환장했냐? 꼭 나가야겠냐고."

"오늘 아버지 대신 중요한 회의를 맡았어. 아버지가 외국에 나가셔서 내가 대신하는 자리인데 꾕장히 중요해."

"가다가 뒈져도 난 몰라."

"신이가(피식~) 곁에 있어주는 거지?"

곤란하군. 대충 녀석들의 저격 장소를 짐작할 수는 있지만 100% 성공한다는 보장은 없는데. 하지만 이 녀석에게 중요한 일이고 꼭 나가야 한다는데 암살자에 대한 정보가 없는 경호원들에게 마냥 맡길 수도 없고.

마구 갈등하고 있는 나를 눈치챘는지 로희는 럭셔리한 그 얼굴에서 다시 한 번 미소를 보이더니 내 손을 살짝 잡는다.

“오늘 하루만 내 곁을 지켜준다면 그 빚을 언젠가 꼭 갚을 게.”

“빚은…… 이미 갚았어.”

“뭐?”

반야를…… 반야를 지켜줬으니까. 좋아, 반야를 지켜준 대가로 내가 널 지켜주마. 학교 가서 사귄 친구1호이기도 하니까.

“빚이고 뭐고 그럼 나 잠시 집에 좀 다녀올게. 참, 한 가지 약속해.”

“신이랑 약속을?”

“그래, 무조건 나에 대한 것은 비밀이야. 그 어떤 것도 묻지 마라.”

“그게 무슨……?”

“묻지 말라고 했을 텐데. 그냥 오늘 하루만 널 지키는 경호원이라 생각하면 된다. 알겠지?”

“그렇지만…….”

“그럼 나 집에 좀 다녀올게.”

“바래다줄게.”

“지금까지 말한 걸 코로 들었냐? 넌 밖에 나돌아다니면 안 된다구!”

“아, 맞다. 알았어.”

“그럼 내가 올 때까지 그 누가 와도 문 열지 말고 집에 틀어박혀 있어.”

"응, 알았어."

그렇게 로희를 두고 강월 녀석에게서 뺏은 오토바이를 타고 내 오피스텔로 향했다. 녀석을 보호할 때 필요한 총을 가지러 가는 길. 이터널 녀석들은 분명 로희를 처리하기 위해 유능한 놈 한 명이 사건을 맡았을 것이다. 그건 아마도 소경오겠지? 내가 소경오 입장이었다면 로희가 회의실에 가기 위해 차에서 내릴 때, 바로 그때를 놓치지 않을 거야. 그렇다면 로희가 차에서 내릴 때 가장 높은 주변 건물에서 빠르게 소경오를 찾고 내가 먼저 저격해야 해.

이런저런 복잡한 생각을 하며 빠른 스피드에 몸을 맡긴 채 한참을 달렸다. 얼마 후 도착한 내 오피스텔. 잠기지 않은 문을 열고 들어가니 아직 가지 않은 반야와 신우가 보였다.

"누나, 이제 와?"

"응. 반야, 아직 안 갔네?"

"응."

"저기 반야, 나랑 잠깐 얘기 좀 해."

"그래."

신우 녀석의 눈치를 보며 반야를 살짝 부엌으로 데려와 로희에 관한 이야기를 했다. 그러자 놀랍게도 반야는 이미 내가 반장이라고 소개했던 로희가 차형주의 아들임을 알고 있었다고 한다.

"바, 반야, 알고 있었어?"

"그때 마주쳤던 눈빛과 그 녀석의 눈빛이 일치했었거든."

"그럼 어째서 모른 척한 거야?"

"아는 척할 이유도 없잖아."

"그야…… 어쨌든 그런 이유로 오늘 그 녀석을 지켜줘야겠어."

"씬, 넌 경호원이 아니야. 어쌔신의 NO.2 암살자지."

"알아. 하지만 로희는 학교에서 사귄 내 친구고 또 무엇보다 반야에게 빚도 있는 녀석이잖아."

"씬, 벌써 잊었나, 암살자에게서 가장 쓸데없는 것이 무엇인지?"

"그건……."

"바로 정이지. 정이란 정은 모두 우리 암살자에게 적이야. 애정, 동정. 어떤 정이든 간에 모두 버려야 해."

"그렇지만 반야도 빚을 졌다며! 로희를 죽이는 걸 거절했잖아."

"그건 빚을 갚은 거지 정 때문이 아니야."

"반야!"

"씬, 일을 한동안 안 하더니 마음이 많이 약해진 건가? 잔인한 씬의 모습은 찾아볼 수가 없군. 점점 씬이 변해가고 있어."

"반야."

"내일 내가 맡긴 사건도 이러다 실패하진 않겠지?"

"그건 별개야, 반야. 내일 사건은 당연히 성공할 거야. 게다가 피라미잖아."

"이만 가봐야겠어."

"반야."

"내일 사건 잊지 말고. 내일 밤 열두 시에 가오빌딩에서 내가 준 사진 속의 그놈을 기다리면 지나갈 거야. 그때 저격하면 돼."

"알았어."

"그럼 난 간다."

그렇게 반야는 서둘러 돌아가 버렸다.

반야, 이런 나한테 실망한 거야? 정말로 내가 마음이 약해지고 있다는 거야? 그럴 리가…… 단지 난 반야를 좋아하는 마음을 눈치챈 것뿐인데. 그런데…….

순간 다시 한 번 반야의 잔인한 말이 떠올랐다. 애정도, 동정도 암살자에겐 필요없다는 그 말. 그 말인즉 반야에게도 그런 마음은 전혀 없다는 말. 나에 대한 감정 역시…… 전혀 없다는 말이잖아. 어쩐지 가슴이 저려온다.

잠시 망설이다 서둘러 신우 몰래 무기를 챙겼다. 약속은 약속이니 로희 녀석을 지켜야 해. 한 번만, 딱 한 번만 도와주자. 그 녀석을 그대로 죽게 내버려 둘 순 없어.

심란한 마음이었지만 얼른 무기를 챙겨 들고 신우를 뒤로한 채 밖으로 나가자마자 휴대폰이 울린다. 강월 녀석이었다.

"여보세요?"

[마누라!!]

"귀청 떨어지겠다."

[어떻게 된 거야! 사고 안 났어? 내가 얼마나 걱정했는 줄 알아? 네가 오토바이를 제대로 몰기는 하냐구!]

"너보다 잘 타니까 걱정 말아라."

[어쨌든 무사한 거지? 그치?]

"그래, 무사하니까 오버하지 마."

[걱정했잖아. 갑자기 그러고 가버리면 어떡해.]

"징그럽게 왜 이래. 나 바쁘니까 끊어."

[잠깐만 마누라! 마, 마누라!! 마누라!]

뚝.

녀석의 음성은 이내 내가 폴더를 닫음으로 해서 끊겨 버렸다. 미안함을 뒤로하고 녀석의 오토바이는 둔 채 내 애마를 타고 서둘러 다시 로희의 오피스텔로 향했다. 날 기다리고 있던 로희의 방으로 들어가자 로희는 다소 놀란 표정으로 나를 바라본다.

"신이야."

"왜 그래?"

"그게 다 뭐야?"

"너 지켜주는 데 필요한 무기."

로희는 그 럭셔리한 얼굴로 내가 들고 온 가방을 뚫어져라 응시하더니 나를 바라본다.

"내 정체도 탄로났으니 신이 정체도 밝히는 게 어때?"

"나에 대해 궁금해하지 말라고 말했을 텐데."

"하지만 무작정 너한테 보호받는다는 것은……."

"그냥 가다가 뒈질래? 나 그냥 집에 갈까?"

"아, 미안. 안 물어볼게."

"회의는 언제야?"

"저녁 아홉 시."

"어디서?"

"BB호텔에서."

"놈은 BB호텔에서 내리는 즉시 널 저격할 거야. 뒷문으로 들어가는 게 좋겠다. 기사한테 뒷문으로 가자고 해."

"그러지 뭐."

"분명 놈은 BB호텔 옥상에서 대기하고 있을 거야. 만약을 대비해서 뒷문 쪽도 대비를 해뒀을 거야."

"그럼 뒷문으로 들어가나 마나잖아."

"아니, 뒷문으로 들어가면 내가 놈을 잡기 쉬워. 앞문으로 들어가면 수많은 사람들 앞에서 내가 총을 꺼내 들어야 하니까 난처하잖아? 하지만 뒷문으로 들어갈 땐 내가 상대를 저격하면 보는 사람도 없고 나한텐 딱이지."

"신이가…… 총을 쏜다구?"

"그럼 칼을 쏘리?"

"실패하면 신이도, 나도 위험할 텐데."

"그럴 리 없으니까 걱정 마."

"높은 옥상에 있는 놈을 정말 한 발에 정확히 저격한다고??"

"안 그러면 죽을까?"

진지해진 내 눈빛을 보면서 로희는 더 이상 말을 잇지 않았다. 약간 긴장을 했는지 로희는 옷을 차려입고는 나를 바라본다.

"이제 슬슬 나갈 시간이야."

"그래, 오히려 경호원들을 너무 많이 배치해서 가면 혼란만 가져올 뿐이야. 적당히 가자구."

"그래. 신이야."

"왜?"

"고마워."

"뭐, 고마워할 거 없어. 널 도와주는 건 이번이 처음이자 마지막이 될 테니까."

로희는 다소 섭섭한 표정으로 나를 바라봤지만 난 그런 그의 눈빛을 외면했다. 반야의 말이 떠올랐으니까. 동정도, 애정도 절대 안 돼. 난 암살자야. 그것도 최고의 집단 어쌔신의 NO.2라구!!

"가지."

"그래. 잠깐만, 신이야."

"왜 그래?"

"잘 생각해 보니까…… 그렇게 위험하다면 널 끌어들이고 싶지 않아."

"뭐라?"

"그냥, 그냥 경호원들한테 사실을 말하고 철저하게 날 보호해 달라고 하면……."

"넌 죽어."

"뭐??"

"그럼 넌 죽는다고."

"그렇지만 널 위험한데 끌어들이고 싶지 않아."

"시끄러. 빨리 가기나 해."

"신이야, 아무래도 난……."

"거참, 되게 시끄럽네. 빨리 가자니까!"

"내가 죽었으면 죽었지 나 때문에 혹시라도…… 혹시라도 말이야."

"차로희, 나한테 있어서 혹시란 존재하지 않아. 왜냐고? 혹시라는 것은 이미 실패를 예감한다는 거잖아? 목숨을 건 위치에서 실패의 예감 따윈 약이 되지 않아."

"시, 신이야."

"준비됐냐? 가자."

난 안주머니에 총을 잘 두고 먼저 문을 열었다. 그런 내 뒷모습을 보며 걱정스러운 듯 로희는 마지못해 발걸음을 옮긴다. 오피스텔 앞에 대기해 놓은 고급 승용차에 몸을 싣는 로희와 나. 한순간도 긴장을 늦춰선 안 된다. 잠깐의 실수로 목숨을 잃는 중요한 일. 이번엔 상대를 죽이는 일과 보호하는 일을 함께한다. 절대 혹시라는 일은 없다. 로희 녀석 얼굴에도 잔뜩 긴장이

감돈다. 귀족풍 미소를 지켜주고 싶다. 찐따의 모습을 벗고 언제나 미소 짓는 로희가 되길 간절히 바라는 마음으로 이번 일을 도와주는 거야. 암살자로서가 아니라 로희의 친구로서.

어느새 로희의 차는 회의 장소인 BB호텔 후문에 다다랐다. 차가 멈추자 난 다시 한 번 로희에게 경고했다.

"차에서 내리자마자 바로 내 뒤로 바짝 붙어 있어. 절대 움직이지 말고. 알았지?"

"신이야."

"알았어 한마디면 되는 거야. 다른 설교는 필요없다."

"그렇지만……."

"차로희, 어떤 말 한마디면 된다고?"

"아, 알았어."

난 차에서 내리기 전에 창문으로 맞은편 건물 옥상을 힐끗 올려다봤다. 역시…… 뒷쪽에도 대기 중이군. 단 한 발에 저격하면 된다. 평소와 다른 점이 있다면 위에서 아래를 저격하는 게 아니라 아래서 위를 저격한다는 것, 그리고 조준할 시간이 없다는 것. 내리자마자 바로 한 발에 끝내야 한다는 것. 하지만 나씬은 실패 따윈 모른다.

그런 마음가짐과 동시에 난 문을 열었고 로희도 내리자마자 내 뒤로 바짝 붙었다. 난 재빨리 안주머니에서 총을 꺼내 상대를 조준, 그리고 저격!!

피융!!

소음방지기가 장착된 총은 얄팍한 소리를 내며 총알을 위로 쏴올렸다.

역시 명중!!

로희는 놀란 눈으로 나를 바라봤다.

"됐어. 조금 긴장하긴 했지만 생각보다 너무 싱겁군."

"시, 신이야, 너란 애 대체…… 누구야?"

"나? 쿡. 보다시피 살인자."

"신이야……."

"회의에 늦지 않게 얼른 들어가. 난 혹시 모르니 주변을 훑어볼게."

"고마워, 신이야. 어떻게 보답을 해야 할지……."

"보답 같은 건 필요없어. 그럼."

난 로희를 뒤로하고 서둘러 맞은편 건물 옥상으로 향했다.

총탄을 맞아 쓰러져 있는 이터널의 암살자는 예상대로 소경이었다. 내가 차에서 내리는 걸 보고 당황하여 움찔한 사이 내가 먼저 저격한 것이다.

'후, 이걸로 이터널과의 전쟁이 일어날지도 모르겠군.'

제 6 장

소경오의 시체는 내버려 둔 채 BB호텔 주변을 살펴보고 있던 중 뒷쪽에서 누군가의 인기척이 느껴져 몸을 확 비틀었다.

"누구냐!!"

"결국 사고를 쳤군."

"바, 반야! 여긴 어떻게……?"

"이미 어쌔신에게 의뢰된 일이라 차형주의 아들 스케줄을 알고 있었어. 혹시나 해서 왔는데 역시."

"미안해, 반야. 하지만 로희는……."

"됐어. 이미 엎질러진 물은 담아내기보단 깨끗이 닦아내는 게 중요한 법이지. 앞으로 몸조심해, 씬."

"미안해."

"어쌔신의 NO.2가 NO.3한테 자꾸 미안하단 말을 하는 것도 좋은 습관은 아니지."

"반야."

"뭐 해? 얼른 치우자구."

"아, 으응."

반야, 내가 걱정돼서 와주었구나.

"반야, 내가…… 잘못하고 있는 걸까?"

"뭘?"

"로희를 도왔던 거 말이야."

"씬, 말을 한 번도 반복하게 했던 적 없잖아."

"응?"

"엎지러진 물은…… 미련하게 담으려는 것보다 깨끗히 닦는 게 중요하다고. 잊어."

"하지만……."

"예전에 씬이 나한테 그랬지? 사람을 죽일 때의 느낌 말이야. 그냥 잘못 만들어진 마네킹을 없애는 일 같다고. 지금 우리 앞에 쓰러져 있는 이 사람은 시체가 아니라 마네킹이라고 생각하면 되잖아."

"그렇지만 소경오는 우리랑 앙숙인 이터널 암살단의 NO.2야. 우리 짓인 걸 금방 알아낼 텐데 그러면 서로 전쟁이 일어날 거야."

“이미 각오하고 시작한 일일 텐데.”

“그야…… 우선은 로희의 목숨을 구하는 것이 우선이라고 판
단했어.”

“난 씬의 판단을 믿어.”

“반야.”

“계속 여기 있다가는 누군가한테 발각될지도 몰라. 얼른 덮어
두고 가자.”

“저기…… 반야.”

“응?”

“사람이…… 감정없이도 살 수 있어?”

“무슨 말이지?”

“그러니까 반야 말대로…… 감정 따윈 전혀 없이 살아갈 수
있느냐구.”

“글쎄.”

“난 말이야, 반야. 사람이란…….”

“씬, 어쌔신에 처음 들어올 때 잊었어”

“응?”

“우린 나이도, 생일도 모두 버렸어. 세상에 존재한다는 걸 저
주로 생각하며 암흑에 몸을 담은 사람들이야. 그런 사람들에게
정이란 어차피 공수레일 뿐이지. 하물며 사람을 죽이고 난후에
죄책감 같은 것에 시달리게 된다면 그야말로 우리 암살자들에
게 최악이 되는 일 아니겠어? 정이란 걸 우리 같은 사람들이 일

일이 느낀다면 사람을 죽이는 일은 할 수 없어."

"그렇군. 괜히 쓸데없는 소리 해서 미안해, 반야."

"씬."

"응?"

"난 씬이 좋아. 이게 정이란 감정일 수도 있어."

"바, 반야."

"하지만 이것이 내 일에 방해가 될 정도로 커진다면 얼마든지 깊어지지 않도록 컨트롤하지. 그게 우리 어쌔신에 몸담은 사람들이라면 할 수 있어야 하는 감정 컨트롤이라는 거야."

오늘따라 내게 많은 말을 해주는 반야. 점점 변해가는 나를 되돌리려는 걸까? 정신 차리자, 씬. 그래, 난 신이로 살기를 포기한 채 씬이라는 어둠의 존재로 살아왔어. 이제 와서 하찮은 감정 따위에 나 자신을 잃을 수는 없어. 적어도 난 신이보다 씬이라는 이름이 훨씬 더 아름답다고 느끼며 살았으니까.

반야와 나는 조용히 비상계단을 이용해 아래층으로 내려왔다. 고층 건물이라 엘리베이터 없이 내려가는 길은 꽤 길었다. 후문을 막 통과하자 놀랍게도 로희는 벌써 회의를 마치고 날 기다리고 있었다.

"신이야, 이제 와? 어? 저 사람은……!"

검은 정장 차림의 반야를 보고 로희는 몇 해 전 자신이 본 암살자가 떠오른 모양이다. 학교에서 인사할 땐 잘 몰라봤던 반야가 안면이 있어 보였는지 로희는 꽤 당황한 모습이었다.

“설마 신이 너…….”

“벌써 회의 끝난 거냐?”

“응, 좀 일찍 끝났어. 근데 어째서 신이 네가 저 사람과…….”

“뭐가? 오늘 낮에 학교에서도 인사시켜 줬잖아, 반야라고.”

“그게 아니라…… 후, 혼란스럽군.”

반야는 나를 내려다보며 한마디 하고는 먼저 사라진다.

“씬, 나 먼저 갈게.”

“어? 반야, 먼저 가려구?”

“응. 그럼.”

그렇게 반야는 로희를 피하듯 먼저 사라져 버렸다. 반야가 사라지고 나서야 내 곁으로 가까이 다가오는 로희는 잔뜩 의문을 품고 입술을 움직였다.

“신이야, 내 직감이 틀리지 않다면 저 사람, 아까 너랑 같이 있던 사람.”

“뭐? 암살자라고?”

“응?? 으, 응.”

“그래, 맞아. 그게 왜?”

“어, 어째서 신이가 저런 사람이랑 어울리는 거야? 사격 솜씨도 그렇고…… 설마 신이 너!”

“설마라, 설마라는 단어는 의심에서 비롯되지. 그 의심이 맞을 거다. 눈치가 있다면 비밀로 해주겠지?”

“신이가…… 암살자라구?”

“후훗, 그래.”

도저히 믿을 수 없다는 표정으로 나를 바라보는 로희의 눈엔 충격이 가득했다.

“마, 말도 안 돼. 신이 네가……!”

“뭐, 네가 찐따반장이 아니라 국무총리의 아들 꽃돌이라는 것에 대해 내가 놀랐던 것만큼 충격이겠지.”

“어쩐지, 신이에게선 항상 뭔가 알 수 없는 기운이 느껴졌었어.”

“신들렸냐? 기운은 무슨.”

“하지만 나 조금은 기쁜데?”

“뭐가?”

“신이에 대해 점점 더 알아가고 있는 것 같아서.”

“무슨 말이 하고 싶은 거야?”

“강월처럼 억지로가 아니라 자연스럽게…… 널 차지하고 말겠어.”

“쿡, 우리 암살자들에겐 정이란 감정 따윈 없어(반야 말처럼……).”

“그래? 훗, 신이도 모르는 게 있네.”

“무슨 소리야?”

“너에게 정이 존재하지 않는다면 우린 친구가 될 수 없었어. 왜냐구? 우정도 정이거든.”

로희 녀석은 어느새 차로 다가가 뒷문을 열곤 날 바라보았다.

"어서 타. 늦었다. 피곤하지? 날 위해 엄청난 일을 했는데 들어가서 쉬어야지."

"그래."

난 조용히 로희의 차에 올라탔다. 로희 또한 자신의 차에 올라타자 기사는 차를 출발시켰다.

모든 것이 혼란스러운 상태. 이 상태로 과연 내가 내일 있을 피라미 사건조차 제대로 해결할 힘이 될지 모르겠다.

"신이야, 다 왔어."

"응? 아, 그래."

"무슨 생각을 그렇게 하는 거야?"

"아니야, 아무것도. 그럼 잘 가."

난 로희에게 가볍게 인사를 하고 뒷모습을 보였다. 내 뒷모습을 한참이나 바라본 후에야 로희의 차는 사라졌다. 집 안으로 들어서자 벌써 잠들어 있는 신우 녀석. 과자 봉지가 이리저리 나뒹굴고 있는 걸로 보아 신우 녀석 하루 종일 심심했던 모양이다.

부시럭 소리를 최대한 작게 내며 방을 깔끔하게 치우고 씻기 위해 화장실로 들어갔다. 거울에 비친 내 모습을 유심히 들여다본다. 그래, 이런 눈빛은 나한테 어울리지 않아.

난 조심스럽게 눈에 살기를 담아본다. 바로…… 이 눈빛이 씬…… 이지.

다음날 신우 녀석의 보챔에 눈을 비비며 일어났다.

"누나, 밥 줘!! 나 배고파. 대체 어제 몇 시에 들어온 거야?"

"음, 이놈이."

"누나, 배고프단 말이야. 응?"

"알았어."

나보다도 훨씬 어린 나이에 부모를 잃은 불쌍한 내 동생. 그런 동생이라 신우가 원하는 건 뭐든 해주고 싶다.

얼른 씻고 밥 준비를 한다. 벌써 시계는 오전 열한 시를 가리키고 있다. 동생 녀석이 배고플 만도 하다. 서둘러 아침 준비를 하고 신우와 나란히 식탁에 앉아 밥을 먹는데 신우 녀석 또 쓸데없는 소릴 해대기 시작한다.

"누나, 오늘 뭐 할 거야?"

"뭐 하다니?"

"할 일 없지? 그치?"

"왜?"

"우리 반야 형한테 놀러가자~"

"뭐?"

"일요일인데 반야 형이랑 놀러가자구."

"반야가 너처럼 한가한 중딩인 줄 알아?"

"쳇, 중딩이라고 다 한가한 건 아냐."

"시끄러. 반야는 너랑 놀아줄 만큼 한가한 사람 아니야."

"근데 누나, 반야 형은 뭐 하는 사람이야? 그리고 누난 가출

해 있는 동안 무슨 일을 한 거야? 돈도 엄청 잘 벌었잖아. 막노
동이라도 한 거야?"

딱콩!

"아얏! 왜 때려!"

"쓸데없는 소리 하지 말고 밥이나 먹어. 배고프단 놈이 밥상
앞에서 뭔 말이 그렇게 많아!"

"치, 폭력쟁이! 누나 혹시 조폭 아냐?"

"이놈이 그래도!!"

"아, 알았어, 알았어. 아무튼 난 반야 형이 좋단 말이야."

"반야가 어디가 좋은데? 호모냐?"

"윽. 누나, 무슨 소리 하는 거야! 그런 쪽으로 좋아한다는 게
아니잖아."

"그럼?"

"그럼이라니! 반야 형은 같은 남자가 봐도 우상이잖아. 완벽
한 얼굴, 완벽한 몸매, 그리고 무엇보다 카리스마있는 눈빛이
가장 마음에 들어. 마치 살인귀 같아."

딱콩!!

"아약! 왜 또 때려!"

"그런 말 함부로 하는 거 아니야. 밥 안 먹을 거면 치운다!"

"알았어, 알았어~ 누난 괜히 반야 형 얘기만 하면 폭력적이
되더라."

"시끄럽다고 했지."

“칫.”

몇 번의 윽박지름 후에야 신우 녀석 우걱우걱 밥을 먹기 시작한다. 그때 누군가에 의해 초인종이 울린다.

딩동~ 딩동~

“누구지?”

“누나, 내가 나가볼게. 반야 형일 수도 있잖아.”

“이놈이 아직도 정신 못 차리고.”

“헤헤. 누구세요?”

신우 녀석은 반야이길 기대하며 현관문을 활짝 열었다. 그리고는 신우의 높은 톤의 음성이 들려온다.

“누나, 빨리 나와봐! 누가 찾아왔어!”

신우의 호들갑에 불안감이 들어 밥 먹다 말고 현관 쪽으로 다가가니,

“하이, 마누라!”

“가, 강월!!”

정말 무거워 보일 정도로 품 안에 가득 꽃다발을 안은 강월 녀석이 어울리지도 않는 미소를 띠며 현관 앞에 서 있다. 휴, 혹시나 했건만 역시나다.

“누나, 이 형은 누구야?”

“응? 아, 이놈이 누구냐면…….”

“신이 남편이란다. 하하하. 이 녀석 귀엽네~”

“윽, 머리 만지지 마요. 젤 발랐단 말이에요.”

“쿡. 마누라, 네 동생이냐?”

“그래. 여기까진 또 웬일이야?”

“웬일이긴, 어제 제대로 못다 한 데이트도 하고 오토바이도 돌려받을 겸 왔지. 아, 꽃이 무겁네. 얼른 받아!”

커다란 꽃다발을 덥석 내게 건네는 이놈. 허락하지도 않았는데 성큼 집 안으로 들어온다. 신우 녀석 뿌루퉁한 시선으로 강월 녀석의 제멋대로인 행동을 지켜보고 있다. 반야에 비해 강월은 신우 맘에 들지 않는 모양이다.

“누나, 진짜 저 사람이랑 사겨?”

“시끄러. 가서 먹던 밥이나 마저 먹어.”

“치, 알았어.”

신우는 부엌 쪽으로 몸을 돌린다. 그러자 강월 녀석,

“오옷! 밥 먹는 중이냐? 배고파. 나도 같이 먹자~”

“밥도 안 먹고 아침부터 여기까지 웬 행차냐?”

“아아, 한시라도 빨리 마누라 보려고 왔지. 저 망할 꽃다발 포장하는 데 시간이 오래 걸려서 좀 늦긴 했지만. 뭐 해, 마누라. 얼른 밥 줘.”

아, 이놈은 정말 대책없는 놈이다. 하는 수 없이 예상치 못한 강월 녀석의 밥상까지 차려냈다. 먼저 먹고 있던 신우보다 더 빠른 속도로 밥을 싹싹 긁어먹는 강월 녀석. 배가 부른지 자신의 배를 탕탕 두들기더니 물도 벌컥벌컥 들이킨다. 신우는 불만이라는 시선으로 그런 강월을 째려본다.

“어이, 처남. 형님을 그런 식으로 쳐다보면 못써.”

“누가 형님이라는 거야! 우리 누나는 결혼할 사람이 따로 있다구!”

“뭐? 그게 누군데?”

“있어! 당신은 모를 거야. 반야 형이라고 굉장히 멋진 사람이야.”

“그래? 어쩐지 익숙한 이름인데? 흠, 재수없는 얼굴 하나가 떠오르는군. 어쨌든 처남, 심심한데 우리 재미난 놀이 할까?”

“처남이라고 하지 말랬지! 근데…… 무슨 놀이?”

“플스2 있냐?”

“응? 아니, 없어. 누나가 어린애냐고 그런 거 안 사줘.”

“그래? 그거 엄청 재밌는데 마누라는 여자라 그런지 재미를 모르나 보군. 걱정 마, 처남. 내가 선물하지~”

“우, 우와! 그게 진짜야??”

“그럼~ 물론이지!”

“이야, 신난다!! 형, 우리 친하게 지내자~”

뭐냐, 이 알 수 없는 기분은. 강월 녀석 자신의 휴대폰을 열어 어디론가 마구 전화를 걸더니 잠시 후 플스인지 뭔지 하는 게임기가 도착했다.

신이 난 신우는 포장된 게임기를 조심스럽게 뜯어 TV에 연결하고,

“우와! 형, 빨리 와~ 같이 하자!”

"크크. 그래, 처남."

둘은 뭐가 그렇게 신나는지 낄낄대며 같이 게임을 하고 있다. 신우는 마냥 신이 나서 함박웃음을 짓고 있고 강월 녀석도 의외의 순수한 모습으로 웃으며 신우와 게임을 즐기고 있었다. 그런 분위기를 망치려고 내가 한마디 했다.

"너희, 뭐 하는 거야! 애들도 아니고 그런 게임기는 왜 사가지고 와서는!!"

"마누라도 해~ 재밌어."

"누난 알지도 못하면서 가만있어. 아줌마는 빠지라구~"

"이 자식들이!"

축구게임인지 뭔지에 빠져 한참 동안 게임기를 붙들고 있는 녀석들은 시간 가는 줄도 모른 채 마냥 열심이다. 그동안 난 설거지며 빨래며 온갖 집안일을 마치고 침대에 걸터앉아 한심한 남정네 두 명을 째려보는 중이다.

몇 시간 동안의 게임에 지쳤는지 잠시 쉬는 타임을 갖는 저 웬수 두 마리.

"후, 마누라~ 나 주스 한 잔만~"

"누나, 나두!"

"너희, 죽고 싶냐?"

"아잉~ 마누라, 주스 한 잔만. 응?"

"아잉~ 누나, 주스, 주스~ 응?"

제기랄;; 꼴에 저것들도 꽃돌이라고 애교에 두근거리는 한심한 나!! 그래서 내 이름이 한신의인가. 강월 녀석 말대로 내가 한심이 같아서? 뭐래는 거야.

마지못해 녀석들에게 주스를 따라 건네고는 쏘아붙인다.

"신우 너, 게임 그만 해! 그러다 눈 나빠져. 그리고 강월 너! 오토바이 가지러 왔으니 오토바이 갖고 얼른 집에 가!"

"눈 나빠지면 안경 쓰면 되지. 그치, 형~"

"그럼, 그럼. 처남, 안경도 내가 최고급으로 맞춰줄 테니 걱정 말게. 허허허."

이것들 총으로 한 방에 쏴죽여?

"누나도 그러고 있지 말고 심심하면 나가서 놀아~"

"뭐라? 뒤에서 가만히 있는 나도 이젠 방해가 되냐?"

"마누라~ 그렇게 심심하면 셋이 돌아가면서 게임할까?"

"닥쳐!"

"형~ 누나는 신경 쓰지 마. 원래 저래. 괴물딱지 할망구야."

"그래, 그래, 마누라 저러는 거야 이제 익숙해질 법도 됐어."

퍽! 퍽!

정확히 두 녀석 머리에 혹을 달아주었다.

"우앙~ 저거 봐, 형."

"아흑, 아프다. 젠장."

"더 맞고 싶으면 계속 지껄여 보시지."

그때였다, 그렇게 큰 오피스텔도 아닌 내 집에 또 다른 손님이 찾아온 게.

딩동~ 딩동~

"누구지? 신우, 네가 안 나가볼 거냐?"

"아, 몰라, 누나. 나 지금 게임하느라 바쁘니까 누나가 나가."

"맞아, 처남. 지금 그만두면 흐름이 끊긴다구~"

"응, 형! 앗, 조심해! 형!"

"알았어, 처남! 막아, 막아!"

"형!! 아싸!!"

"유후~ 처남과 난 죽이 척척 맞는데?"

"응! 형, 게임 엄청 잘하네~"

"처남과 함께여서 그렇지. 하하하."

그래, 저것들은 냅두자. 나 귀찮게 안 하는 것만도 다행이지.
난 서둘러 현관 쪽으로 향했다.

"누구세요?"

"신이야."

얼레? 이 목소리는? 현관을 열자 예상대로 현관 앞에는 커다
란 꽃다발을 들고 있는 로희 녀석이 보였다. 오늘따라 더욱 깔
끔하게 차려입은 모습이다. 이거 오늘 아주 꽃다발 복이 터졌
군.

들고 있는 꽃다발만큼이나 너무도 화사하게 웃고 있는 로희
녀석. 학교에서 보는 것과 너무나 다르다. 귀족 그 자체잖아.

"신이야, 오늘 나랑 데이트해 줄래? 어라?"

"아니, 이 자식이!! 야, 인마!! 너 여긴 어떻게 기어들어 왔

어!! 앙?!”

어느새 게임기를 내팽개치고 현관 쪽으로 다가온 강월 녀석은 고래고래 소리 지르기 시작한다. 약간 당황한 듯 보이던 로희는 이내 안정을 되찾은 모습으로 말했다.

“아, 여기 계셨군요.”

“내가 내 여자 집에 있는 게 이상하냐? 앙!”

“아닙니다. 제가 실례를 범한 것 같군요.”

“실례를 범해? 그걸 지금 말이라고 하냐? 죽으려고 용쓰는 거지 뭐야!!”

학교에서의 로희가 아닌 귀족풍의 로희로서 강월에게 당당히 예의를 갖추며 말하는 모습이 조금은 낯설다. 하지만 쬐금 멋있다. 젠장.

“신의 양에게 빚진 게 있어서 갚으러 온 겁니다. 하지만 오늘은 날이 아닌 것 같군요. 그럼 전 이만. 아, 이 꽃은 선물입니다.”

나에게 꽃다발을 건네는 로희. 강월 녀석은 아무것도 모른 채 눈에 불을 켜고 로희를 쫓아내기 바쁘다.

“빨리 꺼져 버려! 너 같은 자식이 여기 기웃거리는 거 절대 용납 못해! 맞기 전에 꺼지라구!”

로희는 나를 한번 힐끗 바라보더니 이내 살짝 미소 지으며 사라진다. 강월 녀석은 로희가 사라진 걸 보고도 분이 풀리지 않는지 내가 안고 있던 꽃다발을 빼앗아 발로 뭉개 버린다.

“이따위 것! 이따위 것!! 이거!! 이거!!”

벅벅벅벅!!

힘없는 꽃은 화난 강월 녀석의 발에 의해 처참하게 형체를 일그러뜨렸다. 난 그저 어이없다는 듯 녀석을 바라보다 한마디 툭 던졌다.

“괜히 죄없는 꽃한테 그러지 말고 게임이나 하시지.”

“게임이고 뭐고 저 자식이 여기 왜 온 거야? 앙!”

“못 들었냐? 나한테 빚 갚으러 왔다잖아.”

“저런 모자란 것 없는 자식이 너한테 빚질 게 뭐가 있는데!”

“저놈이 네 눈에도 완벽해 보이긴 하는가 보지?”

“무슨 빚이냐고 묻고 있잖아!! 대체 얼마를 빌려준 거야? 앙?”

“뭐? 아, 정말. 네 말대로 저렇게 완벽한 사람이 나한테 고작 돈 같은 걸 빌렸겠냐? 여기서 말하는 빚이란 그런 게 아니라구!”

“그럼 뭐야! 네가 저 자식 목숨이라도 구해준 거야? 엉?”

순간 찔끔거리긴 했지만 애써 태연한 척 녀석을 진정시키기로 했다.

“아아, 시끄러워. 별거 아니야. 집에 박혀서 게임만 하니까 네 놈 성질이 더 드러워지잖아! 나가자, 나가!”

“흠흠, 사실 너도 나랑 나가서 데이트를 즐기고 싶었던 거지?”

“검은 머리로 염색한 지 얼마 되지도 않았는데 머리털 왕창

뽑히고 싶냐?"

"하여간 말하는 거 하고는."

"시끄러."

강월 녀석은 신우에게 아쉬운 인사를 건네는 걸 잊지 않았다.

"처남, 내가 다음에 또 놀러올게. 하하~ 오늘은 이만 마누라
랑 놀아줘야겠어. 혼자서 하는 것도 나름대로 재밌으니까 잘해
봐~ 또 갖고 싶은 것 있으면 언제든 나한테 말해. 알았지? 아,
그리고 처남, 다른 남자는 절대 못 들어오게 해~ 알겠지?"

"응응. 걱정 마, 형. 내가 절대 아무도 우리 누나 아무도 못 건
드리게 할게!"

어쩐지 이상한 관계가 형성되는 듯. 저 바보 둘이 뭉쳐서 나
한테 피해가 되는 일이 생기기라도 한다면 콱!! 물어뜯어 버릴
테답! 어찌 되었든 결론적으로 지금은 내가 이 검은머리 녀석과
함께 또 영화를 보러 극장에 왔다는 사실.

"마누라, 뭘 그렇게 생각해? 영화 재미없냐?"

"시끄러."

"쳇. 실컷 걱정해 주니까."

"걱정이라구?"

"그래! 걱정, 걱정!!"

조용한 영화관에 녀석의 목소리가 다소 시끄럽자 사람들의
눈초리가 따갑다. 녀석은 별 신경 쓰지 않는다는 듯 되려 큰소
리친다.

“뭘 봐!! 알았어! 조용히 하면 될 거 아냐!!”

저 싸가지없는 놈. 그나저나 난 나도 모르게 녀석을 향해 중 얼거리고 있다.

“걱정이라고 했냐?”

“마누라, 왜 그래? 심각한 표정으로.”

“혹시 걱정도…… 정인가?”

“뭐라구? 마누라, 뭔 소리야?”

“아니야, 아무것도. 영화나 보자.”

강월 녀석 조금 의아한 모습으로 나를 바라보다 이내 영화에 다시 집중했다.

영화가 끝난 후 녀석과 영화관에서 빠져나오자마자 반갑지 않은 비가 또 내리기 시작했다. 갑작스런 비를 예상하지 못한 나와 강월 녀석은 당연히 우산이 없었기에 당황했다.

“아, 이런, 젠장할! 하늘에 구멍났나. 왜 비를 쏟고 지랄이야, 지랄이!”

“시끄러. 하늘에 대고 원망한다고 하늘이 우산 내려준다던?”

“우씨, 우리 마누라 비 맞으면 감기 걸리는데. 우선 저기 카페 로 들어가자. 기사 아저씨 부르면 되니까.”

녀석의 의견대로 카페에 들어가 따끈한 코코아를 마시며 강 월 녀석의 기사 아저씨를 기다리고 있을 때였다. 그때 내 휴대 폰이 울리고 반가운 음성이 들려온다.

“여보세요?”

[씬.]

“반야?”

[응. 오늘 사건 맡은 거 안 잊어버렸지?]

“어?? 아, 맞다!!”

[……깜빡한 거야?]

“미, 미안해. 하지만 걱정 마. 아직 안 늦었으니까 지금 집에 가서…….”

[아니야, 씬. 준비 안 된 것 같은데 그냥 내가 맡을게.]

“아니야, 반야. 무슨 다른 일 있다고 나한테 부탁한 거잖아. 당연히 내가…….”

[씬, 지금 어딘데?]

“응? 아, 지금 여기 시내인데 금방 강월 녀석 기사 아저씨 차 오면…….”

[데이트 중이었어?]

“응? 아니, 그렇다기보단 그게 저…….”

[그냥 데이트해. 내가 갈게. 그럼.]

그렇게 허무하게 반야와의 통화를 끝마쳐야 했다. 표정이 싸하게 변해 버린 나를 보면서 강월 녀석은 다소 걱정된다는 듯 말했다.

“왜 그래, 마누라? 무슨 일인데?”

내가 언제부터 일을 잊어버릴 정도로 가볍게 생각했지? 하물며 강월 녀석과 논다고 반야의 부탁을 까먹다니. 아, 나란 애는 정말!! 창밖으로 시원스럽게 내리는 빗줄기가 내 마음을 모두 씻어내렸으면 좋겠는데. 강월 녀석 내가 아무런 반응 없이 창밖만 바라보며 한숨을 쉬자 슬쩍 내 옆자리로 옮긴다.

"마누라, 왜 그래? 비 와서 갑자기 뒤숭숭해?"

"아니야."

"전화 받고 기분 안 좋은 것 같은데 무슨 일이야?"

"몰라도 돼."

"마누라, 나 네 남자 친구야! 넌 고작 한 달 동안 계약 사귐에 억지로 끌려다녀 주고 있는진 몰라도 나는 진지하다구! 한 달이 천년만년도 아니고 언제까지 내가 초조해해야 하는 건데? 단 한 달만이라도 날 좀 진지하게 바라봐 주면 안 되냐?"

"강월."

"말해."

"나 좋아해서 좋을 거 없다. 그렇게 나한테 진지하게 대할 필요 없다는 소리야."

"뭐라구?"

"날 왜 좋아하게 된 건지…… 대체 나의 어떤 면이 좋은 건지 모르겠어. 아니, 사실 알고 싶지도 않고 알 필요도 없어. 그리고 난 지금 너랑 진지하게 연애질할 마음 따윈 없어. 제멋대로인 네 행동에 끌려 다닌 나도 우습지만 한 달간 계약 사귐을 하겠다고 한 내 잘못도 인정하고. 미안한데 그냥 너대로 살면 안 되겠냐? 나 그냥 좀…… 놔줘라."

“한신의…… 너…….”

“미안하다.”

“난…… 어쩌면 너도 날 조금은 마음에 들어할지도 모른다고 생각했어. 설사 지금은 아니어도 언젠가 날 미치도록 사랑하게 될지도 모른다고 생각했어. 첫눈에 그런 느낌이 들었어. 그게 내 착각이었다고 해도 난 그냥 그렇게 믿고 싶었다구. 그런데 넌 단 한 번도 날 똑바로 바라봐 준 적이 없어. 항상 비밀에 둘러싸여 뭔가 꽁꽁 숨기고 감추고 있는 듯한 그런 눈빛. 뭐, 다 좋다 이거야. 하지만 내가 정말로 슬픈 건 내가 좋아하는 마음까지 밀어내려 한다는 것. 내가 널 좋아하는 건 내 맘이잖아.”

“그러니까 그 맘 치우라고.”

“……정말 잔인하다, 너.”

“나한테 잘하려고 했다는 것쯤은 병신이 아닌 이상 잘 알아. 뭐, 조금은 고맙기도 하고.”

“너도 차형주의 아들한테 뻴 꽂힌 거냐? 그저 꽃미남이라면 사죽을 못 쓰는 거냐구!”

“여기서 그놈 얘기가 왜 나와!”

“오늘 아주 꽃다발까지 들고 집까지 왔더만! 대체 그 자식이 왜 너희 집에 들락날락거리는 건데!!”

“그거야 그놈 마음이지.”

“내 맘은 치우라고 해놓고서 그 자식은 그러는 게 그놈 마음이라고?"

"자꾸 그 녀석 끌어들이지 마. 내가 너한테 이러는 건 그 녀석하고 아무 상관도 없어."

"그래? 그럼 그 자식 때문이야? 널 학교 앞에서 매일 기다리는 그 자식 말이야!"

"이봐, 강월. 내가 경고했지? 반야는 네가 함부로 부를 사람이 아니라고."

"그 자식 좋아하냐?"

"뭐?"

"차형주의 아들이 아니라면 그 자식 좋아하는 거냐구!!"

"시끄러워."

"대답을 회피하는 거냐?"

"너한테 대답해야 할 이유 없어."

"내 여자 친구잖아! 싫든 좋든 지금은 내 여자 친구잖아! 왜 난 너에 대해서 아무것도 알면 안 되는 건데!"

"알 필요 없다고 했잖아."

"그래? 하, 그래?"

강월 녀석 씁쓸한 웃음을 짓더니 이내 억수같이 쏟아지는 빗속으로 달려나간다. 카페엔 녀석이 마시다 반쯤 남긴 커피가 식어가고 있었다. 까맣게 변한 녀석의 머리가 비에 촉촉이 젖으며 달려가는 모습을 창가로 바라보다 이내 나도 자리를 털고 일어났다. 녀석의 기사 아저씨는 여기 와서 좀 당황하겠군. 나 역시

흠뻑 비를 맞으며 집으로 돌아가기 위해 발걸음을 재촉했다. 그
때 누군가 나에게 우산을 들이민다.

"감기 걸리겠어요, 아가씨."

"뭐냐. 넌 여기 또 웬일이야?"

"신이가 있는 곳엔 나도 있다! 뭐, 그런 거 아니겠어?"

"차로희, 난 지금 너랑 놀아줄 기분 아니니까 그냥 가라."

"그래? 그럼 가야지. 그럼 이 우산 쓰고 가."

"됐어. 너도 그것밖에…… 어? 야!! 이봐!!"

싱거운 녀석. 그냥 우산을 땅에 떨어뜨리더니 서둘러 사라져
버린다. 왜 모두들 비를 맞고 가는 거냐. 이 비가 그렇게도 반가
운 거니? 후.

로희가 두고 간 우산을 집어 들고 그대로 비를 맞으며 집으로
향했다. 흠뻑 젖은 몸에서 오한이 서릴 정도로 추위가 느껴진
다. 약간 어깨를 움츠리며 막 오피스텔 안으로 들어서려는 순간
익숙한 그림자가 나를 기다리고 있다.

"미안해, 마누라. 멋대로 뛰쳐나가 버려서."

"강월, 너."

"남자들이 데이트하고 나서 기본적으로 지켜줘야 할 매너 한
가지. 집까지 바래다주기."

"기다리려면 먼저 가지를 말든지, 아니면 기왕 기다릴 거 안
에 들어가면 비라도 안 맞든지. 뭐냐, 밖에서 청승맞게."

"그러는 너야말로 우산도 있으면서 왜 비를 맞은 거야? 감기

걸리잖아."

"이봐, 남걱정 할 때가 아니라구."

"어쨌든 오늘 데이트 즐거웠다. 그리고 난 여전히 한 달간 너의 남자 친구야. 그거 잊지 말라고. 사실 그 말 하려고 기다렸어. 그럼 나 갈게."

"야!"

녀석은 쓸쓸한 뒷모습을 보이며 그대로 사라져 간다. 난 잠시 망설이다 뛰어가 녀석을 따라잡고는 로희의 우산을 건네줬다.

"이거 쓰고 가. 더 이상 비 맞으면 감기 걸리잖아. 감기 걸린 몸으로 나한테 치근덕거리면 더 짜증나."

"땡큐(피식~)."

녀석은 내가 건넨 우산을 받아 들고 천천히 사라졌다. 나 같은 여자도 사랑받을 자격이 있는 건가? 제멋대로이긴 해도 저 녀석은 진심인데 말이야.

젖은 채 집 안으로 들어선 나를 제대로 보지도 않고 아직까지 게임기에 열중하고 있는 신우 녀석이 반겼다.

"누나야? 이제 들어오나 봐?"

"누나한테 인사할 때는 쳐다보고 하는 거야."

그러자 고개만 살짝 뒤로 돌리고는,

"누나 왔어?"

말이 끝나기가 무섭게 다시 게임기에 열중하는 동생이라고 하고 싶지 않은 저놈.

"그래."

얼른 욕실로 들어가 샤워를 마친 후 나른해진 몸을 침대에 뉘었다. 드디어 게임에 질린 건지 신우 녀석 게임기를 보물 다루듯 소중하게 정리하고 내 옆으로 오더니,

"누나, 강월 형이랑 데이트 잘했어?"

"시끄러. 데이트는 무슨."

"애인이라며."

"시끄럽다고 했지."

"누나는 반야 형 좋아하는 거 아니었어?"

"한 번만 더 내 입에서 시끄럽다는 소리 나오게 해라."

"치, 알았어. 그나저나 아까 반야 형 왔었어."

"뭐? 반야가?"

난 튕기듯 침대에서 몸을 벌떡 일으켰다. 그러나 신우 녀석은 상관없다는 듯 계속 말을 했다.

"누나 강월 형이랑 데이트하러 나갔다고 하니까 그냥 알았다면서 가던걸? 어디 다녀온 건지 옷도 쫙~ 빼입고 있던걸?"

"검은 양복?"

"아니야. 정장이긴 했는데 어둠침침한 느낌이 아니고 좀 산뜻해 보였어. 어디 다녀오는 길이냐고 물었더니 날 말없이 바라보고 그냥 가던걸?"

"그래? 반야가 어딜 갔다 왔지?"

“그나저나 누나, 강월 형 말이야. 진짜 잘생겼더라. 하하. 남자가 성격도 화끈하고 재밌고. 반야 형 말고 누나 남편감으로는 절대 아무도 안 된다고 생각했는데 강월 형 정도면…….”

“너 안 자냐?”

“에이, 누나는. 그런 잘생긴 남자 친구 있으면 미리 말해 줬어야지~ 난 괜히 반야 형이랑 억지로라도 이어주려고…….”

“억지로 눈 감겨줄까, 아주 평생 뜨지 못하도록?”

“누나 오늘따라 이상하네. 더 더욱 저기압으로 보여.”

“기분 좋을 것도 없잖아.”

“강월 형이랑 싸운 거야?”

“내가 할 일이 그렇게 없어 뵈냐, 그런 놈이랑 싸우게?”

“피, 벌써 열두 시가 다 되어가네. 자야겠다. 누나, 잘 자~”

그러더니 이불을 푹 덮고는 눈을 감는 녀석. 벌써 열두 시라구? 반야가 사건을 처리할 시간이네. 나한테 부탁한 사건인데. 좀처럼 반야에게 미안한 감정이 가시질 않아 마음이 불편했다. 뜬눈으로 밤을 지새며 반야에게 전화를 걸까 말까 고민했지만 끝내 수화기를 들 수가 없었다.

다음날 아침 서둘러 학교 갈 준비를 마치고 신우 녀석도 먼저 학교에 보냈다. 더 더욱 무거워진 발걸음을 옮기며 학교로 향하는 길. 교실에 도착하자 귀족 모습은 온데간데 사라지고 커다란 안경에 어리버리한 반장 로희가 나를 반기고 있었다.

“신이야, 와, 왔니?”

“너 참 대단하다.”

“뭐, 뭐가?”

“연기자 해도 전혀 손색없겠는데? 어떻게 그 모습을 했다고 바로 말을 더듬냐?”

“신이야, 비밀 지켜줘.”

“쿡. 못 지킬 것도 없지. 첫 시간 뭐냐?”

“국어.”

“그래? 후.”

사실 첫 시간이 뭔지에 대해선 전혀 궁금하지 않았다. 이미 머리 속은 온통 반야 생각으로 거미줄 쳐져 있었기 때문이다. 미안한 마음에 자꾸만 더 인상을 찌푸리게 되고 그 모습은 로희에게도 신경이 쓰였나 보다.

“신이야, 무슨 일 있니?”

“왜?”

“그냥 안색이 안 좋아 보여서.”

“아니야.”

“어제 비를 너무 많이 맞은 거 아니야? 내가 준 우산 쓰고 갔지?”

어제 로희가 준 우산이라면 빨간머리 녀석 줘버렸는데. 쩝;; 준 걸 알 리가 없으니 대충 얼버무리기로 한 나는 뻔뻔하게 거짓말을 꺼냈다.

"어, 덕분에 잘 갔어. 네 집 돈 많으니까 우산 같은 거 꼭 안 돌려받아도 되지?"

"어? 꼭 돈이 많다기보단 그냥 신이 갖고 싶으면 가져."

"고맙다."

어느새 수업이 시작되고 한참 선생님은 침을 튀겨가며 열띤 강의를 펼치고 있을 때였다.

복도에서 낯익은 음성의 주인공이 큰 소리로 노래하고 있었다.

"동해물과 백두산이!! 마르고 닳도록!!"

아아, 수정하겠다. 노래가 아니라 괴성에 가까운 것 같다. 그 음성의 주인공은 굳이 확인하지 않아도 강월 녀석이란 사실을 이미 우리 반 아이들은 다 알고 있는 듯 시선을 복도로 옮겼다. 선생님은 잔뜩 미간을 좁히며 거칠게 앞문을 열었다. 그러자 역시나 기대를 저버리지 않고 강월 녀석 교실 앞에 무릎 꿇고 앉아 노래를 부르고 있다.

"강월! 너 뭐야, 인마!!"

선생님의 윽박지름에도 실실 웃으며 대답하는 강월 녀석.

"아~ 선생님, 제가 교과서를 안 들고 와서요."

"그거랑 지금 이 상황이 무슨 상관인데!"

"아, 글쎄, 담당선생님께서 복도에 나가서 반성하라더군요."

선생님은 더욱 기가 차다는 듯 다시 묻는다.

"그래서 네놈이 여기까진 왜 온 거냐구!!"

"그래서 전 생각했죠. 복도에 나가서 이렇게 경건한 마음으로 무릎 꿇고 앉아 애국가를 부르면서 마음을 가다듬고 애국심도 기르며 앞으로 학교생활을 충실히 해야겠다는 다짐을 하게 된 것이랍니다. 하하하."

뻔뻔스럽게 큰 소리로 웃어대는 강월 녀석의 모습이 개그 자체이거늘 대체 여자애들은 뭐가 좋다고 얼굴까지 빨개져서는 꺅꺅 소리를 질러대는지. 선생님은 할 말을 잃은 듯 뒷목을 잡으시며 강월 녀석에게 삿대질하기 시작했다.

"네놈하고 입씨름할 시간 없으니까 썩 꺼져! 이제 곧 시험인데 2학년이나 된 놈이 정신이 있는 거야, 없는 거야!"

"하하. 선생님, 목에 핏줄 섰어요. 그러다 목 쉴 텐데. 제가 방해가 됐다면 사라질게요. 아아, 가기 전에 잠깐만요."

그러더니 녀석 우리 반 교실 안으로 성큼 들어온다. 나를 향해 피식 웃어 보이며 녀석은 한마디를 남기고 사라졌다.

"마누라, 집에 갈 때 같이 가자~"

헉!!

녀석 때문에 선생님의 따가운 눈총을 받으며 수업을 계속해서 이어나가야 했다. 로희 녀석 안경 안에 감춰진 눈이 살짝 변하더니 낮은 목소리로 속삭인다.

"참 엉뚱한 녀석이야, 강월은."

녀석의 중얼거림에 대꾸하기로 마음먹은 내가 선생님의 눈치를 살피며 입을 열었다.

"네 신분을 그렇게까지 숨기는 너도 그렇게 정상은 아니라고 봐."

"신이는 강월이 어디가 좋아?"

"난 좋다고 말한 적 없는데."

"강월이 정말 싫지만은 않을 거 아냐."

"그래, 밉지만 싫지 않다고 해야 맞는 말인가? 뭐, 그렇게 나쁜 놈은 아니니까. 제멋대로인 게 문제이긴 하지만."

"나도 제멋대로 굴면…… 신이 마음에 들어갈 수 있을까?"

"야, 반장, 그런 안경에 그런 몰골을 하고서 로맨틱한 말 하지 말아줘. 쏠리니까."

"(피식~)신이는 참 재밌어."

안경에 가려진 미소였지만 역시 로희 녀석은 귀족풍 이미지의 미소를 그대로 내게 선물했다. 로희 녀석의 미소와 강월 녀석의 엉뚱한 행동 덕에 수업 시간이 마냥 지루하게 느껴지지만은 않았다.

수업이 마치는 종이 울리고 선생님의 종례가 끝나자마자 약속(?)대로 강월 녀석 제멋대로 또 우리 반에 발을 들여놓는다.

"마누라, 집에 가자구~"

배시시 웃으며 다가오는 강월 녀석을 안경에 가려진 로희의 눈은 매섭게 노려보고 있었다. 내가 귀찮다는 듯 녀석을 바라보며 한마디 쏘아붙인다.

"마누라 소리 좀 작게 해줄 수 없냐?"

“마누라!! 내 마누라!! 마누라아—!!”

“빠, 빨리 나가자고!”

녀석을 뒤로한 채 서둘러 교실을 빠져나가자 어느새 내 옆에
착 달라붙어 걷기 시작하는 강월 녀석이었다.

“마누라~ 수업 잘했어?”

“적어도 너처럼 수업 시간에 남의 교실 앞에서 쇼를 하는 일
은 하지 않았지.”

“마누라도 내가 너무 보고 싶으면 그렇게 돼.”

“그럼 평생 그럴 일 없겠는데?”

원하든 원치 않았든 녀석과 나란히 운동장을 빠져나오니 강
월 녀석 어느새 장난기 가득한 얼굴은 사라지고 불쾌한 듯 시선
으로 어느 한곳을 응시한다.

“저 자식, 또 온 거야?”

강월 녀석이 저 자식이라며 시선을 고정시킨 곳엔 나의 반야
가 여전히 무표정한 얼굴로 나를 기다리고 있었다.

“반야~!!”

반갑게 반야의 이름을 부르자 반야가 나를 바라본다.

“씬.”

“반야, 어제는 정말 미안했어.”

“그 얘긴 나중에 하고 우선 집에 가자.”

“응.”

그러자 강월 녀석이 반야와 내 대화에 끼어든다.

"야! 반야인지 반월당인지 모르겠지만! 오늘부터 내 마누라는
내가 챙긴다!"

강월 녀석의 선전포고에도 불구하고 반야는 안중에도 없다는
듯 오토바이에 시동을 걸었다.

"씬, 타."

"응? 아, 응."

반야의 애마로 발걸음을 내딛는 순간 거칠게 내 손목을 낚아
채는 강월 녀석.

"타긴 어딜 탄다는 거야! 나 말고 외간 남자의 허리를 감싸 안
게 할 순 없다구!"

"야, 살살 잡아! 아프잖아!"

그제야 너무 꽉 조여진 내 손목이 느슨해진다. 손목에 붉은
자국을 보고 약간 미안한 듯 강월 녀석 음성을 낮춘다.

"얼레? 아고, 미안."

"나 간다~"

"기어코 저 자식 똥차에 올라타겠다는 거야?"

"이건 오토바인데."

"어쨌든! 오늘은 내가 바래다줄 거야!"

녀석이 떼(?)를 쓰는 동안 반갑지 않은 얼굴이 등장했다.

"어머, 월아~!! 여기서 뭐 해?"

코에 물 집어넣은 목소리를 내는 장미의 등장이었다. 강월 녀
석 미간을 좁히더니 이내 억지웃음을 짓는다.

“어? 누나~”

“신이랑 집에 가려구?”

“아, 네~”

“어머, 신이는 좋겠다. 월이랑 집에도 같이 가구. 어, 어머!!”

말을 하다 말고 장미는 오토바이를 타고 무표정으로 있는 반야에게로 시선이 고정되더니 멋대로 얼굴을 붉히고 있었다. 이내 붉어진 얼굴을 주체하지 못하고 호들갑을 떨며 강월 녀석의 등짝을 두들기며 입을 여는 장미.

찰싹! 찰싹!

“어머, 어머! 월아~ 저분은 누구니? 아는 사람이야? 응? 친구야?”

강월 녀석 잔뜩 인상을 찌푸리며 아프다는 듯 어깨를 움켜잡고는,

“아니에요. 전혀! 모르는 놈이라구요.”

“그래? 그럼 신이 친구?”

내키진 않았지만 대꾸해 주기로 했다.

“뭐, 그런 비슷한 거지.”

더 더욱 붉어지는 장미의 얼굴은 참으로 가관이었다. 반야가 아끼던 목소리를 다시 꺼낸다.

“씬, 안 갈 거야?”

“응? 가, 갈 거야~”

“어쩜~ 목소리도 환상이야!!”

장미의 오버가 상당히 거슬리는 것도 있었지만 강월 녀석의 째림이 더 더욱 거슬린다.

그 상황이 나만큼이나 짜증이 났던 건지 반야의 얼굴색은 더욱 어두워진다. 이내 억지로 내 손목을 끌어당기며 오토바이에 태우려는 반야. 그 순간 강월 녀석 반야가 잡은 내 반대 손목을 끌며 자기 쪽으로 바짝 당기려고 애를 쓴다. 그 탓에 난 졸지에 사지가 찢어질 위기에 놓였다.

"아악! 이거 놓지 못해? 아파!!"

고래고래 소리를 지르는 내 비명에 먼저 배려를 하고 나선 건 역시나 반야였다. 조심스럽게 내 손을 놓아주자 심하게 내 팔을 당기고 있던 월이에게로 몸이 기울었다. 월이 녀석 다짜고짜 나를 꼭 끌어안고는 반야를 향해 쏘아붙였다.

"야! 반월당! 더 이상 나 열받게 하지 말고 눈앞에서 사라져 버렷!"

그러자 싸늘한 시선으로 강월 녀석을 바라보던 반야는 이내 정말로 애마를 끌고 사라지는 게 아닌가?

얼레? 바, 반야!! 오~ 그대, 나를 두고 가지 마오~ 가시려거든 차라리 이 몸을 사뿐히 즈려밟고 가시옵소서.

나의 간절한 마음을 알지 못한 채 반야의 애마는 무심히도 빠른 속도로 사라져 가고 있었다. 그 광경을 지켜보던 장미는 한참을 홍당무가 된 얼굴로 서 있다가 입을 열었다.

"시, 신이야~ 나 저 사람 소개시켜 주랏!"

　그러면서 내 팔에 앵겨붙은 이 처자를 강월 그대가 떼어준다면 방금 한 짓거리들을 모두 용서할 용의가 있소만. 어찌 그대도 꼼짝을 하지 않는 것이오. 짜증스러운 얼굴로 장미를 떼어내려 안간힘을 써보지만 거머리같이 찰싹하고 달라붙은 장미는 떨어질 줄을 모른다. 강월 녀석 이제는 여자한테도 질투를 하는 걸까? 바라고 바라던 장미 떼어내기 전술을 사용한다.

　"누나~ 반월당인지 하는 놈은 나중에 소개받기로 하시고 전 이 녀석이랑 먼저 가볼게요~"

　그제야 장미는 내 팔에서 떨어지며 가식미소를 짓고 있다.

　"호호, 그래? 그럼 잘 가, 신이야~ 다음에 저 사람 오면 나 꼭 정식으로 소개해 줘야 해. 알았지?"

　누구 마음대로. 강월 녀석의 손에 질질 이끌려 어디론가 향하고 있다. 그리 멀리 가지 않아 강월 녀석을 기다리는 듯 보이는 까만 차 한 대 앞에서 멈춰 섰다.

　"타, 바래다줄게."

　녀석에게 대꾸조차 하지 않고 그냥 차에 몸을 맡긴다. 뭐가 그렇게 즐거운지 녀석은 입가에 지은 미소를 보는 동안 벌써 오피스텔 앞에 정차했다. 때마침 오피스텔로 온 신우 녀석이 강월의 눈에 띄었나 보다, 저렇게 큰 소리로 외치는 걸 보니.

　"어이~ 처남!!"

　처, 처남;;; 강월 녀석의 음성을 알아차리고 신우 녀석 냉큼 우리가 있는 쪽으로 달려온다.

“형님~!!”

“처남~ 학교는 잘 다녀왔는감?”

“아주 잘 다녀왔지~ 형은 누나랑 데이트하면서 온 거야?”

“우리야 늘 함께 있지~ 오랜만에 방에 들어가서 게임 한판 어때?”

“좋지!!”

“자~ 가세! 어여 가세, 처남!!”

내가 행여나 못 들어가게 막을까 서둘러 신우를 끌고 오피스텔로 올라가 버리는 강월 녀석. 어이가 하늘을 찌르고 있었다. 별 신경 쓰지 않는다는 듯 녀석들을 따라 오피스텔로 들어갔다.

한참 동안 게임에 정신 팔려 낄낄대는 두 마리의 웬수를 째려 보고 있는 동안 오피스텔에 또다른 손님이 찾아왔다.

딩동~ 딩동~

강월 녀석과 신우 놈은 누가 오든지 말든지 신경조차 쓸 틈 없이 게임에만 열중하고 있어 하는 수 없이 내가 현관 쪽으로 걸음을 내디뎠다.

“누구세요?”

“씬, 나야.”

반가운 반야의 음성이었다. 얼른 현관문을 열자 역시나 반야의 눈부신 자태가 드러난다.

“반야, 어쩐 일이야?”

“못 올 곳 온 것도 아닌데 뭘 그렇게 놀라?”

"응? 아, 아니, 내가 놀랐나?"

그때 반야는 현관 앞에 널브러진 강월 녀석의 신발을 발견하고는 안쪽을 힐끗 바라본다. 그리고는,

"누가 와 있나 보군."

"아, 응. 강월 놈이 신우랑 게임한다고 멋대로 와서는…….."

"그래? 씬, 할 얘기가 있는데."

"응? 뭔데? 말해~ 아차차, 내 정신 좀 봐. 손님이 왔으면 안으로 모셔야지. 얼른 들어와~"

"아니야, 씬. 조용히 얘기하고 싶어. 나가자."

어쩐지 데이트 신청 같아서 두근거렸던 것이 솔직한 심정이다. 한 치의 망설임도 없이 난 강월 녀석이 눈치챌세라 서둘러 신발을 신고 반야를 따라나섰다.

반야의 애마를 타고 조금 떨어진 곳으로 달려가다가 눈에 띄는 하얀 커피숍 안으로 들어섰다. 구석진 곳에 자리를 잡고 서로 간단히 커피를 시키면서 얘기에 몰입해 보기로 했다.

"반야, 이런 데 잘 안 오잖아. 대체 무슨 얘기를 하려고?"

"씬, 어쌔신을 탈퇴해라."

"뭐?? 무슨 말을 하는 거야, 반야?"

"어쌔신을…… 탈퇴하라고 했어."

"가, 갑자기 왜?"

"갑자기든 아니든 그건 중요한 게 아냐. 씬은 지금 그냥 평범한 고교생이야. 그런 상태로 어쌔신의 세컨을 맡을 순 없어."

"반야, 혹시 저번 사건 내가 잊고 처리 못해서 그것 때문에 화 많이 난 거야?"

"아니, 그것 때문에 그런 건 아냐. 물론 그 사건만 해도 이미 씬은 평범한 고교생으로서 생활을 하기 때문에 일일이 사건을 맡기 힘들다는 게 드러난 거지만."

"그, 그건 말이야, 그러려고 그런 게 아니라……."

"알아, 씬이 얼마나 일에 대해 철저한지. 하지만 지금은 아니야. 씬은 지금 처한 현실에 충실하길 바라는 마음이야."

"그렇지만 갑자기 탈퇴하라니…… 반야 말이라면 뭐든지 따르고 싶었고 내 밑에 사람이라 하더라도 그렇게 취급하지 않았어. 그런데 갑자기 나한테 탈퇴라니."

반야는 어두운 표정으로 더 이상 말을 이을 생각이 없는지 커피를 한 모금 들이켰다. 하얗게 피어오르는 커피의 연기가 내 코끝을 자극했다. 그리고 잠시 반야의 갑작스런 행동에 대해 정리하고 있었다. 혹시 내가 전에 이터널 녀석을 암살해서 우리 어쌔신과 진짜 전쟁이 일어난 건가? 그래서 위험하니까 일부러 나를……? 거기까지 생각이 마친 나는 확인을 위해 반야에게 말을 건넸다.

"반야, 설마 어쌔신과 이터널이 본격적으로 대립되게 된 거야? 그런 거야?"

"……."

역시나 반야는 대꾸를 하지 못했다. 등골이 오싹해지면서 불안함이 온몸을 감쌌지만 반야의 냉담한 눈빛이 내 가슴을 더 저미게 만들었다.

"반야, 대답해! 내가 위험할까 봐 그러는 거지? 그치?"

"……씬, 그냥 탈퇴하면 된다. 그거면 끝나는 거야."

"반야, 네가 날 배려해 주는 건 알아! 하지만 그렇다면 더 더욱 난 탈퇴 못해! 이터널과 전쟁을 하게 만든 장본인도 나고, 무엇보다 어쌔신의 세컨은 나야! 그러니까 내게 명령을 내릴 수 있는 사람은 보스밖에 없다구. 반야, 네 말을 무시하겠다는 게 아니라 절대 뜻을 받아들일 수 없다는 말이야."

반야는 착잡한 듯 담배를 한 대 꺼내 물었다. 마치 내가 이렇게 나오길 예상이라도 한 듯 담배 연기를 더욱 깊숙이 빨아들였다. 나는 미처 흥분을 가라앉히지도 못하고 계속해서 말을 이었다.

"반야, 저번 사건은 미안해. 내 불찰이었어. 하지만 늦게라도 달려가서 해결하려고 했었고, 어떻게 해서든 반야 부탁이니까 더욱 잘하려고 했었다구. 하지만 그걸 빌미로 나를 어쌔신에서 탈퇴시킨다는 건 말이 안 되는 거야. 또 내가 위험하다고 어쌔신에서 탈퇴시키는 건 더 더욱 말이 안 되고. 이미 암살자에 몸담은 이상 그런 직업이 위험하다는 것쯤은 나도 알아. 언제 어디서 누가 내 목숨을 노릴지 모르는 일이라는 건 뻔히 아는 사실인데 나한테 대체 왜 이러는 거야!"

"씬, 그냥…… 아무 말도 하지 말고 내 말 들어."

“그럴 수 없어, 반야! 절대! 난 어째신의 세컨이야! 반야의 명령 따윈 들을 이유가 없다구!!”

다소 심한 말이라고 생각했지만 반야의 말을 흘려넘기기 위해서는 이렇게까지 할 수밖에 없었다. 반야의 표정은 조금도 흐트러짐이 없었다.

“씬, 그럼 당분간은 어째신 창고에 얼씬도 하지 마. 그건 들어줄 수 있지?”

“반야.”

“이 이상은 토 달지 말고 내 부탁대로 해. 명령이 아니라 부탁이잖아. 세컨인 너한테 내가 감히 명령은 할 수 없잖아. 그러니까 내 부탁…… 들어줘, 씬.”

“후…….”

나도 모르게 긴 한숨이 새어나왔다. 괜히 커피 잔만 들었다 놨다를 반복하며 반야의 시선을 피하려 애썼다. 하지만 반야는 마지막이라는 듯 한 번 더 어째신에서 잠시라도 떠나 있을 것을 강조했다.

“씬, 오늘부터 나 당분간은 일체 너한테 전화든 뭐든 안 할 거야. 학교 앞에 찾아갈 일도 없을 거고. 시간이 지나서 어째신이 조금 잠잠해질 때, 그때 내가 연락할게, 씬. 그러니까 너도 나한테 연락하지 마.”

심장이 쿵하고 내려앉는 기분이 어떤 건지 비로소 제대로 느끼고 있었다. 머리 속이 온통 복잡해졌다. 하지만 곧 백지장처럼 하얗게 변해 버렸다.

짧았는지 길었는지도 모를 정적이 흐른 후 반야가 먼저 일어
났다.

"쎈, 갑자기 내가 이런 말 해서 혼란스럽다는 거 안다. 하지만
명심해. 이제 내가 먼저 연락하기 전까진 절대 어쌔신 근처에도
얼씬거리지 마."

그렇게 차갑게 말을 내뱉은 후 반야는 뒷모습을 보이며 내 시
야에서 사라져 갔다. 그러고 나서도 난 한참을 그 자리에 앉아
움직일 수조차 없었다. 내가 우겨서 어쌔신에서 탈퇴하는 것만
큼은 어떻게든 막았지만 결국은 잠시 물러나 있어야 하는 건가?
학교생활에만 전념할 수 있는 잘된 기회라고 생각할 수도 있었
지만 도저히 내 가슴이…… 편하게 생각하도록 받아들이지 않
았다.

휴대폰은 어느새 배터리가 없어서 꺼지고 집으로 돌아온 시
간은 자정이 넘어 있었다. 그때까지도 돌아가지 않은 강월 녀석
이 내가 현관문을 열자마자 다짜고짜 소리친다.

"야!! 마누라!! 너 어디 갔었어! 내가 얼마나 찾아다녔는 줄 알
아? 휴대폰도 꺼놓고!!"

"시끄러. 나 오늘 기분 안 좋으니까 그만 가라."

"사람을 하루 종일 걱정시키고 기다리게 했으면 뭐라고 말이
라도 좀 해줘야 할 거 아냐!!"

"그만 가라고 했다."

싸늘하게 식어버린 내 눈동자를 보더니 강월은 잠시 망설이다 이내 한숨을 늘어뜨린다.

"후, 그래 무슨 일인지는 모르겠지만 무사히 돌아왔으면 됐어. 나 이제 가볼게. 하지만 마음이 가라앉거든 무슨 일이 있었던 건지 나한테 말해 줘. 명색이 네 남편인데 너에 대해 아는 게 이렇게 힘들어서야 어디 살겠어?"

"아직 안 갔냐?"

"알았어, 간다! 가면 될 거 아냐! 어이, 처남, 나 이만 갈게."

"어, 형님. 잘 가, 담에 또 하자~"

동생한테 인사하는 것까지 까먹지 않고 실행한 녀석은 이내 걱정스러운 눈빛으로 나를 보다 사라졌다. 신우 녀석 다짜고짜 피곤한 나를 붙들고 강월 편을 들기 시작했다.

"누나, 대체 어딜 갔다 온 거야? 한참 게임하다 보니까 사라져서 월이 형님이랑 얼마나 찾았는 줄 알아?"

"시끄러워."

"형님이 누나 찾는다고 별 난리를 쳤다구. 게다가 휴대폰은 대체 왜 꺼놓은 건데!"

"한신우, 누나한테 혼나기 싫으면 얼른 씻고 자라. 내일 학교 가야지."

"누나, 무슨 나쁜 일 있었어?"

"네가 신경 쓸 일 아니니까 얼른 씻어."

"나 씻었어~ 그러니까 동생한테 말해 봐. 내가 들어줄게."

"씻었으면 그만 자."

"누나!"

"시끄럽다고 했지!!"

내가 버럭 소리를 지르자 신우 녀석 눈이 땡그랗게 변하더니 조용히 이불을 덮는다. 그리고 난 서둘러 화장실로 들어가 씻기 시작했다. 반야의 흐트러짐없는 표정과 눈빛, 그리고 어쨰신을 떠나 있으란 말. 온통 복잡하고 마음이 착찹했지만 그러기로 마음을 먹고 침대에 누웠다. 어느새 잠들어 버린 신우 녀석의 코 고는 소리 때문에 가뜩이나 오지 않는 잠을 모두 달아나게 하고 있었다. 그렇게 심란한 마음으로 새벽을 스치고 지나갔다.

다음날 신우 녀석을 먼저 학교에 보내고 나도 서둘러 오피스텔을 빠져나왔다. 꽤 아침 일찍부터 나와서 기다린 건지 하품을 늘어지게 하고 있는 강월 녀석이 보인다. 이내 나를 발견하고는 하품으로 인해 눈에 고인 눈물을 닦아내며 환하게 웃는 녀석.

"어이, 마누라! 이제 나오는감?"

"뭐냐, 아침부터."

"같이 학교 가려고. 얼른 타~"

녀석의 고급 승용차 안에서 기다리고 있던 기사 아저씨까지 나와 내게 인사를 했다.

"안녕하세요, 아가씨."

“네? 아, 네. 안녕하세요, 아저씨.”

아가씨란 호칭이 그다지 익숙지 않았기에 조금 당황해하는 나를 보고 뭐가 그렇게 재밌는지 피식피식 웃어대는 강월 녀석이었다.

“마누라, 얼른 타! 아침부터 너 데리러 온다고 우리 기사 아저씨도 피곤했을 거야.”

“그러게 왜 아침부터 여기까지 와서는 호들갑이야! 누가 데리러 와달라고 부탁했냐?”

“에이, 그래도 마누라랑 등교하는 게 내 생활방침인걸?”

“언제부터 그런 방침이.”

“얼른 타.”

녀석은 내 말을 잘라내며 날 고급 승용차 안으로 밀어 넣었다. 마지못해 차에 타고 학교를 가는 길. 썬팅이 된 차창 밖으로 교복 입은 수많은 아이들이 히히덕거리며 등교하는 모습이 보인다. 저 모습이 바로 평범한 고등학생들의 길이겠지? 이렇게 부잣집 녀석과 함께 하는 학교생활도 그다지 정상적이지만은 않지만 지금의 내 생활도 평범해지려는 증조인가? 괜스레 울적한 생각에 나도 모를 한숨이 새어나왔다.

“후.”

그 한숨이 신경 쓰인 탓인지 강월 녀석은 한참이나 내 눈치를 보다가 본론을 꺼내는 참이다.

“어제 안 좋아 보이던데…… 괜찮아?”

“응.”

“무슨 안 좋은 일이었는데? 또 대답 안 할 거지?”

“안 할 걸 알면서도 질문하는 넌 뭐냐.”

“하지만…… 아니다. 기분 안 좋은 일 있을 땐 그때그때 풀어
줘야 스트레스가 안 생겨. 오늘 학교 마치고 재밌는 데 가자!”

“재밌는 데?”

“응, 나만 믿어. 오늘 우리 마누라 웃음은 내가 책임진다!”

“그놈의 책임이란 말은 아주 달고 살아라.”

“크크크, 다 왔다～ 얼른 가자!”

어느새 학교 앞에 세워진 녀석의 차. 익숙한 친구들의 시선을
받으며 강월 녀석과 나는 제각기 자신의 교실로 입성했다.

교실에 들어서자 반장 로희 녀석이 나를 반긴다.

“신이야～”

“그놈의 안경은 오늘도.”

“헤헷, 알잖아～ 학교에서는.”

“그래그래, 알다마다.”

“오늘은 신이 표정이 유난히 어둡네. 뭐 안 좋은 일 있어?”

“안 좋은 일은 무슨. 좀 피곤해서 그래. 어제 잠을 못 잤거
든.”

“왜? 뭐 때문에 잠을 못 잤는데?”

“동생 놈이 코를 고는 바람에 시끄러워서.”

“하하. 신이도 참～ 피곤하면 내가 선생님께 잘 말씀드릴 테

니까 양호실 가서 한숨 푹 자.”

“괜찮아.”

“아니야. 신이 정말 안색이 안 좋단 말이야.”

그러고 보니 머리가 어질어질한 느낌도 있고 영 컨디션이 말이 아니었다. 때마침 담임선생님의 조회가 시작되고 로희 녀석은 눈치를 살피다 슬쩍 손을 든다. 말씀하시던 선생님이 로희에게 시선을 고정시키며 질문하셨다.

“무슨 일이지, 로희?”

“선생님, 신이가 몸이 많이 안 좋은가 봐요. 아침에 올 때부터 굉장히 아파 보였거든요. 지금 양호실에 좀 데려가 볼까 하는데요.”

“그래? 그럼 얼른 데려다 주고 오너라.”

“예.”

로희는 나를 살짝 툭 밀치며 따라오라는 듯 조심스럽게 나를 부축한다. 이렇게까지 하는 건 오버인데. 어쨌거나 로희의 따뜻한 배려 덕에 양호실에 도착했다. 설정인지 어쩐지(?) 양호실엔 아무도 없었다. 로희는 커튼을 젖히며 내게 손짓한다.

“여기가 좋겠다, 신이야. 이 침대에 누워서 푹 쉬어. 햇빛이 너무 따갑지도 않게 따스히 잘 스며들 거야. 이런 데서 한숨 푹 자고 나면 기분이 나아질 거야.”

“고맙다.”

로희는 창가에 기대 조심스럽게 안경을 벗는다.

"후, 안경은 먼지가 잘 껴서 불편해."

그 순간 로희의 새하얀 피부가 햇빛에 비춰 한층 더 빛이 난다. 역시 저 자식은 안경 벗으면 절대킹카다. 잠시 딴생각을 하는 사이 로희는 내 상태가 걱정된 건지 안경을 벗어버린 그 잘생긴 얼굴을 내게 들이민다.

"신이야, 어디 아파? 왜 이렇게 멍~해 보여?"

"응? 아, 아니야. 괜찮아."

"이젠 말까지 더듬는데?"

"아, 아니라니까는."

"그래? 신이야, 아프지 마. 사람은 아플 때 가장 자신이 초라하고 비참해 보이는 법이거든."

"그래, 고맙다."

"신이는 항상 튼튼한 게 어울려."

우, 웃지 마라, 이놈아. 코피 쏟겠다. 아니면 그 썩을 안경을 뒤집어쓰고 웃든지. 그러면 그나마 얼굴이 가려지잖냐! 이런 내 마음을 아는지 모르는지 안경 쓰고 있던 게 답답했던 것일까? 다시 안경 쓸 생각은 하지 않고 창가에 기대어 가만히 나를 내려다보고 있다. 그 모습이 신경 쓰여 도저히 잠을 잘 수가 없다.

"야, 반장, 나 데려다 줬으니까 빨리 교실 올라가 봐야지."

"너 자는 거 보고 가려고."

"너 있으면 더 잠 안 오니까 얼른 가."

"그래? 알았어. 그럼 푹 쉬어. 조금 있으면 양호선생님도 오실 테니까 걱정 말고."

"알았어. 고맙다. 얼른 가봐라."

"응. 그럼 있다가 보자, 신이야."

마지막까지 꽃미소를 날리고 가는 바람에 그나마 자야겠다고 생각했던 마음을 확 달아나게 해버렸다. 그렇게 녀석은 다시 아무 일 없었다는 듯 안경을 끼더니 사라진다.

저 야누스 같은 자식. 드디어 혼자 남아 편안한 휴식을 취하나 싶었는데 누군가에 의해 양호실 문이 다시 열린다. 양호선생님일 거라 짐작한 나는 내 상태를 알리고 다시 잠을 청하기 위해 자리를 털고 일어났다. 하지만 내 예상은 빗나갔다. 하얀 가운을 입은 양호선생님을 기대했는데 들어온 건 나와 같은 교복을 입고 심하게 말라 초췌해 보이는 모습의 가녀린 여자 아이였다. 커다란 눈망울이 너무 매혹적인 그아이는 나를 보고 잠시 놀라더니 이내 옅은 미소를 띤다. 새하얀 미소에 잠시 멍해진 나를 보고 그 아이는 내 옆에 놓인 빈 침대 위로 익숙하게 올라간다. 마치 양호실에서 항상 지낸 사람처럼 누워 있는 그 모습이 너무나 잘 어울린다. 한눈에 봐도 감기 같은 자질구레한 병이 아닌 뭔가 다른 깊은 병을 앓고 있는 사람처럼 보였다. 원래 모르는 사람 일이란 신경조차 쓰지 않는 내 성격에 그 여자 아이를 신경 써줄 여유는 없다. 어쨌거나 나도 다시 자세를 잡고 막 누워 잠을 자려는데 그 여자 아이는 내게 말을 건넸다.

"어디가 아파서 온 거니?"

목소리도 자신의 모습에 너무나 잘 어울리게 가늘다.

"그냥 좀 머리가 어질거려서."

그러자 그녀는 다시 옅은 미소를 띠며 내 쪽으로 고개를 돌린다. 그러더니 다시 작은 입술을 열었다.

"명찰 보니까 1학년이네. 왠지 느낌이 좋은데? 이런 데서 만나서 친구 되는 건 우습지만 우리…… 친구 할까?"

내가 그녀의 눈을 똑바로 응시하자 그녀는 얼른 내 대답을 기다리는 눈치였다. 눈동자엔 초점조차 희미한 그녀는 심하게 몸이 약해져 있는 상태임을 알 수 있었다. 평범한 고교생이 되기로 한 마당에 친구들을 사귀는 것도 나쁘지 않겠다는 판단이 이내 내 뇌리를 자극했다.

"뭐, 나 같은 거라도 친구 해서 좋다면 좋을 대로."

그렇게 말하는 날 보며 좀 더 환하게 웃더니 대답한다.

"정말? 고마워. 난 2학년이야. 이름은 구은형, 은형이라고 해."

"그래? 난 씬, 아니, 한신의라고해. 그냥 신이라고 불러."

"참 멋진 이름이구나?"

"멋지긴. 발음하기도 힘든데."

"하하. 신이는 참 재밌는 아이인가 봐."

"글쎄, 그다지 내가 재밌다고 보여지진 않는데."

"신이는 눈이 쉽게 웃질 않네."

"뭐??"

내가 다소 놀라면서 질문하자 그녀는 여전히 평온한 미소로 대꾸했다.

"뭔가 눈속에 근심과 걱정을 가득 안고 내게로 접근하지 마시오, 하는 듯한 그런 기운을 가지고 있는 것 같애."

"너야말로 초점없는 그 눈이 나 약골이오, 하고 표현하고 있는 것 같으니까 눈에 힘 좀 팍팍 주고 다녀라."

나름대로 최대한 부드럽게 배려한 건데 말을 내뱉고 나니 좀 쌀쌀맞게 군 것 같아 미안한 마음이 들었거늘 그녀는 오히려 더욱 환하게 웃으며 대답했다.

"나 걱정해 주는 거야?"

헐. 그녀는 비록 초점조차 희미하고 힘없는 커다란 눈동자를 가졌지만 내 눈만 보고도 모든 걸 꿰뚫을 것 같은 눈빛을 하고 있었다.

왠지 마음에 드는데? 나도 모르게 그녀를 향해 옅은 미소를 띠었나 보다. 그녀가 다소 놀란 눈빛으로 나를 바라보는 걸 보니.

"어디 아파 보이는데 뭔 병에라도 걸린 거야? 뭐, 대답하기 곤란하면 안 해도 되고. 많이 초췌해 보여서."

그러자 그녀는 별 망설임 없이 대꾸한다.

"그냥 오랫동안 몸이 약해서. 일 년을 쉬고 학교를 들어왔어. 그래서 나이는 열아홉 살이야."

"그래? 그럼 나랑 동갑이네. 난 이 년 늦게 들어왔어."

그걸 자랑이라고 떠벌린단 말인가. 어쨌든 동질감을 심어주기 위해 동갑임을 강조했다. 그러자 그녀는 조금 더 들뜬 목소리로 내게 말을 꺼냈다.

"그래? 너도 아파서 이 년 쉬었어?"

"글쎄, 네가 날 보면 알겠지만 그래서 이 년을 쉬었을 것 같지는 않지 않냐?"

"하하, 글쎄, 뭐 하다가 이 년을 쉬었는데?"

"내가 뭐 하다가 이 년을 쉬었는지 알면 너 아마 나랑 친구 안 할걸?"

"무슨 소리야?"

"그런 게 있어. 너무 많이 알면 다치는 사실들이."

"그래? 신이는 혹시 남자 친구 있어?"

"그런 거 안 키워."

"응? 왜? 난 신이 첫눈에 보고 반했는데? 너무너무 예뻐서 남자들이 많을 것 같아."

"내가 보기엔 네가 더 예쁜데? 난 남자들이 좋아라 할 만한 성격을 가지진 못했어."

"신이는 당당해 보여. 그게 예쁜 얼굴을 더 돋보이게 하는 거 같애."

"당당해? 뭐, 어디 가서 꿀릴 이유는 없잖아."

"후후, 신이는 그럼 좋아하는 사람은 없는 거야?"

순간 반야의 얼굴이 떠올라 당황스러웠다. 나도 모르게 빨개진 얼굴을 보면서 은형이란 여자 아이는 미소를 지었다.

"좋아하는 사람은 있나 보구나?"

"아니, 뭐, 원래 남자란 동물들에 대해 깊이 생각해 보진 않았는데 그냥 좀 괜찮다 싶은 사람은 있어."

"우리 학교야?"

"아니, 우리 학교랑은 전혀 관련없어."

"그래? 궁금하네."

"네가 굉장히 튼튼해서 뭘 봐도 놀라 자빠지지 않을 정도가 되면 보여줄 수 있지."

"정말?"

"그래, 그러는 넌 좋아하는 사람 없냐?"

내 질문에 그녀는 잠시 망설이더니,

"있기는 한데…… 나랑은 안 어울려."

"어떤 놈이길래?"

그러자 그녀는 하얀 천장을 뚫어져라 응시하며 읊조렸다.

"너무…… 너무 가까워서 더 먼 사람. 그런 사람이야."

"가까이 있는데 멀리 있는 사람이라고?"

"후후, 아니야~ 신이랑 친구가 되어서 너무 기뻐. 우리 조금씩 천천히 서로에 대해 알아가자."

"그래. 뭐, 나쁠 건 없지."

그렇게 친구가 된 구은형이라는 아이와 나.

이런저런 얘기를 하다 어느새 둘 다 잠이 들어버렸다. 한참

후에 깨어나 보니 은형이가 있어야 할 침대는 비어 있다. 핸드
폰 번호라도 물어볼 걸 그랬나? 약간 아쉬운 마음으로 양호실을
나와 교실로 향했다. 여자 화장실에서 나오는 은형을 발견하고
는 반가운 마음이 들어서 그녀에게로 다가갔다. 미처 다 닦아내
지 못한 입가의 피가 그녀의 아픈 상태를 알리고 있었다.

"야, 너 피 토했냐? 많이 아파?"

걱정스런 내 눈빛을 보고는 오히려 내게 미소를 보이는 은형.

"괜찮아. 이제 됐어. 걱정해 줘서 너무 고마워."

"야야, 이렇게 비실거리다가는 죽도 밥도 안 된다구! 안 되겠
어. 병원이라도 가보자!"

"아니야, 조금 지나면 괜찮아져. 내 상태는 내가 잘 알아."

"그래도 그렇지."

"약 챙겨 왔으니까 약 먹으면 나아져."

"그럼 얼른 약 챙겨 먹어."

"응. 근데 신이는 이제 교실 들어가려구?"

"그래야지. 난 너처럼 지병이 있는 게 아니니까. 정도껏 잤으
니 눈치껏 들어가 줘야지."

"그래? 신이야, 핸드폰 번호 물어봐도 될까?"

은형에게 핸드폰 번호를 알려주고 양호실까지 바래다준 후
교실로 돌아왔다. 수업 시간이었기에 로희는 조용히 속삭인다.

"이제 좀 괜찮아?"

"첨부터 괜찮았어. 컨디션이 안 좋았을 뿐."

"그래? 다행이다. 후, 얼마나 걱정했다구."

"컨디션 좀 안 좋다고 그렇게 걱정하면 내가 진짜 아프면 아주 난리나겠다?"

"그런 소리 하지 마. 그러다 진짜 아프기라도 하면……."

그쯤 되니 선생님의 째림을 느끼고 로희도, 나도 조용히 입을 다물었다. 한참 수업이 진행 중인데 내 휴대폰이 진동을 울린다. 선생님의 눈치를 살피며 책상을 방패 삼아 조심스럽게 폴더를 올리자 문자메시지 하나가 전송되어 있었다.

[신이야, 수업 잘해~ 괜찮으면 수업 마치고 집에 같이 가자~

—은형.]

난 다시 한 번 선생님의 눈치를 살피며 답문을 보내기 시작했다.

[그래, 수업 마치면 양호실로 갈게.]

로희는 뭐냐며 궁금해했지만 공부나 하라고 핀잔을 준 후 아무 일 없었다는 듯 다시 수업에 몰입했다.

드디어 수업이 파하고 막 양호실로 내려가려는데 강월 녀석 또다시 등장한다.

"어이~ 마누라!!"

“그놈의 마누라 소리 작게 하라고 했지!”

로희는 강월을 보고 잠시 안경에 눈을 가리고 째림을 한 후 날 보며 웃으며 사라졌다. 로희 녀석 끝까지 정체를 탄로나게 하고 싶지는 않나 보다. 강월 녀석은 그런 로희는 애시당초 신경조차 쓰지 않고 내 손목을 잡더니 끌어당긴다.

“얼른 집에 가자~ 차 대기하고 있어.”

“미안하지만 난 오늘 너랑 같이 못 가.”

“왜?”

“친구랑 같이 가기로 했거든.”

“친구? 너 친구라고는 그 얼빵한 반장 놈인가 하는 그놈밖에 없잖아. 그놈은 아까 갔는데?”

“내가 친구 없는 게 누구 탓이라고 생각하냐?”

“에이, 마누라! 내가 있으니 친구 따원 필요없어.”

“그거야 네 생각이고. 어쨌거나 난 다른 친구가 있어서 안 되겠어.”

“누군데?”

“네가 말하면 아냐? 시끄럽게 굴지 말고 너 혼자 가라. 그럼.”

그렇게 녀석을 뒤로하고 양호실로 내려갔다. 그러자 강월 녀석 말없이 내 뒤를 좇아온다.

“야! 먼저 가라는데 왜 따라와?”

“같이 가려고.”

“먼저 가라니까!”

"안 돼! 내 마누라는 내가 지킨다고 했잖아!"

"으휴, 말을 말자, 말을 말아."

녀석을 포기하고 따라오든 말든 내 갈 길을 재촉했다. 양호실 문을 조심스럽게 열고 들어가자 이미 가방을 메고 있는 은형이가 눈에 들어온다. 여전히 맑은 미소로 나를 반기는 은형. 마치 오래된 친구인 듯 난 익숙하게 그녀에게 말을 걸었다.

"집에 가자."

"응. 수업 잘했어?"

"뭐, 그럭저럭."

"저기 그런데……."

은형이는 말꼬리를 약간 흐리며 내 뒤쪽에 따라온 강월 녀석을 힐끗 바라본다. 그 시선을 느끼고 나는 서둘러 대꾸했다.

"아~ 이놈은 신경 쓸 거 없어. 스토커니까. 얼른 가자!"

스토커란 말에 격분했는지 강월 녀석 길길이 날뛰기 시작했다.

"마누라!! 남편보고 스토커라니!!"

"야, 이 자식아! 누나 네 마누라라는 거야!"

"누구긴 누구야, 내 앞에 있는 한신의지!"

"시끄러!!"

꽥꽥 소리를 질러대는 우리 둘을 보고 뭐가 그렇게 재밌는지 꺄르르 웃는 은형. 소리 내어 웃는 모습 또한 너무 귀여웠다.

"후후후. 신이는 참 재밌는 애야."

“야, 강월! 네놈 때문에 내가 졸지에 웃긴 애 됐잖아!”

“우리 마누라 원래 재밌어~”

“시끄럿!!”

강월 녀석 그때까지만 해도 관심없는 듯 제대로 바라보기조
차 않았던 은형을 바라보더니 아는 척하고 나선다.

“어? 너는…… 구은형?”

그러자 은형은 약간 주눅든 얼굴로 대꾸했다.

“아, 안녕, 월아?”

“오늘도 양호실에서 잘 잤냐?”

“아, 으, 응.”

이놈 아픈 애한테 말하는 싸가지 좀 보게. 양호실에서 잘 쉬
었니? 라고 해야 정상 아니던가? 보다 못해 내가 나섰다.

“야, 인마! 아픈 애한테 양호실에서 잘 잤냐가 뭐냐, 이 싸가
지에 밥 말아먹은 놈아!”

“그럼 양호실에서 할 게 뭐 있냐? 잠밖에 더 자?”

“시끄럽고! 양호실에서 이러고 있지 말고 빨리 집에나 가자
고!”

그러자 강월 녀석 앞장서서 나간다. 난 은형과 함께 강월 녀
석의 뒷모습을 보며 걸어가고 있다. 이내 궁금증을 던진 건 내
쪽이었다.

“은형, 근데 너 저놈 알아?”

“우리 학교에서 월이 모르는 사람 있을까? 게다가 같은 반이

거든.”

“너 참 안됐다. 저런 놈이랑 같은 반이라니, 최악이야.”

“월이랑은 한 번도 말해 본 적 없는데…… 네 덕분에 말도 해 봤네.”

“저 자식이 뭐 대단한 놈이라고.”

“그런데 신이야, 월이가 너한테 마누라라고 부르던데…… 사귀는 사이야?”

“글쎄, 난 그렇게 생각 안 하는데 저놈은 그렇게 생각하는 것 같애.”

“후후, 월이 좋아하는 여자들 굉장히 많은데 신이는 왜 월이를 싫어해?”

“저놈 하는 짓거리를 봐, 좋아하게 생겼나.”

“하하, 하긴 신이는 따로 좋아하는 사람이 있다고 했지?”

“아, 응. 뭐, 그렇지.”

그쯤 대화가 오가고 있는데 어느새 강월 녀석의 차가 대기하고 있는 곳까지 도착했다. 강월 녀석이 뒷문을 열어주며 입을 열었다.

“구은형, 그리고 마누라, 얼른 타.”

은형이 잠시 나를 보며 망설이자 내가 말을 꺼냈다.

“저 자식이 공짜로 태워준대잖아. 얼른 타. 몸도 안 좋은 애가 버스나 그런 거 타고 다니면 더 힘들잖아.”

은형은 내 말을 듣고 조심스럽게 강월 녀석의 차에 올라탔다.

나 역시 은형 옆으로 조심스럽게 자리를 잡자 강월 자식 하는 수 없다는 듯 앞자리에 탄다.

차가 달리고 강월 녀석은 은형에게 질문을 던진다.

"야, 구은형, 너네 집 어디냐?"

"어? 아, 우리 집 강남이야."

"강남 어디?"

"강남역 근처에서 세워주면 되는데."

"그래? 알았어."

짤막한 대화가 오간 후 차는 강남역을 향해 질주했다.

얼마 지나지 않아 강남역 근처에 도착했고 도착하자마자 은형이는 서둘러 차를 세웠다.

"아, 됐어. 여기, 여기서 세워주면 돼."

그러자 강월 녀석 기다렸다는 듯 기사 아저씨께 말을 건네 차를 세운다.

"아저씨, 차 세우래요."

그러자 기사 아저씨는 강월의 말대로 차를 세웠다. 은형이는 나를 보며 말을 건넨다.

"신이야, 내일 또 보자~ 월아, 고마워. 기사 아저씨, 태워줘서 고마워요~"

그리고는 옅은 미소를 보이며 가녀린 몸을 차에서 내렸다. 내리자마자 강월 녀석은 우리 집 쪽으로 차를 돌릴 줄 알았는데 이상한 말을 지껄이기 시작했다.

“기사 아저씨, 롯땡월드로 가주세요~”

“예, 도련님.”

깜짝 놀란 나는 녀석에게 질문한다.

“야!! 갑자기 무슨 롯땡월드야!!”

“내가 오늘 아침에 말했잖아, 스트레스는 그때그때 풀어야 한다고. 오늘 내가 재밌는 곳에 데려간다고 했잖아.”

“그랬냐? 기억 안 난다. 난 스트레스 안 쌓였으니까 그냥 집에 가자.”

“안 돼! 너 때문에 이미 자유이용권이랑 다 샀냤단 말이야.”

“뭐라? 누가 그렇게 하라고 시켰냐?”

“아, 잔말 말고 마누라는 내가 이끄는 대로 따라오기만 하면 된다니까.”

“누가 네놈을 말리겠냐.”

포기한 듯 좌석에 몸을 기댔다..

고급 승용차는 안전하게 롯땡월드에 도착했다. 불쌍한 기사 아저씨는 언제 나올지도 모르는 우리들을 기다리기 위해 다시 차 안으로 들어가고. 강월 녀석의 손에 이끌려 억지로 롯땡월드 안으로 들어갔다. 평일인데도 꽤 많은 사람들이 야간개장을 즐기기 위해 모여 있었다. 워낙 겁이 없는 나인지라 아무리 무섭다고 소문난 놀이기구도 무난하게 타고 논다. 강월 녀석은 쏠린다며 못 타겠다는 걸 억지로 끌고 다니는 건 오히려 내 쪽이 됐다.

“헥헥, 마누라, 그만! 그만 타자.”

“얌마! 스트레스 확실히 풀라며!”

“야, 마누라! 스트레스 안 쌓였다며!”

“이놈이! 야! 나 때문에 미리 자유이용권까지 샀다고 지랄했잖아! 뽕을 빼야 할 거 아냐!”

“뽀, 뽕을 빼? 마, 마누라, 너 설마 가슴이 작아서 뽕브라 한 거야?”

“뭐, 뭐라?”

“그렇게 신나게 놀이기구 타다가 진짜 너 뽕브라에 뽕 빠지면 어떡하려고 그래?”

퍽!!

난 조용히 녀석의 복근에 주먹을 선물해 주었다. 녀석은 외마디 비명을 지르곤 이내 숨을 캑캑거리기 시작했다.

“헉! 캐, 캑캑, 캑캑! 무, 무슨 여자가 주먹이 이렇게 세냐!”

“시끄러워. 다음엔 저거 탈 거야. 안 탈 거면 말아라, 나 혼자 탄다.”

그렇게 말을 내뱉고 앞장서자 녀석은 마지못해 나를 따라나섰다. 긴 줄 끝에 서서 차례를 기다리고 있는데 강월 녀석 줄서는 게 짜증스러웠는지 이상한 짓을 한다.

“에이 씨! 왜 이렇게 인간들이 많아!! 집에 가서 잠이나 퍼자라구!!”

괜스레 옆에 있는 돌을 뻥뻥 차내며 앞에 사람 들으라는 듯 고래고래 소리를 지른다. 저 자식은 소리 지르는 게 특기니 난 더 이상 당혹스럽지도 않다. 하지만 앞에 줄을 선 사람들은 그런 월이 녀석의 광기를 보고 놀랐는지 애써 덤덤한 척 자리를 슬쩍슬쩍 피하고 있다. 아주 순식간에 앞쪽으로 줄을 서게 된 우리. 난 뭐가 그리 좋은지 실실 웃고 있는 강월 녀석에게 핀잔을 늘어놓았다.

"뭐가 좋다고 실실거려? 네가 깡패냐?"

"내가 언제 비키라고 했남? 꺼지라고는 안 했어. 지들이 알아서 꺼진 거지."

"잘났다!"

"에이~ 뭐 어때? 그 덕에 빨리 타게 됐잖아~"

"눈물나네, 아주."

어쨌거나 녀석 덕에 빨리 놀이기구를 타게 된 우리는 신나게 스트레스를 창공을 향해 날려 버렸다.

깜깜한 밤을 별빛과 달빛만이 밝히고 있을 때야 비로소 롯땡월드에서 나왔다. 그때까지도 우리를 기다리고 있던 기사 아저씨. 참 세상에 남의 돈 벌어먹기가 쉽지 않단 말이다. 하루 종일 놀이기구에 시달려서 피곤한 탓인지 그렇게 말 많던 녀석도 차가 출발하자마자 곯아떨어진다. 기사 아저씨는 말없이 내 오피스텔 앞으로 정차시켰고 난 녀석이 깨지 않도록 조심스럽게 차 문을 열었다. 기사 아저씨게 감사하다고 말한 후 차에서 내린 나는 강월 녀석의 차가 사라질 때까지 잠시 그 자리에 서 있다가 오피스텔 안으로 들어서려고 막 한 걸음 내디딘 순간,

"신이야."

내 이름을 듣고 소리가 나는 쪽으로 돌아보자 커다란 안경은 어디 가고 아주 럭셔리한 자태를 뽐내는 로희가 그곳에 서 있었다.

"얼레? 반장, 여긴 웬일이냐?"

"밖에서는 반장이라고 부르지 마."

"도련님이라 불러주랴?"

"신이도 참."

"그나저나 웬일이야, 이렇게 늦은 시간에?"

"실은 몇 시간 전부터 와서 기다리고 있었어."

"뭐? 그럼 전화라도 하지 그랬냐."

"강월이랑 데이트하는 것 같길래. 그놈 성격에 네가 전화 받는 거 보면 난리칠 테고 그러면 또 넌 난감해질 테니까."

강월 녀석이랑은 비교도 안 될 정도로 속 깊은 녀석. 안경을 벗은 저 럭셔리한 모습을 강월 녀석이 보고 질투할 법하지. 게다가 그런 놈이 우리 반 못난이 반장이란 걸 알면 얼마나 기겁을 할까?

이런저런 생각을 하며 잠시 로희의 얼굴을 살폈다. 여전히 럭셔리한 미소로 나를 바라보고 있었지만 어딘가에 고민이 가득한 얼굴이다. 예리한 나의 눈매와 예감을 피해갈 수는 없다.

그래서 로희에게 슬쩍 질문을 던져 본다.

"무슨 일 있냐? 왜 그런 눈을 하고 있는 거지?"

“어? 일은 무슨…… 근데 신이야, 혹시…….”

“혹시 뭐?”

“술…… 마실 줄 알아?”

“뭐?”

“술 마실 줄 아냐구.”

“술을 씹지는 않잖아.”

그러자 로희는 더 환하게 웃으며 나를 바라보고 있다.

“야, 반장, 너 술 먹고 싶냐? 나랑 단둘이 술 먹고 싶어서 이 늦은 시간까지 나를 기다리셨다?”

“아, 그게…… 그냥 갑자기 너랑 술 한잔하면 어떨까 하는 생각이 들어서.”

“야! 너도 남자라고 꼴에 술 취한 나를 어떻게 해볼까 하는 생각 하는 건 아니지?”

“뭐? 하하하하, 신이도 참. 내가 그럴 놈으로 보여?”

“세상엔 말이야, 허우대 멀쩡해 가지고 미친 놈들이 많아.”

“하하. 내가 미쳤어, 신이를 상대로? 그런 거 아니야. 그냥 신이랑 이런저런 애기도 할 겸해서. 나한테 신이 너를 알릴 기회를 좀 더 갖고 싶어서, 그래서 술이란 도구가 필요한 것뿐이야.”

“말은 어렵게 하지만 한마디로 술 먹으러 가자, 이거 아냐?”

“응.”

“흠, 다소 피곤하긴 하지만 강월 녀석 말대로 학교에서 유일한 친구인 너를 나 몰라라 할 순 없지. 가자. 어디가 좋을까?”

"우선 신이 너 교복부터 갈아입고 와야 할 것 같은데?"

"아, 그래. 나 교복 차림이지. 잠깐만 기다려."

난 서둘러 오피스텔로 올라가 사복으로 갈아입고 로희에게로 다가가자 로희는 말없이 나를 안내하고 있었다.

약간의 침묵 끝에 도착한 고급스런 분위기의 술집. 어쩐지 녀석의 분위기와 사뭇 닮아 보인다. 대체 어떤 이야기가 하고 싶길래 술을 먹자고 하는 것일까? 나야 뭐, 워낙 어쌔신에 있을 때부터 술을 먹어서 잘 마신다고 하지만 이런 착한 놈이 술을 얼마나 마실 수 있을는지.

값비싼 양주를 시켜놓고 로희와 나는 마주 앉았다.

처음엔 어색한 듯 내게 술잔을 건네던 로희 녀석도 어느새 익숙해져 곧잘 쓰디쓴 알콜을 목으로 넘기고 있었다. 나 역시 익숙하게 술잔을 들이키자 로희가 다소 놀랐는지 내게 질문을 던진다.

"신이 술 잘 마시네."

"뭐, 그냥 물 마신다고 생각하면 되는 거지."

"하하, 그렇구나. 한 잔 더 받아."

"그래."

그렇게 녀석과 나는 심각한 대화 없이 술잔을 주거니 받거니 했다. 어느 정도 시간이 흘러 로희 녀석의 우웃빛 피부가 살짝 달아오르는 걸 발견했을 때 드디어 로희의 말문이 트이기 시작했다.

"신이가 보기엔 내가 어떤 사람으로 보여?"

"어떤 사람이긴. 학교에선 모범생, 집에 가면 국무총리 아드님으로서 도련님의 그 자태 그대로 아니겠어?"

"그럼 내가 그렇게 가식 떨면서 학교 다니는 것에 대해서는 어떻게 생각해?"

"글쎄, 사람에겐 누구나 사정이라는 게 한두 개쯤 있는 거야. 자기가 처한 환경을 바꿀 수 없다면 그 환경에 맞추는 수밖에 없잖아? 너도 그런 경우 아니야? 너라고 뭐 가식을 떨고 싶어서 떨겠어? 너만의 사정이 있는 거지."

"신이는 날 이해해 주고 있는 거구나. 만약에 강월이나 그런 녀석들이 내 정체를 알면 어떤 반응이 나올 것 같애?"

"글쎄다. 평소에도 미친 놈이기 때문에 더 미쳐서 발광하지 않을까? 강월 녀석이 너를 그렇게 좋게 보고 있는 것 같지는 않던데 말이지."

"신이는 우리 집안에 대해 어떻게 생각해?"

"어떻긴 뭘. 그냥 대단한 가문이오~ 하는 생각이지."

"고등학생 나이에 정략결혼이라는 것에 시달리는 그런 기분, 혹시 알아?"

"정략…… 뭐??"

다소 놀란 나는 반쯤 기울인 술잔을 다시 테이블 위로 내려놓았다. 그러자 로희는 긴 한숨을 내쉰 뒤 본론을 꺼냈다.

"사실 신이야, 난 어려서부터 아빠 말씀이라면 거역하지 못했어. 워낙 무섭고 그런 쪽으로 철저한 집안이라 난 당연히 그렇게 자라야만 했어. 어려서부터 친구도 없었고 친구가 있다 해도 날 이용해 먹고 버리기 일쑤였어. 총리의 아들이란 이유 하나만으로 따돌림을 당하는 일은 허다했지. 그래서 어쩔 수 없이 티를 내지 않기 위해 학교에서는 그러고 다니는 거야."

"그런 것쯤은 눈치채고 있었어. 너 정도 되면 그럴 법도 해."

"그래? 하지만 내가 그런 식으로 학교생활을 하는 것도 나에겐 고통이었어. 항상 뭔가를 숨기고 억누르고 그런 일들이 반복이 되는 거잖아."

"그렇겠지."

"내 삶은 아무런 의미가 없었어. 그냥 아빠가 만들어놓은 틀 안에 갇혀 사는, 마치 허수아비라도 된 양 그렇게 끼워맞추며 살아온 거야."

"그렇군."

"가끔은 내가 이런 식으로 살아서 뭐 하나 싶다가도 어쩔 수 없는 현실 앞에서는 스스로를 위로하고 덤덤한 척하는 것 밖엔 아무런 방법이 없었어. 대단한 집안의 자식들이 모여 연회를 하는 곳에 가도 항상 곱지 않은 시선과 따가운 눈총 때문에 난 남들보다 배는 더 뭐든지 잘해야 했어. 가까운 예로 강월 녀석만 해도 그렇잖아. 그 자식 집안도 대단하고 항상 연회 자리에 나오는 놈인데 나만 보면 못 잡아먹어 안달이잖아. 그 자식이 나한테 그러는 것에 대해서는 사실 별다른 이유가 없어. 그냥 내가 총리의 아들이란 이유 하나만으로 재수없어하는 거야."

"뭐, 그것도 그렇지만 지보다 잘생긴 놈은 용서할 수 없다나 뭐라나. 그런 것쯤 익숙한 거 아냐?"

"그런 것에 익숙해야만 하는 내가 싫다는 거지."

"신세 한탄하고 싶어서 나랑 술 먹자고 한 거군."

"가장 중요한 건 그런 내 가식적인 현실 속에서 또 한 번 상처를 내는 일이 있다는 거야."

"뭔데?"

로희의 표정은 점점 더 굳어져 갔고 술기가 올라오는 듯 얼굴이 더욱 새빨갛게 달아오르고 있었다.

"아까도 말했지만 정략결혼. 나란 사람이 이 세상에 태어나면서부터 정해진 운명 같은 거. 사람들의 미래는 알 수 없다고 하잖아. 그런데 나는 그런 미래조차 정해져서 태어난 사람이라는 거…… 그게 가장 가슴 아파. 언제까지 이러고 살아야 하는 건지, 나 나름대로는 이 다음에 크면 내가 정말 사랑하는 여자를 만나서 내 아이를 갖고 썩 평범할 순 없지만 나 나름대로의 행복한 삶을 가지고 싶었어. 그런데…… 그것조차 허락되질 않는 게 내 운명이야."

"그러니까 네 얘기를 종합해 보면 대단한 집안의 자식이라 마음대로 되는 것도 하나 없는데 그 나이에 정략 결혼 상대자까지 있다? 뭐 그거냐?"

“응.”

“오호, 아주 삼류드라마를 써라, 써.”

“믿기 힘들겠지만…… 사실이야.”

“그래? 그럼 생각해 봐. 네 정략결혼 상대자라는 여자애도 너와 같은 입장이 아닐까? 너랑 똑같은 생각, 똑같은 한숨을 쉬면서 인생에 대해 한탄하고 있을 거 아냐.”

“아니, 그 앤 나를 좋아해.”

“뭐시?”

“그 앤 그 현실을 당연하게 받아들이고 날 좋아하고 있어. 물론 나도 그 현실을 당연하게 받아들이고는 있지만 싫을 뿐이야.”

“그래서?”

“난 신이가 좋아. 어느새부터 그냥 신이의 눈빛이나 그 모든 게 나랑은 다른 것 같아 더욱 매력있게 생각했는데 어느새부턴가 널 너무 많이 좋아하고 있다는 걸 알았어.”

“오호.”

“너라면 이 모든 걸 다 버릴 자신이 있을 정도로 말이야.”

“뭐, 뭐라?”

“신이야, 우리…… 우리 멀리 도망갈까? 너만 허락한다면 난 다 버리고 너랑 둘이서…….”

“그만! 그만 해!”

“신이야…….”

녀석의 슬픈 듯한 눈동자는 나를 가만히 응시하고 있었다. 난 애써 그런 녀석의 눈동자를 피하며 입을 열었다.

"난 도망 같은 거 가지 않아. 도망가면…… 쪽팔리거든."

"신이야."

"쪽팔리는 짓 따윈 하면 안 되는 거잖아. 쪽팔린다는 건 어디 가서든 당당하지 못하다는 거잖아. 그렇게 살 수는 없다구."

"하지만 난 정말 널 위해서라면……."

"날 위해서라구? 아니, 잘 생각해 봐. 네가 지금 나와 같이 도망가자고 하는 게 정말 날 위한 건지. 널 위한 거 아냐? 네가 이 현실에서부터 달아나고 싶은데 그 수단으로 날 이용해 보겠다는 거잖아."

"아니야, 신이야. 내 마음은 진심이야."

"알아. 내 말은 네가 날 좋아하는 마음이 거짓이라는 게 아니라 좀 더 깊게 생각해 보라는 거야. 내가 너랑 짝짝꿍해서 도망가서 살기로 했다 치자! 과연 그 행복이 얼마나 갈까? 항상 부유한 환경에서만 자란 네가 그런 생활에 어떻게 적응을 할 것이며 돈은 또 어쩔 건데? 도망치기 전에 아빠 돈이라도 몽땅 훔쳐 올 참이야?"

"그, 그건……."

"차로희, 너 아직 어리구나? 현실을 받아들이고 있다고 말하면서 실은 언제나 현실에서 도망갈 생각만 하고 있잖아."

"난 단지……."

"부딪쳐서 이기는 거야. 네가 아빠를 넘어 보이는 거야. 네 힘으로 당당하게 말이야. 넌 공부도 잘하고 똑똑하고, 뭐 이런 말 하긴 뭐하지만 여자깨나 울릴 스타일이잖냐. 부족한 게 뭐 있어? 다른 사람이 보기엔 네가 부러움의 대상 그 자체라구. 남들이 들을 땐 네가 지금 하는 소리는 모두 배부른 소리에 불과하다는 거야.”

“…….”

“네가 정말로 싫은 게 뭔지 잘 생각해 봐. 그런 식으로 날 좋아한다고 돌려서 고백하려는 거면 정말 고맙게 생각해. 나도 로희 널 마음에 들어하고 있어. 아직은 이성을 향한 맘이 전혀 아니지만 말이야. 하지만 내가 마음에 든다고 생각했던 사람이 나에게 너무 실망만 안겨준다면 내가 널 생각하는 마음이 변해 버리지 않을까? 정략결혼이라…… 그건 정말로 네 인생에 있어서 중요한 일이잖아. 정말로 네가 아니라고 판단한다면 어떻게 해서든 이길 생각을 해야지. 난 말이야, 강한 사람이 좋아. 힘이 센 사람이 아닌 정신적으로, 그리고 모든 행동이 강한 사람. 알겠어?”

“신이야…….”

“자자, 오늘은 마음껏 취해보자구. 그리고 내일부터는 아무 생각 없이 다시 일상으로 돌아가서 넌 너 나름대로의 돌파구를 찾는 거야.”

“고, 고마워, 신이야. 그리고 미안해, 이상한 소리 늘어놔서.”

“아니야. 너에 대해 좀 더 알 수 있는 계기가 되었으니까 그것만으로도 충분히 가치가 있어. 자자, 술 아깝다, 마시자고!"
　풀죽은 녀석을 애써 위로하며 그날 밤 그렇게 녀석과 나는 깊
어지는 밤만큼 술잔도 깊어만 갔다.

제 7 장

7

아침에 일어날 때 깨질
듯한 두통이 나를 괴롭혔지만 학교에 가야 한다는 일념 하나로
꿋꿋이 버티며 오피스텔을 나왔다. 그러자 여전히 날 기다리고
있는 강월 녀석. 저놈도 참 지극정성이다, 정성이야. 그때까지도
완벽히 깨지 않은 술 냄새가 녀석에게도 감지됐는지 녀석은 미
간을 찌푸리며 내게 질문을 던진다.

"어제 술 마셨냐?"

"그래, 마셨다. 어쩔래."

"무슨 술을 어떻게 마셨길래 아직까지도 술 냄새가 진동을 하
냐? 마누라 혼자 마신 거야?"

“시끄러. 그냥 친구 만나서 한잔했는데 늦게까지 마시다 보니까 아직 덜 깬 거야.”

“어제 차 안에서 잠들어 버려서 미안해.”

“지 마누라 지가 챙긴다더니 자빠져 자면서 나 가는 줄도 모르고. 아주 가관이다, 자식아.”

“어? 마누라도 이제 내 마누라라는 거 인정한 거야?”

“웃기고 있네. 아, 다 시끄럽고 머리 아파 죽겠으니까 빨리 학교나 가자.”

“마누라 술 냄새가 펄펄 나는데 그대로 학교에 가겠다고?”

“그럼 어떡하냐?”

“있어봐. 내가 술 깨는 약이랑 뭐 시원한 것 좀 사 올게.”

그렇게 말하는가 싶더니,

“기사 아저씨, 저기 편의점 가서 술 깨는 약이랑 음료수, 물좀 사다 줘요.”

에라이, 자식아. 네가 그렇면 그렇지.

기사 아저씨는 강월 녀석의 말에 따라 서둘러 편의점으로 뛰어갔다. 강월 녀석이 더 얄미워졌다. 물론 나를 배려해 주는 건 고맙지만 어쩐지 이놈은 기본이 안 되어 있는 놈 같아서 미간을 찌푸리게 된다.

“마누라, 왜 그래? 속 쓰려?”

“시끄러. 너만 보면 메스꺼워.”

“우씨, 마누라, 술 먹지 마. 무슨 고등학생이 술이냐?”

"네놈은 술을 안 먹어본 것처럼 말을 하는구나."

"윽."

녀석은 다소 찔린다는 얼굴로 내 눈치만 살피고 있을 뿐이었다. 그사이에 편의점에 다녀온 기사 아저씨는 내게 음료수와 약 등을 건네주었다.

"고맙습니다, 아저씨."

"아닙니다."

난 약을 먹고 시원하게 음료수도 한 모금 들이켰다. 녀석의 말처럼 조금은 속이 가라앉는 기분이었지만 아직 어질거리는 느낌은 그대로다.

그런 내 몸을 싣고 어느새 학교에 도착한 녀석의 승용차. 학교 안으로 들어서자마자 평소와는 다른 웅성거리는 분위기가 녀석과 내 심기를 건드린다. 가뜩이나 머리가 어질거려 죽겠는데 학교 분위기가 전체적으로 들떠 알 수 없는 분위기를 만들고 있었다. 강월 녀석 그런 분위기가 마음에 들지 않는지 투덜거린다.

"뭐야? 뭔 싸움이라도 일어났나? 아침부터 거슬리게 왜 이렇게 웅성대냐?"

"알 게 뭐야. 다 왔으니까 넌 네 반으로 가기나 해."

"마누라도 수업 잘해~"

"그래."

그렇게 녀석과 헤어져 나는 교실 안으로 들어왔다.

그리고 얼마 지나지 않아 눈동자를 심하게 깜빡이고, 입이 떡하고 벌어질 수밖에 없었다. 그 이유는 가득 모인 여자애들 사이로 안경을 벗은 채 촌스러운 모습은 온데간데없고 럭셔리한 모습 그 자체로 자리에 앉아 책을 읽고 있는 로희가 내 눈에 띄었기에 잠시 멍해져 있을 수밖에 없었던 것이다.

내가 다소 놀란 표정으로 다가가자 로희가 나를 발견하더니 꽃미소를 날리며 인사를 건넨다.

"신이야, 왔어?"

"헐. 야, 너…… 너 어쩌려고……."

"도망치면 쪽팔린다며?"

"뭐??"

"이제 현실로부터 도망치지 않기로 했어. 내 현실을 모두에게 숨기지 않고 나 그대로를 보여주고 싶어, 이제."

"오호, 철들었나 보지?"

"어제 신이랑 얘기하고 나서 많은 걸 깨달았어. 정말로 내가 어린 생각만 하고 있었다는걸."

"근데 주변에 모여든 여자애들 좀 어떻게 해봐. 시끄러우니까."

그때까지도 놀란 표정으로 로희 주변을 감싸고 꺅꺅대는 여학생들이 상당히 거슬렸다. 로희는 그다지 신경 쓰지 않는다는 듯 한번 쓰윽 둘러보더니 다시 책 읽는 것에 몰두했다. 바로 옆에서 그 모습을 지켜보고 있자니 도저히 동일인물인 것처럼 느

꺼지지가 않았다. 뭐, 곧 적응이 되겠지. 하지만 이 녀석 보면 볼수록 귀족 이미지 그 자체다. 새하얀 피부에 어울리는 투명한 녀석의 미소는 가히 여자들을 울릴 만한 모습이었다.

주변에서 시끄럽게 깍깍대던 무리들이 사라지고 담임선생님의 조회가 시작되었다. 반장인 로희 녀석이 인사를 하기 위해 일어나자 선생님은 다소 놀란 표정으로 로희를 바라본다.

"반장, 스타일 바꼈네?"

"네? 아, 예."

"안경 벗으니까 사람이 달라 보인다, 야~ 고 녀석, 참 잘~생겼네."

"감사합니다."

로희의 미소에 반 여자 아이들 거의 쓰러지기 직전이다. 나까지 얼굴이 붉어질 뻔했다.

조회가 끝나고 수업이 시작되자 문득 은형이가 떠오른다. 오늘도 몸이 안 좋아서 양호실에 있으려나? 책상을 방패 삼아 문자메시지를 하나 써서 보낸다.

[은형아, 수업하고 있냐? 아니면 양호실?]

그러자 얼마 지나지 않아 답장이 왔다.

[양호실이야. 오늘도 몸이 좀 안 좋아서.]

[이번 시간 마치고 쉬는 시간에 놀러갈게.]

나는 서둘러 답문을 보냈다.

로희 녀석이 평소에 필기하던 모습은 지겹도록 봐왔는데 오늘따라 그 필기하는 모습 조차도 달라 보이니 적응하기가 생각보다 어렵다. 힐끗힐끗 로희를 보는 것으로 1교시 수업은 끝이 났다.

쉬는 시간을 알리는 종이 울리자마자 내가 자리를 털고 일어나니 로희가 질문을 던졌다.

"신이야, 어디 가?"

"양호실 좀 갔다 오려고."

"신이 너 어디 아파?"

"아니, 그게 아니구."

"같이 가자, 신이야. 혹시 어제 술 많이 마셔서 속병난 거야?"

"아니, 그런 거 아닌데…… 그게 아니라…….."

"빨리 가자. 양호실 가서 약 좀 찾아보자."

"아니, 저기 그, 그게 아닌데;; "

로희 녀석은 이미 내 말을 듣지도 않은 채 내 손목을 낚아채어 양호실로 발걸음을 내딛고 있었다. 복도를 지날 때의 따가운 시선은 굳이 묘사하지 않더라도 이미 다 알았으리라 믿는다.

드디어 양호실에 도착하고. 로희는 가볍게 노크를 한 후 문을 열었다. 그러자 기다렸다는 듯 환하게 웃고 있는 은형이가 보인다.

"신이야, 왔니? 아……."

내 얼굴을 보며 미소 짓던 은형이의 얼굴이 순식간에 새빨갛게 달아올랐다. 역시…… 로희를 보고 첫눈에 반한 게 틀림없다. 역시 은형이도 꽃미남에 약한 건가? 그쯤 생각을 마친 나의 뒤통수를 때린 건 로희의 한마디였다.

"은형 누나."

"로, 로희야."

헐;; 서로 아는 사이인가?

내가 잠시 혼란스러워하는 사이 둘의 대화는 계속 이어졌다.

"은형 누나, 또 양호실에 있는 거야?"

"아, 응."

"그러게 제발 약 좀 제때 챙겨먹고 병원도 검사 받으러 자주 가라고 했잖아."

"그러고 있어."

"그러고 있긴 뭘 그러고 있어! 만날 아프고 비실거리는 게 다 이유가 있는 거라구."

다소 신경질적인 로희의 모습을 처음 봤지만 내면에 숨겨진 로희가 은형이를 생각하는 걱정스런 마음이 내 눈엔 보여진다. 내가 생각하는 것 이상으로 두 사람은 무척이나 가까운 사이인 듯 보였다. 그제야 아직까지도 인사 한마디 건네지 못한 내가 신경 쓰였는지 은형은 애써 밝게 미소 지으며 나를 바라본다.

"신이야, 안녕?"

"응. 근데 둘이 아는 사이야?"

"응? 아, 그게……."

로희는 럭셔리한 그 얼굴에서 다소 짜증이 겹친 듯한 표정으로 몇 마디 툭 던지고는 먼저 교실로 돌아가 버렸다.

"신이야, 은형 누나가 약에 대한 건 거의 전문가 뺨치니까 약 좀 달라고 해. 난 먼저 교실에 가 있을게."

그렇게 로희가 사라지고 난 후 은형의 표정은 이루 설명할 수 없으리만치 슬퍼 보였다. 혹시 가까이 있는데도 멀게만 느껴지는 은형이의 짝사랑의 상대가 로…… 희?? 어쩐지 위로의 말을 뱉어줘야 할 분위기였지만 이런 것에 익숙지 못한 나는 그저 가만히 은형이가 마음을 가다듬고 다시 나에게 말을 걸 때까지 기다리고 있었다. 은형은 잠시 공허한 듯한 시선으로 슬픈 표정을 지우지 못하더니 이내 다시 웃어 보인다.

"신이야, 너도 로희 알아?"

"응. 뭐, 같은 반이고 짝꿍이거든."

"그렇구나. 나 오늘 정말 깜짝 놀랐어."

"왜?"

"로희는 학교에서 평소 모습하고 많이 다르니까."

"아, 그래? 그건 나도 깜짝 놀랐어. 이놈이 갑자기 안경을 벗어던지고 귀공자풍 이미지로 반에 앉아 있지 뭐야."

"좋아하는 여자라도…… 생겨 버린 걸까?"

"그, 글쎄?"

"요즘 로희가 조금씩 변하고 있는 게 느껴져. 나 혼자만의 짝사랑인 건 알지만 워낙 자상해서 나에게 잘 대해줄 때면 설레곤 했는데…… 점점 차가워지는 것 같아."

"그럼 짝사랑한다던 상대가…… 로희야?"

"응? 아, 아, 그게…….."

굳이 yes라고 대답하지 않아도 이미 빨개진 얼굴이 대답을 대신하고 있었다.

"로희가 짝사랑 상대라…… 어쩐지 둘은 잘 어울리는 느낌이야."

"정말? 신이는 그렇게 생각해?"

"그럼, 아주 잘 어울려. 아주 럭셔리 커플일 듯."

"오늘 둘이 양호실 같이 오는 거 보면서 순간적으로 느낀 건데 신기하게 신이랑 로희랑 서 있는 게 너무너무 잘 어울리는 거 있지?"

"헐! 그럴 리가! 그놈하곤 그냥 친구야, 친구~"

"후후. 알아~ 그냥 겉모습은 그렇다는 거지."

"응, 그, 그래."

"반에서 로희는 어때?"

"그냥 뭐, 전형적인 반장 스타일이라고나 할까? 여태껏 커다란 안경으로 자기 모습을 가리고 있던 터라 그다지 눈에 띄는 타입은 아니었어."

“그렇구나. 로희는 무슨 과목을 제일 좋아하는 것 같애?”

“글쎄, 전과목을 다 열심히 하는 놈이라서 굳이 어떤 걸 좋아하는지는 나도 잘 모르겠네.”

“그럼 로희는 반에 친구들하고 사이가 어떤데?”

“뭐, 그다지 친구들에 대한 필요성을 인식하지 못하고 있는 것 같애.”

“그래?”

“로희에 대해서라면 뭐든지 다 알고 있을 줄 알았는데 은형이 너도 로희 학교생활에 관한 건 전혀 모르나 보구나?”

“아, 응. 학교에선 거의 마주칠 일도 없고, 또 워낙 나한텐 냉정하게 굴 때가 많아서.”

“어허, 무심한 놈이로고.”

“그렇지만 로희 맘에 들도록 천천히 노력해 보려구.”

“그래, 열 번 찍어 안 넘어가는 나무 없다잖아. 나무 찍으려면 우선 네 건강부터 챙겨. 튼튼해야 사랑도 튼튼하지.”

“응, 그래야지.”

“사랑만 얻으면 뭐 해. 둘 중 한 사람이 비실대다 죽으면 세상에서 젤 나쁜 사람이 되는 거잖아. 사랑하는 사람을 두고 먼저 세상을 떠나는 게 세상에서 제일 나쁜 사람이래.”

“그래?”

“아니, 뭐, 그렇다고 은형이 네가 약해서 죽는다는 얘기가 아니구.”

“알아, 신이야, 무슨 뜻인지. 나 건강해질 테니까 너무 염려하지 마.”

“그래. 하하.”

그때 수업을 알리는 종이 우리들의 대화를 방해하고 나섰다. 난 아쉬운 마음을 달래며 은형에게 인사를 건넸다.

딩동댕~

“이런, 벌써 수업 시간이네. 나 이만 올라가 봐야겠어.”

“응. 와줘서 고마워. 신이랑 친구가 된 게 난 너무너무 행복해.”

“행복까지야 뭐. 그래, 너도 푹 쉬어~”

“응. 중간중간에 수업에 방해되지만 않는다면 문자 할게.”

“그래, 나도 몰래 답문 보내줄게.”

그렇게 다시 돌아온 교실. 여전히 여자애들에게 둘러싸여 독서하는 데 큰 지장을 받고 있는 로희의 모습이 가장 먼저 눈에 띈다. 그렇게 예쁘고 자기만 좋아해 주는 착한 은형이를 두고 어째서 나 같은 애한테 마음을 뺏긴 거지? 바보 같은 놈. 조심스럽게 자리에 앉자 로희가 환한 미소로 나를 반겼다.

“이제 왔어?”

“어, 그놈의 안경 벗고 머리 스타일 좀 변했다고 아주 인기스타가 되셨구만.”

“아니야~ 근데 신이는 은형 누나랑 어떻게 알아?”

“뭐, 네 덕분에 알았다고 할 수 있지.”

"내 덕분이라니?"

"별로 아픈 데도 없는데 네가 어제 양호실로 날 끌고 갔잖냐~ 자빠져 자다가 만났다, 왜!"

"하긴 은형 누나는 항상 몸이 아프니까."

"아픈 사람한테 좀 잘해라~ 딱 보니까 둘이 아주 은밀한 사이 같더만."

"으, 은밀한 사이라니!"

당황하는 기색이 역력하던 로희는 살짝 미간을 찌푸렸다.

"아, 어쨌든 간에 강월 녀석이랑 마주치지 않게 조심해. 네 실체가 드러났잖냐. 어리버리해서 내 옆에 붙어 다니던 못생긴 반장 놈 차로희가 국무총리 아드님이신 꽃돌이라는 거 알면 그놈이 어, 그래~ 하고 넘어갈 리 없잖아."

"강월이 두려웠다면 애당초 본모습을 드러내지도 않았어."

"물론 각오는 하고 있었겠지만 내 앞에서 사고치는 거 안 보게 해."

"걱정 마, 신아."

"뭐, 그렇게 걱정하는 건 아니지만. 근데 우리 주변에 몰린 여자애들 좀 치울 수 없냐? 거슬려."

그러자 로희는 그 환한 미소를 무기 삼아 여자애들에게 말을 건넨다.

"저기, 미안한데~ 주변이 소란스러워서 그렇거든? 자리로 좀 돌아가 주면 좋겠는데."

　그러자 여자애들은 귀까지 빨개져서는 자기 자리로 돌아간다. 하지만 각자 자기 자리로 돌아가고 난 후에도 힐끗거리는 시선은 모두 로희에게로 고정되어 있었다.

　4교시가 훌쩍 지나가고 나의 고픈 배를 채워줄 점심 시간이 다가왔다. 점심 시간을 알리는 종이 울리자마자 여자 아이들은 약속이나 한 듯 로희에게로 몰려들었다. 얼굴을 붉히며 하나둘씩 건넨다는 말이 모두……

　“저기, 로희야, 점심 같이 먹지 않을래?”

　“로희야, 점심 같이 먹자.”

　“점심 같이 먹을 사람 있어?”

　외모지상주의의 결과인가. 커다란 안경에 볼품없어 보일 땐 무시하고 본래의 모습을 찾은 꽃돌이에게는 아주 가식을 떠는 모습이 여간 꼴사나운 게 아니었다. 그러나 로희는 모든 것을 미소로 일관하며 내게 말을 건넸다.

　“신이야, 점심 먹으러 가자. 다들 미안. 난 신이랑 먹는 게 좋아.”

　여자 아이들은 질투 어린 시선을 내게 감히 보내지도 못한 채 아쉬운 표정으로 로희와 내 뒷모습을 바라볼 뿐이었다.

　식당에 도착하자 모든 사람들의 시선이 로희와 내게로 쏠렸다. 주변에서 수군거리는 소리가 너무나 적나라하게 들려왔다.

　“어머, 저 꽃미남 누구야? 전학생인가?”

　“꺄~ 진짜 잘생겼다. 우리 학교에 저런 애가 있었니?”

“웬일이니, 웬일이야~ 아주 눈이 부셔!! 근데 저 옆에 있는 여자애 강월 여자 친구 아냐?”

“맞아, 월이가 먼저 사귀자고 했던 그 여자앤데.”

“어머, 웬일이야! 바람피우는 거야? 기가 막혀서.”

“저 정도 꽃미남이면 바람피울 법도 한데 뭘.”

“무슨 소리야! 그래도 월이는 우리 학교에서…….”

시끄럽도다. 로희는 그런 사람들의 시선은 전혀 신경 쓰지 않고 새심하게 내 식단까지 꾸려 자리를 잡았다. 로희와 마주 앉아 막 한 수저를 뜨려던 찰나 이 순간만큼은 제발 안 보길 바라던 강월 녀석의 등장이다. 이미 주변은 난리가 나고 강월 녀석은 아무것도 모른 채 해맑은 미소를 띠며 내게로 다가온다.

“마누라~ 밥 먹는 거야? 오늘은 개구리 반찬 나왔나? 먼저 먹으면 어떡해~ 같이 먹…….”

말꼬리를 흐리던 강월 녀석의 시야에는 로희가 담겨져 있었다. 로희가 살짝 웃으며 강월 녀석에게 말을 건넨다.

“안녕?”

“너…… 너…… 너, 너는!! 야!! 너 뭐야!! 네가 우리 학교엔 왜…… 잠깐. 너 설마……?”

“눈치가 빠른 줄 알았는데. 안경하고 머리 스타일에 감쪽같이 속네.”

“네가 그 얼빵한 반장 놈??”

“밥 먹으러 온 것 같은데 괜찮으면 같이 식사하지?”

"이 자식!! 날 속였어!"

"진실을 말해 줄 이유도 없잖아. 안 그래?"

그 한마디에 다짜고짜 주먹을 날리는 월이었다.

퍽!

강월 녀석의 강력펀치 한 방에 앉아 있던 로희는 의자와 함께 바닥으로 넘어지고 말았다. 헐. 허약하고 귀하디귀하신 몸을 저렇게 바닥에 눕히면 쓰나. 깜짝 놀란 난 소리치며 일어났다.

"반장! 괜찮냐?! 얼레?"

그런데 이게 웬일? 맞고 넘어졌으면서도 불구하고 입가엔 미소가 그대로 서려 있었다.

"신이야, 난 괜찮아. 그보다 국회의원 아들이면 아들답게 체통 정도는 지킬 줄 알아야 하는 거 아닌가? 밥 먹는 식당에서, 그것도 많은 학생들 앞에서 폭력이라니. 역시 수준 이하군."

비웃듯 말을 내뱉는 로희에게 강월 녀석은 더욱 쌍심지를 켜고 달려들기 시작했다.

"이 자식이 말이면 단 줄 아나! 체통 같은 소리 하고 앉아 있네! 그래, 나 오늘 체통 다 버리고 네놈 죽여 버릴 거다!!"

말이 끝나기가 무섭게 로희를 향해 주먹을 휘두르는 강월 녀석. 눈빛은 이미 누가 말려도 들을 것 같지 않게 변해 빠르게 주먹을 휘두르는데 맞고만 있던 로희의 눈빛도 아주 서서히 변해 가고 있었다. 입가는 물론 눈가에도 피가 묻어나 심한 상처를 입고 있던 로희가 어느새 전세를 역전하고 있었다.

퍽—!!

단 한 방. 단 한 방의 주먹질이 강월 녀석을 쓰러뜨리고야 만 것이다.

모두들 감히 나서서 말릴 생각조차 하지 못하고 있는 상황에서 잠시 조용한 정적이 흘렀다. 정확히 아래 턱을 맞고 쓰러진 강월 녀석은 턱뼈가 부러지기라도 한 듯 고통스러운 표정을 지으며 쓰러져 있었다. 부들부들 떨리는 눈을 겨우 뜨며 강월 녀석은 힘겹게 말을 내뱉었다.

"너…… 너 이 자식……!"

이미 교복을 털고 있던 로희는 그런 강월 녀석을 보며 여전히 미소로 답한다.

"그만 하지. 이 이상 상처가 나면 집에 가서 핑곗거리가 없어지거든. 이 정도 상처면 넘어졌다고 하면 되니까."

"이 자식이!"

힘겹게 몸을 일으키려 하지만 턱에 고통은 자신이 일어설 수 없게끔 만들어놓은 것 같았다. 그런 강월 녀석이 불쌍해 살짝 다가갔지만 막상 위로를 해주려니 딱히 떠오르는 말은 없고.

"야, 많이 아프냐? 쪽팔리게."

내 말에 심한 충격을 받은 듯한 눈빛으로 강월 녀석은 멍하게 날 바라보더니 이내 자신의 친구들 도움으로 겨우 몸을 일으켜 어디론가 사라져 버렸다. 녀석의 뒷모습이 한없이 초라하고 안타깝게 느껴진다. 그렇게 녀석을 바라보고 있는 내게 말을 건넨

건 역시 로희였다.

"아, 이거 식사가 엉망이 되어버렸네. 신이야, 다시 가서 밥 가져오자."

"응? 아, 별로 밥 먹을 생각이 없어졌어."

"강월이…… 걱정되어서?"

"아니, 그보다…… 넌 괜찮아?"

"아, 오랜만에 맞은 거라 안 아프다고 하면 거짓말이고 그냥 쓰라린 정도야."

"양호실 가서 소독약이라도 바르자."

"난 괜찮아."

"그래, 넌 괜찮은데 내가 그 상처꼴 보는 게 안 괜찮아."

녀석을 뒤로하고 먼저 식당을 나서자 로희 녀석도 말없이 나를 따라왔다.

양호실로 도착하자 당최 양호선생님이란 사람은 한 번도 본 적이 없고 은형이가 아직도 양호실을 지키듯 혼자 침대에 누워 곤히 잠을 자고 있는 모습이 눈에 띈다. 혹시 이 학교에 양호선생님이란 사람이 없는 거 아냐? -_-;;

긴 속눈썹에 가려진 은형이의 눈꺼풀이 평온해 보인다. 그런 은형이를 깨우기는 싫었기 때문에 난 조심스럽게 소독약을 찾기 시작했다. 로희도 잠시 은형이를 바라보더니 이내 내게 시선을 꽂는다.

"저기 신이야."

“쉿. 은형이 깬다. 그냥 조용히 있어.”

“아, 으응.”

상처 치료야 어쌔신에 있을 때부터 하도 해봐서 익숙한 터라 그다지 치료약을 구분하는 데 어려움은 없었다. 이것저것 약을 챙겨 로희에게 건네자 로희는 미소로 고마움을 대신했다. 간단한 치료가 끝나고 마지막까지 은형이가 깨지 않게 조심하며 문을 닫은 양호실. 어쩐지 내가 학생이란 사실이 점점 뚜렷해지는 느낌이었다. 이러다가 어쌔신의 감을 잃어버리 건 아닌지. 내가 원래 이렇게 자상하고 나긋나긋한 성격이었던가? 잠시 나란 사람에 대해 고민을 하는데 로희가 자신의 상처를 살짝 건드리며 말을 건넸다.

“신이야, 무슨 생각을 그렇게 해?”

“아니야, 아무것도.”

“신이야.”

“왜?”

“수업…… 하고 싶어?”

“뭐?”

“우리 땡땡이칠까?”

“어라? 야~ 반장, 너 외모가 변했다고 인간성까지 변하냐? 너 같은 공부벌레가 강월 녀석한테 펀치를 날린 것도 모자라 땡땡이까지?”

“하하, 내가 무슨 공부벌레야. 그냥.”

“쓸데없는 소리 하지 말고 점심 시간 다 끝나가니까 얼른 가서 수업이나 하자.”

“……정 그렇다면.”

“야, 반장, 너 혹시 수업 마치고 다가올 강월 녀석의 보복이 두려운 거 아냐?”

“뭐? 하하, 어떻게 알았어?”

“뭐, 그렇게 무섭다면 같이 땡땡이쳐 줄 용의는 있긴 한데.”

싫은 왠지 나도 수업이 듣기 싫은 터였다. 그러자 로희는 여전히 웃는 얼굴로 해맑게 대답한다.

“너무 무섭다, 신이야. 땡땡이치자!”

그리곤 내 손목을 잡곤 운동장을 가로질러 교문을 통과했다. 교문을 지키던 선도들도 그저 멍하게 우리 둘을 바라볼 뿐이었다. 목적지를 물어볼 틈도 없이 로희는 한참을 달리더니 이내 숨이 턱까지 찼는지 헉헉거리며 입을 열었다.

“후, 신이는 여자인데 상당히 잘 뛰네.”

“뭐, 여자도 남자랑 똑같이 다리가 두 개니까.”

“하하, 그래? 역시 신이는 못 당해~”

“그나저나 기왕 땡땡이쳤는데 어디로 가려고?”

“음, 일단 거추장스러운 교복부터 처리할까?”

“뭐? 어떻게?”

“가자! 따라와!”

로희는 무언가 결심한 듯 다시 나를 이끌고 어디론가 가고 있었다.

택시를 타고 도착한 곳은 커다란 백화점 앞이었다. 커다란 유리문을 스르륵 밀고 들어서자 명품 매장으로 가득 찬 백화점은 평일 낮 시간이라 나이 많은 아줌마들 몇 명 외엔 사람이 거의 없었다. 이곳저곳 둘러보던 로희가 남녀 쌍으로 있는 마네킹을 가리키더니,

"신이야, 저거 예쁘다. 그치?"

"뭐? 아, 뭐 그렇네."

"우리 저거 입자!"

"뭐? 저거 커플옷 같은데."

"뭐 어때~ 오늘만 커플 하면 되지 뭐."

"글쎄."

"교복 입고 땡땡이치면서 놀 순 없잖아."

"그런 식으로 설득하려 해도 소용없어."

"그럼 신이가 맘에 드는 옷으로 골라."

가만히 로희의 눈치를 살펴보니 어딘지 모르게 서운한 듯한 눈빛이었다. 그래도 그렇지 커플 옷은 심한데. 잠시 고민을 하는 사이 로희는 어느새 마네킹에 있는 여자 옷을 골라 계산을 하고 내게 건넨다.

"신이야, 그럼 너 혼자 이거 입어. 난 딴 거 사 입을게."

"그래라."

넘 무뚝뚝했나? 어쨌든 로희는 다른 옷을 골라 사 입고 백화

점을 나와 나란히 걷기 시작했다. 이 잘생긴 녀석과 나란히 걷
는 것도 매번 다른 느낌이다.

녀석답지 않게 오락실부터 시작해서 흔히들 학생들이 즐겨
찾는 데이트 코스 그대로 실행 중인 로희. 노래방도 가고, 영화
도 보고. 어느덧 시간은 빠르게 흘러갔다. 해가 지고 저녁이 되
면서 점점 할 것도 떨어지고.

어느새 우린 술집 골목으로 유명한 거리에 다다랐다.

"신이야, 술 마실까?"

"뭐? 너 오늘 진짜 뭐 잘못 먹었냐?"

"밤도 됐는데 그냥 들어가긴 심심하잖아."

"글쎄."

"여기 술집이 잔뜩 있네~ 신이랑 술 마시면 편안해."

"흠, 아는 술집 있어?"

"글쎄, 신이는?"

나야 어째신 때 자주 갔던 단골이 있긴 하지만 거기에 가면
어째신 멤버들이 있을 가능성이 높다고 판단! 대답은 이렇게 하
기로 했다.

"없어."

"하하;; 그래? 음. 그럼 아무 데나 들어가지 뭐~"

"그래라."

로희는 이곳저곳을 기웃거리며 마땅한 술집을 찾는 모양이었
다. 한참을 망설이던 로희가 가리킨 술집은 하필이면 어째신 단

골 술집이었다.

"신이야! 저기 좋다~ 저기로 가자."

"그, 글쎄, 저긴 어쩐지 음침해 보이지 않아?"

"음침? 그게 저 집 분위기인 거 같은데. 은근히 독백 같은 분위기가 마음에 들거든."

"그러냐?"

"저기 가자~"

"응? 아, 응……."

설마 이 시간에 어쌔신 멤버들과 마주칠 일도 없을 테고. 약간 걱정되는 마음도 있었지만 로희와 어느새 술집 안으로 들어섰다. 술집 안으로 들어서서 주변을 둘러보니 다행히 어쌔신 멤버로 보이는 사람들은 없었다. 적당한 곳에 자리를 잡고 앉아 물을 들이키며 로희는 내게 미소를 지어 보였다. 뭐 이런 잘생긴 청년이 다 있담? 하지만 지금 이 순간 반야가…… 왜 이렇게 보고 싶은 거지? 어쌔신일 때 자주 왔던 곳에 추억이 묻어나서 그런 건가? 반야는 지금 어디서 뭘 하고 있을까? 정말로 이터널과 전쟁을 시작한 걸까?

멍한 내 시선을 느꼈는지 로희는 걱정스러운 듯 내 눈치를 살핀다.

"신이야, 왜 그래?"

"응? 아니야, 아무것도."

"항상 신이는 알 수 없는 눈빛으로 뭔가를 골똘히 생각하는구

나. 물어보면 아무것도 아니라고 하고.”

“그랬나?”

“푸훗. 그랬어~”

녀석의 미소에 내가 피식 웃어 보이자 로희는 잠시 놀란 듯해하며 동공이 커지더니 이내 얼굴이 살짝 붉어진다.

“벌써 취했냐? 왜 얼굴은 빨개지냐?”

“아니, 예뻐서.”

“뭐, 뭐라?”

뻘쭘한 분위기를 없애기 위한 절묘한 타이밍에 주문을 받으러 오는 웨이터. 내 얼굴을 알고 있는지 아는 척을 한다.

“안녕하세요~ 너무 오랜만에 오신 것 같네요.”

“……네.”

“근데 오늘은 다른 분들 다같이 안 오셨네요. 다들 잘 계신가요?”

“네? 아, 예.”

내가 시큰둥하게 대답을 하자 웨이터는 뻘쭘해하는 표정을 짓더니 이내 자신의 본분을 찾는다.

“주문하시겠어요?”

로희는 잠시 그 상황을 의아해하더니 일단 주문을 하고 웨이터를 돌려보냈다.

“신이야, 아는 사람이야? 오랜만에 오다니. 여기 전에도 와본 적이 있는 거야?”

“어? 글쎄, 그냥 닮은 사람이랑 착각하나 보지 뭐. 적당히 대
꾸해 준 것뿐이니까 신경 쓸 거 없어.”

“그래? 흠.”

나도 모르게 항상 앉아 있던 테이블 쪽에 시선이 간다. 반야
가 항상 앉아 있던 그 자리에도. 멍하게 고정된 내 시선을 느꼈
는지 로희는 다시 내게 질문을 던진다.

“신이야, 어딜 그렇게 뚫어져라 보는 거야?”

“응? 아, 웬 파리가 있어서.”

“파리?”

“잘못 봤나 봐. 쩝;;”

이 술집에 들어온 순간부터 온통 어쌔신에 대한 그리움과 추
억에 마음 한구석이 허전하다. 그런 내 마음을 알 리가 없는 로
희는 여전히 온화하고 따뜻한 미소로 나를 바라보는데 괜스레
은형이한테 미안한 감정이 든다. 이쯤에서 슬쩍 은형에 관한 이
야기를 로희에게 꺼내보기로 했다.

“반장, 은형이 말이야.”

“아, 우리 둘이 있을 때 다른 사람 얘기는 별로 안 하고 싶어.
특히 은형 누나에 관한 얘기는.”

“왜? 난 은형이랑 너에 관해 궁금한 점이 한두 가지가 아닌
데.”

“뭐가? 무슨 사이인지?”

“아니, 뭐, 얘기가 그렇게 되나?”

“은형 누나는 그냥. 그냥이지 뭐, 그냥.”

“그냥이 어딨냐?”

“Just 몰라? 그냥.”

“참나.”

한참이나 물을 마시며 시간을 떼우고 있으니 어느새 근사하게 식탁엔 안주와 술들이 차려졌다. 한두 잔 마시면서 로희와 사소한 수다를 떠는 이 시간이 내가 태어나서 가장 한가롭고, 여유롭고, 편안했다.

“본모습을 찾고 학교생활을 시작하는 반장의 기분이란 어떠신가?”

조금은 비아냥거리듯 로희를 살짝 약올리자 로희는 역시나 멋진 귀공자 미소를 날리며 대꾸한다.

“글쎄, 뭐랄까? 그냥…… 음…….”

이제 막 이야기가 시작되려던 찰나 익숙한 그림자와 발자국 소리들이 술집 안으로 소란스럽게 입장하고 있었다.

“저쪽으로 앉지. 오늘은 사람도 별로 없군.”

“그러게 말이야. 반야님은 오늘도 늦으시려나?”

그들은 내게도 익숙한 이름을 들먹이며 자리를 잡고 앉았다. 소리가 나는 쪽으로 돌아보니 역시나 어쌔신 멤버들이었다. 서둘러 고개를 돌리려 했지만 눈치 빠른 준규 녀석 나를 알아본 모양이다.

“어? 씬!!”

그 녀석 탓에 같이 온 어쌔신 멤버 모두들 일어나 일제히 인사를 한다.

"부마를 뵙습니다."

예를 갖춘 후 바로 어쌔신 규율대로 반말을 하며 다가오는 녀석들.

"씬, 오랜만이야. 여기 어쩐 일이야?"

"그래, 맞아. 반야님한테 들었어. 씬은 어쌔신 잠깐 쉰다며?"

녀석들의 이야기가 쉴 새 없이 오가는 사이 로희의 갸웃둥한 시선이 마음에 걸린다. 난 애써 태연한 척 멤버들에게 말했다.

"어, 어이, 친구들~ 오랜만인걸? 허허허. 껄껄껄(젠장;;)."

그러자 어쌔신 멤버답게 눈치가 빠른 이 녀석들 로희의 눈치를 잠시 보더니,

"그, 그래. 씬, 정말 오랜만이다. 친구랑 같이 온 거 같은데 재밌게 놀아."

"그래, 재밌게 놀다 가. 연락 좀 하고 살자, 씬."

그렇게 자리로 돌아가는 멤버들. 난 슬쩍 로희의 눈치를 살폈다. 아니나 다를까 녀석들의 존재를 묻는 로희였다.

"누구야? 친구?"

"어? 아, 응. 예전에 사귀던 친구들이야. 이성으로 말고."

"근데 부마는 또 뭐야?"

"어?? 아, 사, 사투리. 일종의 사투리. 아니, 우리들만의 독특한 은어라고나 할까? 우리 친한 친구들끼리 독특한 인사법을 개

발해서…… 그니까 그게 저 그(횡설수설)…….”

마구 버벅거리자 로희는 알 수 없는 빙긋한 미소를 짓더니,

“곤란하구나? 그럼 됐어. 굳이 설명하지 않아도 괜찮아. 신이
가 난처한 건 나도 싫으니까.”

“하하. 그래, 짜식! 그냥 다 그런 거지 뭐~ 호호호호.”

위기를 겨우 모면한 나는 술을 모금 들이키고 불안함에 쿵쿵
뛰었던 심장을 진정시키기 위해 술잔을 기울였다. 그러나 그런
보람도 없이 내 심장은 더욱 미치도록 방망이질치게 하는 사람
이 등장하고야 말았다. 건너편 구석에 앉아 있던 모든 멤버들이
일제히 일어나 아까와 같은 식의 인사를 하고 만것이다.

“반야님을 뵙습니다.”

반야…… 제갈반야…….

잠시 동안 떨어져 있었다고는 하나 몇 년 동안 떨어져 있던
것처럼 그리웠던 반야의 모습을 보자 나도 모르게 심장이 덜컹
하고 내려앉았다.

인사를 유유히 받으며 지나가는 반야. 그리고 자리를 잡고 반
야가 앉자마자 나와 정면으로 눈이 마주치고 말았다. 삼 초간의
정적이 흐르는 것 같았다. 멤버들은 반야와 내 눈치를 보며 애
써 태연한 척하고 있지만 나와 반야 사이에는 알 수 없는 긴장
감이 흘렀다. 그 긴장감을 먼저 깬 건 반야의 시선이었다. 먼저
나를 아무렇지 않게 외면하고 멤버들과의 대화에 합류하는 반
야. 그 냉정한 시선이 섭섭하다고 느낄 때쯤 로희의 음성이 들

려왔다.

"네 친구들은 정말 독특하게 인사하네. 무슨 조직도 아니고 말이야."

"하하;; 조직은 무슨. 그냥 저러는 게 멋있어 보이니까 쇼하는 거지. 그래, 맞아. 쇼야, 쇼! 하하하하(제길;;)!"

"근데 방금 들어온 저 남자 말이야. 저 사람은 네 친구 아니야? 학교 앞에서 너 기다리던 그 친구 같은데?"

"응?? 아, 응."

"왜 저 사람은 아는 척 안 해?"

"하하;; 누, 눈으로 인사하는 거지 뭐~ 하하하."

"오늘따라 신이 너 웃음이 많다?"

"그, 그런가? 많이 웃어야지. 둥글게 둥글게 살아야 하는 거 아니겠어?"

"왠지 허둥대는 신이. 귀여워. 피식."

"뭐, 뭐??"

얼굴이 붉어지고 있다는 걸 느꼈다. 그 순간 다시 한 번 반야와 시선이 마주치고. 이번에도 역시나 반야가 먼저 내 시선을 피하고 만다. 로희는 술잔을 입에 가져다 대려다 말고 다시 말을 이었다.

"음, 안주는 입에 맞아?"

"아, 이 집 안주 정말 맛없다. 그치? 우리 다른 데 가서 먹자. 분위기도 음침한 게 영 마음이 불편하네."

로희는 잠시 내 얼굴을 뚫어져라 보더니 이내 피식 웃고는,

"그래, 그러자."

로희는 별다른 말을 하지 않고 내 의견에 따라주었다. 로희가 계산을 하는 동안 녀석들을 등지고 있었지만 어쩐지 뒤통수가 따가운 느낌. 그래도 반야의 얼굴을 봤다고 마음속으로 살짝 웃고 있는 내가 어색해진다.

다른 곳으로 자리를 옮겨 마주 앉은 로희와 나. 아까부터 나를 뚫어져라 응시하던 로희가 어렵게 말을 꺼낸다.

"신이야, 무슨 생각을 아까부터 그렇게 골똘히 하는 거야? 아까 친구들이 신경 쓰여?"

"응? 아, 아니야."

"신이 눈이 아까부터 어쩐지 쭉 슬퍼 보여."

"스, 스, 슬프긴. 얼레? 벌써 술이랑 안주 나왔네? 마시자, 마셔~"

"아까부터 나와 있었어."

"그, 그래? 하핫;;"

"신이야, 그렇게 숨기고 당황해할 필요 없어. 잊었어? 네가 날 지켜줬을 때 말이야."

사뭇 진지한 표정으로 나를 바라보던 로희의 목소리가 한톤 가라앉았다.

"내가 널 지켜줬을 때? 아, 저번에 BB호텔에 너 아버님 대신 회의 간 거? 그거야 암살자가 노리고 있으니까."

"그때 신이 너…… 너도 암살자라고 했잖아."

"캑;; 그건 그냥 잊으라고 했잖아. 아무것도 묻지 말라고 했을 텐데."

"아니, 혹시…… 아까 네 친구들 말이야. 그 사람들이 네가 속한 암살집단의……."

"그만! 조용히 해, 반장. 그런 말은 함부로 하는 게 아니야. 내가 아무것도 묻지 말아달라고 했잖아."

"아, 알았어. 그런데 막상 그 사람들 보니까 왠지 신이가 달라 보여서."

"달라 보일 거 없어. 적어도 지금은 거기에 속한 사람 아니니까."

"학교 때문에 잠시 미루기라도 한 거야?"

"너 생긴 것과는 다르게 눈치가 상당하다?"

"하하. 그런가?"

"나에 관해서 알아봤자 너한테 득될 거 없으니까 나에 대해 더 이상 캐묻지 말고 술이나 마셔."

단호히 말을 했음에도 불구하고 로희의 눈은 부담스러울 만치 반짝이고 있었다. 그런 로희의 눈을 슬쩍 피해 술잔을 기울이자 로희도 따라서 술잔을 기울인다. 그렇게 말없이 술잔을 기울이다 간혹 녀석과 눈이 마주치기라도 하면 난 피하기에 급급했고, 녀석은 그때마다 싱그러운 미소로 모든 말을 대신하고 있었다.

얼마나 마신 걸까? 알콜 음료가 테이블 위에 제법 흩어져 있을 때쯤 조금씩 취기가 몸을 감싸고 이제 그만 마셔야겠다는 생각이 뇌리를 자극하면서 로희에게 슬쩍 말을 건넸다.

"꽤 많이 마신 것 같은데 이제 그만…… 얼레?"

이미 반쯤 풀린 눈으로 젓가락질조차 제대로 하지 못하는 로희.

"야, 차로희, 괜찮냐?"

살짝 어깨를 건드려 보니 내가 손가락에 힘을 주는 대로 휘청거리는 것이 아닌가? 왜 애가 이 지경이 되도록 말 한마디 안 붙이고 술만 퍼마신 걸까? 나란 아이도 참. 녀석을 어떻게 해야 할지 막막하던 찰나 혀가 살짝 꼬인 로희의 귀여운 꼬장이 시작되고 있었다.

"신이야~ 헤헤헤헤헤헤헤~"

"흠. 왜?"

"신이는 왜! 대체 왜!!"

"응? 내가 뭘?"

빨갛게 달아오르다 못해 얼굴이 금방이라도 터져 버릴 것 같은 얼굴에 박힌 게슴츠레한 눈으로 나를 흘겨보더니,

"대체 왜 그렇게 비밀이 많냔 말이야! 왜! 대체 왜! 왜! 왜! 흠냐."

"잉? 비밀은 얼어죽을. 막말로 암살자라는 것밖에 비밀이 더 있남?"

혼자서 읊조리듯 중얼거렸을 뿐인데 술 취한 녀석 그 소릴 잘
도 들었나 보다.

"그러니까 그 암살자라는 게 말이쥐!!"

"헉!"

난 잽싸게 녀석의 입을 틀어막고는,

"야! 너 많이 취했다! 얼른 집에 가야지. 학교 땡땡이친 거 너
희 집 같은 대단한 집안에서 알면 난리날 일 아니겠냐? 그것도
모자라 술 잔뜩 취해 들어가면 참 좋아라 하겠…… 그러고 보니
너 혼자 살지? 어, 어쨌든."

혼자 허둥거리며 어쩔 줄을 몰라 하는 사이 마구 발버둥 치던
로희 녀석 그만 의자에 기대에 곯아떨어지고야 만다. 젠장, 조
용해서 좋기는 한데 이놈을 어떻게 오피스텔까지 끌고 가남. 맙
소사. 슬쩍 가게 주인의 눈치도 보이고, 하는 수 없이 키도 커다
란 녀석을 내 어깨에 들쳐 메고 술집을 나오기는 나왔다.

"흠냐. 신이야, 흠냐."

"그래, 그래, 나 신이다! 난 신이야, god라구~ 그러니까 제
발 정신 좀 차려라. 앙!"

지나가는 다른 취객들과 사람들의 시선이 따갑다. 하지만 어
쩌겠는가? 이놈이 도무지 정신을 차릴 것 같아 보이지를 않는
데. 낑낑대며 몇 미터 걷지도 못했는데 이 녀석 나를 더욱 힘겹
게 만드는 주정을 늘어놓고야 만다.

"신이야~ 신이야~ 흠냐."

"그래, 그래, 나 신이라니까! 왜! 소원이라도 빌게?"

"거짓말. 신이는 신 아니잖아~"

"무, 무어라?"

"신이는 암살자잖아. 히히힛."

"컥;;"

이놈 술 취하니까 럭셔리한 모습은 어디 가고 조금 귀엽다 싶었더니 이젠 망말을 하는군. 젠장! 재빨리 녀석의 입을 틀어막자 녀석은 입이 막힌 채로 뭐라고 뭐라고 궁시렁대지만 들리지 않았다. 녀석의 입을 힘껏 막은 채로 힘겹게 한 발 한 발 부축하며 내딛고 있는데 누군가의 그림자가 힘겨운 내 발걸음을 멈추게 했다.

"바, 반야……."

반야는 말없이 다가와 나 어깨에 기대어 있는 로희를 자기 쪽으로 끌어당겼다. 역시 남자고 키가 비슷해서인지 내가 부축할 때보다 훨씬 쉬어 보이고 자연스러웠다.

한참을 걸어 술집 거리를 빠져나오고 나서야 반야가 무거운 입을 열었다.

"이 녀석 집 알아?"

"응? 아…… 응."

역시나 그 말 후엔 택시를 잡을 뿐 나에게 눈길 한 번 주지 않았다.

택시를 타고 로희를 자신의 오피스텔에 바래다주고 나오는 길. 역시나 반야는 침묵의 지존답게 숨소리조차 쉽게 들리지 않았다. 답답함을 참지 못한 나는 고맙다는 인사라도 전하기 위해 입을 연다.

"반야, 고마워. 어떻게 알고 거길……."

"우연이야."

"그, 그렇구나. 멤버들하고는 일찍 헤어진 거야?"

"그래."

반야의 말투를 모르는 것도 아닌데 어쩐지 나와 멀어지게 만드는 것만 같아 서글프다. 내가 반야를 좋아한다는 걸 느끼기 전에는 반야가 말을 적게 하든 많이 하든 나와는 별개의 문제였는데. 이제는 반야가 나를 조금이라도 더 바라봐 주길 원하고, 조금이라도 더 따뜻하게 대해주길 바라는데. 이런 내 욕심이 반야를 바라보는 내 마음을 더욱 힘겹게 하는 건 아닌지. 반야는 변한 게 없는데 나 혼자만 변하는 것을 반야가 무심한 거라고 착각하고 있음이 틀림없다.

로희를 바래다주고 엘리베이터를 통해 내려오는 이 작은 공간 안에서 숨 쉬는 것조차 버거울 만큼 나 혼자서만 긴장하는 이런 내 마음을 반야는 알 리가 없었다. 나도 모르게 심장이 두근두근 터질 것만 같이 빨리 뛰고 슬쩍 반야의 눈과 코, 그리고 자연스레 입술을 바라보고 있자니 얼굴이 빨개지는 건 어쩌면 당연한지도 모른다. 내가 굳이 반야를 좋아하기 때문이 아니더라도 그 어떤 여자가 지금의 나와 같은 상황에 반야와 단둘이 있다면 누구나 같은 생각을 할지도 모른다.

내 시선이 너무 반야를 응시하고 있었는지 반야의 눈동자가 어느새 내 쪽으로 고정된다. 순간 당황한 나는 서둘러 고개를 돌렸지만 어쩐지 내 마음을 들켜 버린 건 아닌가 하고 혼자 놀란 심장을 달랜다. 침 넘기는 소리가 너무 크진 않았나 걱정하는 사이 반야가 먼저 말문을 열었다.

"학생 신분으로 술을 마시는 건 별로 추천하고 싶지 않은데. 그렇게 하라고 어쌔신에서 잠시 물러나 있길 바란 건 아니야."

"미안. 오늘은 그냥 로희랑 둘이서 술이나 한잔……."

"그건 일반적인 고등학생들이 하는 생각이 아니지."

"아니야, 반야가 몰라서 그렇지. 요즘 고등학생들이 얼마나 술을 잘 마신다구~"

"그래서?"

"아니, 그러니까 어쩌면 이런 게 일반적인……."

"네 친구가 그렇다고 해서 모든 학생들의 습관을 멋대로 단정짓진 마. 씬답지 않아."

"아, 아니, 나는……."

"핑계 대고 둘러대는 건 씬이 아니잖아?"

"응, 미안해. 잘못했어."

"나한테 사과할 건 없어. 멤버 동료로서 조금 충고해 주는 것뿐이야. 물론 NO.2인 너한테 내가 감히 명령할 수도, 충고할 수도 없는 위치라는 걸 알지만."

"아니야, 반야와 내 사이에 그런 게 어딨어."

그 이상 반야는 우리 집 앞에 다다를 때까지 말을 잇지 않았다.

반야를 뒤로하고 내 오피스텔 정문으로 막 들어가려던 찰나 가로등 빛에 반사되어 오피스텔 옥상에서 무언가 반짝이는 빛이 보인다. 미간을 찌푸려 자세히 위를 올려다보니…… 앗! 저건!!

"반야, 위험해—!!"

피융!

소음기가 달린 총탄이 터지고 반야를 감싸 안은 내 등엔 무언가 들어온 느낌. 아프다는 고통조차 느낄 틈이 없이 온몸에 힘이 빠져나간다. 총을 맞는다는 게 이런 느낌일 줄 알았더라면 내가 사람을 죽을 때 죄책감 같은 건 애당초 가질 필요도 없는 건데. 아무 고통이 없는데…… 아무 고통이…… 처음으로 본 반야의 커진 동공을 마지막으로 내 눈꺼풀은 서서히 덮이고 말았다.

『양의 탈을 쓰다』 제2권으로…